雨花忠魂 雨花英烈系列纪实文学

# 逐潮竞川

## 孙津川烈士传

肖振才 著

江苏凤凰文艺出版社

### 图书在版编目（CIP）数据

逐潮竞川：孙津川烈士传 / 肖振才著. —— 南京：江苏凤凰文艺出版社，2018.10
（雨花忠魂：雨花英烈系列纪实文学）
ISBN 978-7-5594-2913-1

Ⅰ. ①逐… Ⅱ. ①肖… Ⅲ. ①纪实文学－中国－当代 Ⅳ. ①I25

中国版本图书馆 CIP 数据核字(2018)第 213275 号

| | |
|---|---|
| 书　　名 | 逐潮竞川：孙津川烈士传 |
| 著　　者 | 肖振才 |
| 责任编辑 | 黄孝阳　傅一岑 |
| 出版发行 | 江苏凤凰文艺出版社 |
| 出版社地址 | 南京市中央路 165 号，邮编：210009 |
| 出版社网址 | http://www.jswenyi.com |
| 印　　刷 | 南京新洲印刷有限公司 |
| 开　　本 | 880×1230 毫米　1/32 |
| 印　　张 | 7.875 |
| 字　　数 | 212 千字 |
| 版　　次 | 2018 年 10 月第 1 版　2018 年 10 月第 1 次印刷 |
| 标准书号 | ISBN 978-7-5594-2913-1 |
| 定　　价 | 35.00 元 |

（江苏凤凰文艺版图书凡印刷、装订错误可随时向承印厂调换）

## "雨花忠魂·雨花英烈系列纪实文学"丛书编委会名单

王燕文　徐　宁　刑光龙
万建清　范小青　韩松林
贾梦玮　张红军　邵峰科

# 万里长空且为忠魂舞

**中共江苏省委书记　娄勤俭**

天地英雄气，千秋尚凛然。雨花台，这片深深浸染着英烈鲜血的山岗，曾见证了几代仁人志士信仰至上、慨然担当的英雄壮举，也铭记着无数革命先烈舍身为民、矢志兴邦的不朽事迹。在这里，彪炳日月、名垂青史的革命烈士就有1519人；也是在这里，还有更多鲜为人知的英烈故事，无法铭刻于碑文，没有见诸史册，像一粒粒晶莹的雨花石，深埋在雨花台殷红的泥土里。理想之光不灭，信念之光不灭。英烈们的背影虽然早已远逝，但他们的集体"影像"已定格在永恒的瞬间，那就是义无反顾、慷慨赴死，前赴后继、为国捐躯，用热血和生命铸就了信仰丰碑，在血与火的洗礼中撑起了民族脊梁，谱写出一部又一部壮怀激烈、气吞山河的"英雄交响曲"。

英雄是旗帜，革命英雄是民族的共同记忆。习近平总书记指出："对中华民族的英雄，要心怀崇敬，浓墨重彩记录英雄、塑造英雄，让英雄在文艺作品中得到传扬，引导人民树立正确的历史观、民族观、国家观、文化观。"为缅怀英烈伟绩、弘扬崇高风范，培育和践行社会主义核心价值观，培养爱国主义、集体主义精神和社会主义道德风尚，江苏省委宣传部、江苏省作家协会组织创作了《雨花忠魂·雨花英烈系列纪实文学》丛书，以文字、文学、文化的形式，讲述英烈的感人故事，表现英烈的高尚情操，诠释英烈的不朽精神。邓演达、贺瑞麟、石璞、刘亚生、吴振鹏、许包野……这一个个闪亮耀眼的名字，如同一座座高耸入云的丰碑，始终矗立在一代代共产党人的灵魂深处。这套丛书，为更好地传承弘扬"雨花英烈精神"提供了生动教材，也为教育党员干部走进历史、追寻英烈，激励党员干部不忘初心、牢记使命，永葆革命本色提供了精神之"钙"。

英烈风骨犹存、感召后人；历史启迪心灵、照亮未来。牺牲在雨花台的我党早期领导人恽代英曾说："我们吃尽苦中苦，而我们的后一代则可以享到福中福。为了最崇高的理想——共产主义，我们是舍得付出一切代价的。"可以告慰雨花英烈的是，经过近七十年的不懈奋斗，近代以后久经磨难的中华民族，迎来了从站起来、富起来到强起来的伟大飞跃，一幅国家富强、人民幸福、民族复兴的壮美图景正在祖国大地上全面展开。

与伟大祖国历史进程同步伐，江苏发展站到了新的起点上。深入贯彻习近平新时代中国特色社会主义思想，努力把习近平总书记为我们描绘的"强富美高"新江苏蓝图化为美好现实，推动高质量发展走在前列，迫切需要我们传承红色基因，用好红色资源，学习雨花英烈的崇高理想信念、高尚道德情操和为民牺牲的大无畏精神，不忘初心，砥砺前行。我们缅怀革命先烈，就要从前辈先贤身上汲取养分和力量，让他们曾经的牺牲和付出，成为今天前进的动力源泉，砥砺我们以永不懈怠的精神状态推进改革再深入、实践再创新、工作再抓实；我们讴歌革命先烈，就要用"雨花英烈精神"，激励全省人民更加主动担当新使命，意气风发创造新未来，不断开辟新时代中国特色社会主义在江苏实践的新境界。这，正是我们对革命先烈最好的礼敬与告慰。

沧海横流，英雄显本色；落花如雨，正气贯长虹。"万里长空且为忠魂舞"，"雨花英烈精神"必将长留在时光的长河和人民的记忆中。

是为序。

# 目 录

001 第一章 望族之子，启蒙于欲昆家塾
015 第二章 苦难少年，洋炮局的童工生涯
024 第三章 追梦上海，热血青年崭露头角
037 第四章 声援五卅，吴淞机厂的领头雁
049 第五章 投身革命，铁路工运显身手
058 第六章 建立堡垒，俱乐部改称友谊社
067 第七章 毁桥破路，加入武装起义的行列
074 第八章 "特别军委"，辣斐坊的总管家
085 第九章 开路先锋，吴淞机厂率先罢工
098 第十章 身先士卒，南市区首先插上白旗
112 第十一章 武装起义，拿下守军最后的据点
118 第十二章 众心所归，当选两路总工会委员长
125 第十三章 坚定信念，努力发展铁路党组织
134 第十四章 奋不顾身，遭国民党第一次逮捕
149 第十五章 新的征程，参与全国铁总工作
160 第十六章 临危受命，致力于重建南京党组织
171 第十七章 勇于担当，主持南京首届党代会
184 第十八章 克勤克俭，战友情深
195 第十九章 深入农村，领导与"黄枪会"的斗争
202 第二十章 因势利导，展开五月的行动
214 第二十一章 铁臂钢筋，英雄身陷黄泥滩
225 第二十二章 制止劫狱，看守所母子"分梨"
233 尾声
239 参考文献与资料

# 第一章
## 望族之子,启蒙于欲昆家塾

> 是谁点亮了这种事物,又有谁懂得燃烧的语言
> 饥饿的燃烧,吐放着
> 痛苦的求生欲望
> 从拒绝开始,在黑暗中行走……
> ——张国凡《理性之外》

### 1

青山逶迤,湖河纵横,溪水潺潺。

这是景色诱人的安徽腹地寿县,孙津川就出生在这里的一户农民家庭。

寿县古称寿州、寿春、寿阳、

安丰，因战国时曾为楚国的都城，故又称"楚都"。公元383年的秦（前秦）晋（东晋）淝水之战就发生在八公山麓，寿阳城下。这场战争不仅创造了中国军事史上以少胜多、以弱胜强的著名战例，同时也在寿县留下了众多可供后人凭吊的遗迹及许多典故，如风声鹤唳、草木皆兵、投鞭断流等。

寿县地处江淮丘陵与淮北平原之间，地势南高北低。淠河流经寿县、霍邱两县之间，由正阳关并入淮河，东淝河经瓦埠湖至八公山入淮河。

清光绪二十一年，农历十二月二十五日，正是天寒地冻的大寒节气。

位于寿县孙厂村"孙家祠堂"不远处的一间破旧的草屋里，一声孩儿的哭泣惊醒了还在睡梦中的人们。望着不时从屋檐慢慢滴下的冰水，受尽苦难的孙多儒脸上绽放出许久不见的笑容。

"是个胖小子，你看多像你呀！"接生婆高兴地捧着婴儿对孙多儒说。

躺在草席上的孙华氏，瞅着脸色红扑扑的儿子，眼窝里溢满喜悦的笑容。她似乎头一次品尝到做母亲的艰辛与甜蜜。

望着睡梦中的儿子，父亲孙多儒脸上流露出亦喜亦忧的神情。他已为人子，现在又为人父了，心中无疑是高兴的，但是在风云变幻的年代，种庄稼靠天吃饭，连年淮河泛滥，几乎颗粒无收。水漫薄田，今年收成还不知道会怎样。在举步维艰、兵荒马乱的岁月，全家生活靠他一人勉强支撑、维持，生活艰难自不必说，现在又多了一张吃饭的嘴，这可就苦了孩子了，喜悦之际，内心不无惆怅。

孙氏在寿县可谓名门望族，就在这个不算太大的寿县，有两处孙氏祠堂。

一处为孙书敖祠堂，又名楚相祠、芍陂祠、安丰塘祠；一处为寿县孙氏祠堂，也是孙津川寄名处、出生地。

安丰塘祠至今香火犹盛。

关于安丰塘祠的建筑年代，《水经注》"肥水"条下有记曰："水北径孙叔敖祠下。"可见孙公祠始建日最迟也不会晚于北魏。

孙叔敖，姓孙，名敖，字孙叔；父孙贾，楚国司马，后被斗越椒所害。孙叔敖避难于梦泽，虞邱相荐其贤于楚庄王，召为令尹。《史记·循吏列传》记载说，"孙叔敖者，楚之处士也，虞邱相进之于楚庄王，以自代也。三月为楚相，施教导民，上下和合，世俗盛美，政缓禁止……盗贼不起。秋冬则劝民山采，春夏以水，各得其所便，民皆乐其生。"

安丰塘古称"芍陂"，距今有近两千五百年的历史，是为中国现存最早、保存较好、与都江堰齐名的大型水利工程，素有"天下第一塘"之名。

"陂"是中国古代特有的一种水利工程，亦即由人工修造而成的蓄水塘。逶迤茫茫的大别山，由湖北、河南两省的交界处伸入境内，一直延续到今天合肥市的北面，这些山峦向西、南、东三面呈弧形状展开。而北坡的水都流向寿县南部的低洼地汇集，然后经寿县东南流入淮河。每当夏秋雨季时，山洪暴发，各路洪水齐下，便很容易发生洪涝灾害，一旦雨少，又很容易干旱。芍陂利用南高北低、水源丰富的地理环境，贮存汇集了周围丘陵山地流泄的山水，不仅使方圆两三百公里免除了水涝灾害，又可灌溉良田一万多顷，变害为益。由于此"陂"系引淠水经白芍亭蓄积而成，因而得名为"芍陂"。

为祀孙叔敖修建芍陂的功绩，人们在安丰塘北岸修建了孙书敖祠堂。

《寿州志》记载，孙公祠明成化十九年，御史魏璋"重修之"；成化二十二年，知州刘概"增葺之"。

祠堂正殿奉孙叔敖像，存有大殿、还清阁、崇报门和明清间碑刻等。碑厅内外墙上，嵌有近年自祠之内集中起来的碑刻十九方，有重修安丰塘碑记、安丰塘图、孙叔敖石刻线像及其传略等。其中，明代石刻塘图，可见塘的位置、水源、斗门、灌区概况，在水利科学史上有较高价值。

另一处孙氏祠堂建在双桥镇孙厂村，孙津川的家乡。

双桥镇距寿县城南约六公里，由孙厂村、菜圩村组成。这里空气清新，人勤物丰，气候宜人，周围虽然有石墨、铜、钴等矿产资源，可能是地处内陆地区，也可能是重视环境保护，几乎没有工业。至今，当地人还笑称，唯一的事业单位是孙厂小学。

孙家祠堂的建设较安丰塘孙氏祠堂晚许多，始建于清乾隆年间寿县城南的过驿巷，光绪初年迁址重建于孙家厂。祠堂坐北朝南，由清政府御赐的宗祠牌坊、大门、锡祚堂、飨堂、东西厢房、经书屋、西书房、怀艰亭、厨房等组成。大门前立有木质双斗旗杆四根，占地面积三千六百多平方米，建筑面积约一千多平方米，建筑为砖混结构，外观呈高墙封护式，白墙青瓦，错落有致，中正典雅，庄重大方。中华人民共和国成立后，由于孙氏宗祠一度成为双桥区政府、双桥镇孙厂小学等，因而幸免毁灭。现为AAA级旅游观光区。

两处孙氏祠堂是否一脉相承互有渊源，考察再三不得详解。

《寿县志》记载，明清时期孙氏就是寿州的名门望族。

明洪武年间，孙氏后人孙鉴、孙铠兄弟二人从山东济宁州，迁移到寿州。落户后，勤劳置业，子孙逐步兴旺繁衍，至明代后期成为当地三百四十七个姓氏中的大姓之一。孙氏兄弟开始在城内留读祠之侧和三步两桥之西居住，乡间置有庄园两处，一处在城南十里铺的城广（即今孙厂村），一处在城西的虎斗冈。关于始祖迁寿的原因，氏族内有两种传说：一是说，当年山东人多地少，战乱频繁，加上荒年歉收，为逃荒避乱，孙氏兄弟推着一辆俗称"土固牛"的木质轮小车，千里跋涉，来到这土地肥沃、风光秀丽的古城寿州安家落户；另一种说法是，孙氏二人有一定的手工业特长，受官府的动员，移民到此开发当年的新区的。当时寿州属凤阳府，系明太祖的家乡。当然，这两种说法，都是族中的传说，无文字可考。

《寿英会》记下了孙氏家族在明正德、嘉靖年间的事迹。

据载，当时寿县孙氏出孙极、孙相、孙用三贤人，三贤人中又以孙用为上，"孙用，号近桥，妣王氏，生子肖宗"，"齿德兼优，孝友素着，取信于乡党，见重于士林，郡牧闻而贤之，举为乡饮大宾"，也就是说他从小品德高尚，孝悌守信，盛名乡党。其事迹，曾在寿县城西南角刻碑为记。

清康乾年间，寿县孙氏七世祖孙玶（字汉倬），八世祖孙士谦（字淮麓）、孙蟠（字石舟）承继祖训谨守家风，组织族中一部分子弟务农，选拔一些聪慧子弟入学攻读经史，走"学而优则仕"之路。孙石舟经营商业，以农耕的节余和经商的利润，修建了宗祠，制订了家训和创办"欲昆家塾"。为光大孙氏"诗礼传家，耕读为本，敬慎家风，醇良世泽"的家风，还建立了《宗祠花红》（奖励措施），并将"士克祖家传，多方以自全，同心仰化日，守土享长年"二十个字，作为家族的命名辈序，以族规、家训的形式固定了下来，勉励族中子弟奋发图强，勤奋务农。清乾嘉年间，家族得到空前发展，科考时屡屡中榜。到同治年间，寿县孙氏一门先后就出了一名状元、十名进士、十三名举人。当时，寿州孙氏人丁众多，支系纷纭，田宅广袤，声名显赫，到第十一世孙家鼐以一甲一名进士，状元及第，达到巅峰。时人对寿县孙氏家族，以"孙半城"称之。

## 2

孙氏祠堂是孙多儒经常光顾，也是令他十分纠结的地方。

依旧习俗，不孝有三，无后为大。但是由于家境困难，孙多儒二十五六岁才婚娶，这在当时有钱人大多在十五六岁就完婚已经是很晚的了。结婚后，他就盼望着早一天有个孩子，连名字都已想好。但直到他结婚五六年后的三十二岁，孙华氏才生下这个宝贝儿子。"明天，我去庙里给小家伙挂个名。"孙多儒抱着儿子喜笑颜开地对妻子说。

妻子孙华氏知道，庙，指的就是孙家祠堂。按照族谱，他们早已想好孩子的族名孙方淦,但出自名门的后代总要有个字。略通文墨的孙多儒扳起指头摇摇头说:"这孩子丁未年大寒生,属羊,苦命啊。就取竞川吧,兴许闯荡闯荡还能谋得条好生路。"

其实孙多儒为孩子起名"竞川",还有一层意思,就是希望他能像孙家鼐一样,角逐于山川洪流,做一名对国家、对社会有用的人才。见妻子没说话,他又说:"我也不能空守着这几亩薄地,让你们娘俩等着挨饿。等过满月,我还是去汉口找份事做做。"

妻子知道,守在家里肯定也不是事,但一个身无分文的人,外出的风险是很大的,望着孙多儒结实的身体说:"也好。地里的活,你就不用操心了,我虽是小脚,但从不娇气的。"

在孙氏祠堂祖灵排位前,孙多儒最敬重的是八世祖孙蟠和第十一世祖孙家鼐。孙蟠以民需为本,广纳百川,诚信经营,善于经商之道,在积累一定财富后不忘族亲,以农耕节余和经商的利润修建寿县孙氏宗祠,开设家塾,泽被后世。孙家鼐少年博学,精通经书,于咸丰九年殿试得中一甲一名进士,状元及第,为寿县孙氏再添光彩。

仕途中,孙家鼐公正清廉,刚直不阿,不苟言笑,位列公卿,声威显赫。曾多次任侍讲学士、学务大臣,乡试、会试正考官。著有《钦定书经图说》共五十卷,作为光绪皇帝侍讲的教材。中日甲午之战失败后,他大声疾呼,要"开明智、办实业、兴学堂",振兴中华。光绪二十二年,孙家鼐以礼部尚书兼吏部尚书、协办大学士、管理官书局大臣的身份主持创办清廷最高学府——京师大学堂(即北京大学)。光绪二十四年,清廷发布《明定国是诏》,提出维新,推行新政,废科举、兴学堂、办报纸,历史上称为"戊戌变法"。为办好学校,他以古稀之身兢兢业业为京师大学堂立宗旨,定条例,强管理,务实效,延名师,切实用。光绪二十四年八月初六,慈禧太后软禁了光绪帝,扑杀了维新六君子。维新变法宣告失败,慈禧再次听政。孙家鼐也遭到顽固派的弹劾,不得不乞仕告假。八国联军侵占北京后,孙家鼐应召复职,任文渊阁大学士、国史馆总裁。后出任资政院总裁、太子太傅等职。宣统元年病逝于北京,次年归葬故里,享年八十三岁,谥号文正,葬于寿州城东南乡柳树圩。

孙家鼐年龄比孙津川的父亲孙多儒小四岁,但按照寿县孙氏家谱的顺序,辈分则高孙多儒三阶,即与孙津川的曾祖父孙家勉平辈。 孙津川祖父孙传勤,号俭亭,生于道光四年二月四日,卒于光绪十六年五月二十五日,享年六十七岁,为寿县乐安郡乐志堂孙氏东公世系第十世传人。 父亲孙多儒,号幼之,排行老二,生于同治三年九月初九,其兄妹三人,兄孙多德终身务农,其妹老三嫁于本村。

孙家鼐、孙家勉两家同宗不同房,生活境地也有天壤之别。 孙家鼐兄弟五人,通过科考,不仅自己高中一甲一名进士,后来又做了光绪皇帝的师傅,官至武英殿大学士,家泽、家铎、家鼐三个哥哥分别中了进士,号称"一门三进士,五子四登科",成为身名显赫的巨宗大族。 而孙津川的祖父孙传勤虽然少时也苦读诗书,但在科考中连个秀才都未能考中,只得终身务农;年景好时,自给自足,尚有余粮,年景差时,只能勉强度日。 到了孙多儒这一代,家境就更差了,农忙时务农,农闲时不得不四处打工贴补生活。

## 3

孙津川出生之时,正是中华民族灾难深重的年代。

鸦片战争以后,腐败无能的清政府在西方列强胁迫之下,签订了一个又一个卖国条约。 中国完全沦陷为半殖民地半封建社会,帝国主义国家的军舰在中国沿海、港口、内河横冲直撞,控制了中国的经济命脉,控制了中国的关税和盐税。 为支付巨额的庚子赔款,在帝国列强的刺刀下,清政府进一步加强向人民搜刮和勒索,连续发谕旨,推行"新政"三十余项,原有的赋税加码征收,又创设了名目繁多的苛捐杂税。 新旧捐税使全族人民,"剜肉补疮,生计日蹙"。

就在孙津川出生的当年,威海卫被日军占领,北洋舰队将领丁汝昌在失败后,宁死不降吞鸦片自杀殉国。 甲午战争结束,李鸿章和伊藤博文签署《马关条约》，割让台湾全岛及所有附属各岛屿、澎湖列岛和辽东半岛给日本；赔偿日本军费库平银两万万两；日本臣民可在中国通商口岸城邑任便设立工厂、输入机器，只交所订进口税，日本在华制造的一切物品得免征各项杂税。

这一年天灾人祸，自然灾害频发。

《清史稿》记载说："二月……免上元、江宁等处，淮安等卫赋课。 赈直隶水灾。 ……夏四月戊申，拨京仓米石备顺天平粜。 己酉，天津海溢，王文韶自请罢斥……留山东运粮十万石备宁河等处赈……癸亥，拨湖北漕米三万石，备宁、锦等属赈。 乙丑，京师平粜……秋七月甲辰，沁河决。 乙巳，荥泽河决。 ……戊申，赈商州、清涧等处水灾雹灾。 ……寿张、齐东河决。 丰升阿遣戍军台。 戊午，赈镇安等县水灾……十二月戊寅，寿张决口合龙。 庚辰，拨库帑六万备湖北春赈。 ……赈盛京、萍乡灾。 发帑各十万，赈湖南、云南、陕西各属灾。"

天灾人祸，倭寇猖狂，激化了被压迫阶级与统治阶级的矛盾、侵略者与被侵略者的矛盾。 以新兴的民族资产阶级中下层和知识分子为主体的反帝爱国运动普遍发展，各地人民群众的反清斗争连绵不断，自发的反清斗争迅速增多，沉重地打击了帝国主义和清王朝的封建统治，推动了资产阶级民主革命的发展。

20世纪初期，孙津川的故乡寿县和旧中国的广大农村一样，民不聊生，"诉讼频兴、盗贼遍野"。

薛卓汉在《中国青年》刊登的《皖北寿县的农民生活》一文记载说：以柏氏、方氏、张氏家族为首的封建官僚地主掌握全县的政、军、司法、教育及各区署的大权，对全县的劳动人民实行残酷的压迫和剥削，广大工农劳苦大众陷于被奴役被蹂躏的黑暗深渊。 地主依仗权势，肆无忌惮地欺压百姓，霸占农民的田地。 他们利用掌握的政治和经济特权，剥削农民，并组织地主武装，私设牢房，残害乡民，鱼肉乡里，无恶不作，弄得民不聊生，农民押田当屋，卖儿鬻女，家破人亡。

在风雷激荡的日子里，许多自耕农"降到佃农地位，从家庭手工业底地位，降到失业的地位了。所以致此的原因：一、地主的剥削；二、士绅的敲诈；三、官吏的苛暴；四、军队的勒索；五、外资的压迫。但是，寿县农民仍旧守着那种忠臣、节妇、良妻、贤母等宗法社会的思想，但多数都具有骁勇强悍的性质，与豪爽的气概"。

悲惨际遇在童年的孙津川脑海里，投下了浓厚的阴影，也播下了对吃人的旧社会仇恨的种子。

孙津川虽出身望族，但从他祖父开始已是弱房，同样要受到柏氏、方氏劣绅及孙姓大户的欺压。父亲孙多儒，在孙津川幼年时就从家乡来到武汉，在汉阳兵工厂铜元局（专做洋元、银角子、铜板）打工，靠挣得的微薄工资度日。母亲孙华氏在家守着几亩薄地，帮衬维持家计。尽管起早摸黑地辛勤劳动，仍然不得温饱，生活十分艰难。虽然我们没有见到孙津川留下的《自传》，但我们仍能从他后来的交谈中得知当年的境况：他的家庭，从他出生的时候，已是个破产的富裕农民，可能是因为刚破产，那种"城楼虽破，更鼓还在"的小知识分子的体面仍然很勉强地支撑着他的精神世界。

从童年到少年，他常听父母和亲友们讲先祖的逸闻逸事。但时迁势移，昔日旧礼教的族规、家训，已日渐不合时宜；封建的大家庭也已分化，寿州孙氏后裔，在中华民族的汪洋大海中，为生存、谋发展、求上达的方式与内容，也都有了根本性的变化。但家族提倡的"戒奢靡，尚勤俭，或耕或读，务正业，以培根本"家训，依然激励着后人自强不息，努力掌握自立于社会的技能与知识，树立自立于社会的信心与决心。

孙津川三岁时，他弟弟孙晴川出生，后来又添了妹妹孙方素。家虽贫困，但全家和睦相处，敬老爱幼。对四邻八舍，母亲孙华氏十分慷慨，每每见到邻居无饭吃，也要省下几口接济更困难的邻里乡亲。父母的言传身教，在他幼小的心灵上留下深刻的印记，潜移默化地影响着他的行为。

孙津川是老大，从小就明辨是非，待人正直，虽然言语不多，但有骨气，有主见，受到全家敬重。家人都亲昵地称他为"大兄"。父亲孙多儒十分疼爱津川，他时常以讲故事的形式，教育他和弟妹不要学那些官僚恶霸欺侮穷人，要像孙叔敖、孙家鼐那样做一个对国家对人民有用的人。他更是省吃俭用，舍不得多花一个铜板，从孙津川出生就开始积攒起一个个铜板，以便将来供孙津川上学；不厌其烦地给孩子们讲孙家鼐少年时的趣闻逸事，以及他如何学习的，鼓励孩子们用功读书，长大报国为民。

### 4

六岁时，孙津川在父亲的陪同下入欲昆家塾学堂行了拜师礼。欲昆家塾位于村内的孙家祠堂内，后因"西风东渐"，开始扩招外姓子弟，移至祠堂后院墙外，现为寿县孙厂小学。

欲昆家塾在当地十分有名，这不仅仅是其历史久远，师资多是落第秀才，更重要的是在这个偏僻窄小的教舍里曾走出了位列公卿的清代状元孙家鼐，以及十名进士、十三名举人。所谓家塾，是私塾的一种，相对于政府开办的社学而言。清代末年，政府腐败，国力空虚，私塾、家塾成为基层社会启蒙教育的主体，城乡有钱人家为教育子弟，均请教师在家设帐，按年付教师聘金束脩。也有教师在自己家及其他公共房屋，如庙宇、会馆等处设帐招学生来读书，按月或按季节收取米粮、例钱，等于学费。

欲昆家塾与其他家塾、私塾不同，在教育方法上受孙家鼐革旧鼎新思想影响，先生比较开明，经常以孙氏先贤为例，讲授为民解忧、经世救国的道理，课堂上鼓励学子勤于思考、相互揣摩。当时，家塾与私塾一样，受师资和财力的限制，学童是高低程度混在一起上课。因家族重视，欲昆家塾规模较大，有三四间课堂，教育水平也较高，不像其他教师的私塾教师因程度差，只能教《三字经》《百家姓》《千字文》

等。欲昆家塾的先生大多不仅是读完"四书五经"的秀才，还能教授八股文。

虽有革新，但欲昆家塾主要也还是先生讲，学生听，先读字，后讲义，再习作。进馆后，每月逢初一、十五两天，塾童都要参加在私塾内烧香烛、行拜孔子的大礼。管理以"学以畏而成"为信条，常常滥用戒尺、藤条等体罚学生。

为帮助学生参加科举应试，欲昆家塾在学童入学两年后就根据科举考试规定的文体，在认真教授"四书五经"外，重视习作"八股文"，"详训诂，明句读"。"训诂"与"句读"是读古书的基本功：训者，解也；诂者，古也。所谓"训诂"，就是用通行的白话解释古文的词义和字义，后发展成一门专科学问，叫训诂学。这是因为中国文化典籍经过"焚书"的浩劫和秦末的战乱，至两汉时已经是残破不全了，特别是"五经"，后人已经很难读懂了，这才有了训诂。"明句读"，就是学会文章的断句，因为古汉文大多不像今天的书刊，没有标点符号。因此，能对五经进行注释和考据的人，当时被称为"五经博士"。

孙津川在学堂时，读书非常用功，聪明好学，品学兼优，深得师长、同学赞扬。

课余之际，他经常与小伙伴们去县城游览，驻足在寿县城残城旧瓮上，领略世际风云，感受时事变迁。城西门也是他们常去的地方，城楼南北两壁镶嵌有两块石刻，石刻一面是锣，对面是鼓。这就是寿州内八景之一的"当面鼓，对面锣"。传说，在清乾隆年间，寿州来了一位新知县，上任不久，看到古城墙西段年久失修，已几次倒塌，下决心重修。于是通告全县百姓，有钱出钱，有力出力，同心协力，修复城墙。不料告示贴出一个月，却不见动静。他哪里知道"捐款捐粮修城墙"已叫喊了三任知县，装满了腰包，却没有修城墙一寸。你想，老百姓还相信这位新大人吗？开工的日子到了，新知县并不因为寿州百姓不热心而泄气，一大早仍带领衙役们扛着工具，来到西门脚下和几十位民夫一道挖土抬石,一直干到天黑收工。 这一下可引起人们的纷纷议论。 有的说:"县官大人都来修城墙了,人家千里迢迢来这块土地,还不是为的寿州! 我们明天也去干吧!"可也有人说:"还不是做做样子骗人,一任比一任奸猾!"可是,到了第十天,新知县还在工地上劳动,又过了十天,还见他和民夫们一起运石块,不同的是现在不是几十人,而是几百人了。 这样,城内城外的百姓们都自动参加修城墙劳动,一些商会栈行老板也捐款赠物,支援修城,本来两个月的工程,四十天就竣工了。 为纪念这位清廉的"父母官",寿州百姓就在西门内立了"当面鼓,对面锣"的石刻,表彰他说话算数、廉洁奉公的美德。"当面鼓,对面锣",有话当面讲,说话要算数,不仅成为寿县人的谚语,也在孙津川幼小的心灵中留下深刻的印迹。

年龄稍大一些,津川还与同学远足安丰塘,瞻仰孙叔敖的事迹。他曾驻足在孙氏先贤画像前,暗下决心,要努力像他们一样为社会、为民众办事。 受新思想影响,他也特别喜爱看小说,学习写白话文,那时,别人送给他一本《新增幼学琼林》,他如获至宝,爱不释手,并把它作为课外最好的读物,说这书简要易读、易记,容易应用。 由此,他也懂得了不少典故,擅长文理对子的对法等。

作为长子的孙津川,常要从父亲手里拿钱买米,买一次吃一阵子。 有时没有钱了,吃了上顿就没有下顿,只有买红薯挖野菜来充饥,日子过得十分艰苦! 就是这种清贫的生活,使他从小就养成了艰苦朴素的生活作风,养成了同情劳动人民并为他们的利益而献身的思想。

光绪三十一年七月,孙津川正在欲昆家塾读书,放学时,突然从八乡四野传来阵阵鞭炮声。 原来,清政府宣布废除科举了:自丙午科为始,所有乡、会试一律停止。

回到家里,他马上把这一消息向母亲报告。

"姆妈,科举废了!"

废科举，在当时的读书人看来，不啻是一个重磅炸弹。

废除了科举，等于是废除了读书人阶层的"报国梦"，传统的平民上升通道被关闭了。尽管因为名额有限，科举考试中实际考上的并不多，但是制度的开放，给人们一种希望、一种鼓励。而且这是一种低投入的教育，一本参考书可以用几十年，只要不是所谓赤贫，一般人也还可以负担。对贫寒子弟来说，上升性社会变动的希望，多少是存在的。

科举制废除后，从社会学的意义上说，所谓的"士"就没有来源了。以后的读书人，就是今天所谓的知识分子，必须出自新学堂。而新学堂除了需要花很多钱之外，还有年龄的限制。百岁老童生，被看作天下盛世的一个盛举。习惯了新体制的今人，是不易领会年龄限制带来的影响——一个人若在很小的时候因为各种条件未能进入新的教育体制，他一生也就可能没有机会再走读书上进之路了！这对当年所有怀揣"报国梦"的人来说，实在是一个非常残酷的人生阻隔。除年龄外，废科举兴学堂之后，还产生了两个根本的变化：一个是贫富的决定性增强，另一个是资源日益集中在城市，乡村慢慢衰落。以前念书的人主要都住在乡村，没有多少人需要到城里去为考试而复习。废了科举，对于乡下的穷人而言，这条路基本就已封闭了。然而，中国人口中数量最大的，恰是这一群体。

年龄的限制、城乡的差别和贫富的差距，导致读书人群向着特定的方向转变。不少年轻的知识分子，读过一些书，又无法继续其教育，不能整天待在乡村的家里，在城里又找不到工作。个人和国家的前途都不明朗，导致很多这样的人最后就寄希望于革命。

母亲孙华氏放下手中活说："科举虽废，但多读点书还是有好处的。没有真本事，将来如何成为有用的人，报效国家呀！"

在母亲的劝导下，孙津川又回到做了些许改革的课堂。虽然他对晦涩难懂的古文，特别是刻板机械的八股文十分反感，但学习成绩常常还是在班上名列前茅。他不满足于对课本知识的一知半解，找来诸多课外书籍,常常挑灯夜读,丰富自己的知识面。他勤于思考,对老师好提问题,发表自己的见解。因此,得到许多老秀才和老童生的好评,主动找他论长谈短,议论书中的字句和纪事。

在欲昆私塾学习五年后,他顺利地考取寿县的一家中学。

不幸的是,就在这时父亲拖着羸弱的身体回家了——他,因病失业了。

父亲的归来,使久日不见父亲的孙津川和家人高兴了一阵子,但得知原由后,全家都沉默下来。

本来就捉襟见肘的日子,更加窘迫。

# 第二章
# 苦难少年，洋炮局的童工生涯

天的尽头是炊烟，白云
不安始终在弥散着
脱掉鞋，倒出路途上的尘土
蒙蒙泪眼
在无边无际的善良中徒步
　　　　——张国凡《理性之外》

**5**

时事艰难，温饱无着。

孙津川怀揣着入学通知，漫无目标地一直走到八公山下的淝水河旁，掏出那封县中的入学通知书，一点一点将它撕得粉碎，撒进湍流的水中……

挨黑时，他还没有到家就看见父亲仍然依偎在门前，"吧嗒、吧嗒"地抽着旱烟。

见津川回来，父亲放下旱烟，想问什么又没有问，犹豫地说："到南京去，你看怎么样？"

自武汉回到家里，许多家乡的亲戚朋友告诉孙多儒，孙津川是读书的好材料，如果继续深造，将来一定前途无量。但是由于家境贫寒，自己的收入连供全家吃饭都吃不饱，哪有余钱供他上学呀。这段时间，孙多儒除了看病吃药，一直在盘算家庭的生计。入春以来，雨涝成灾，田里的收成已经泡汤，与其待在家里愁衣挨饿，不如带他到大城市去开阔眼界，长长见识，磨炼一下，说不定会有大出息。到哪儿去？在武汉时，孙多儒就听同事讲，南京是一个大都会，经济比武汉繁荣，挣钱也容易一些，更重要的是还有一家与汉阳兵工厂类似的金陵制造局，他的一技之长兴许还能派上用处。

孙华氏对孙多儒的想法，也表示赞成，就等津川的态度了。

听说要到南京去，孙津川立马脸上绽开笑容，高兴地说："好，就到南京去，我相信，天无绝人之路。"

在欲昆家塾，他就多次听老师诵读过"江南佳丽地，金陵帝王州"的诗句，他知道，南京是六朝古都、繁华都会，同时又是一个文薮之地。夫子庙的江南贡院，曾是江苏、安徽两省学子科举乡试的地方，可以容纳成千上万名学子同时考试。他早就想到南京这个大都会，走一走、看一看了。

清光绪末年（1908年）秋，时年十四岁的孙津川随父亲一起，举家前往南京。

寿县不通火车，马车也是有钱人才能搭乘。父亲担着简单的铺盖，母亲背着妹妹孙方素，津川和十一岁的弟弟孙晴川跟着大人，在正阳关登船抵达六安县城。到了六安，还有近二百公里旱路，船不通了，只好步行。携家带口，他们硬是靠两条腿，好不容易走到安庆码头，乘上江轮顺水而下。

一路千辛万苦，终于到达南京。按照事先了解的消息，孙多儒带着全家在中华门外金陵洋炮局附近的南宝塔根停下脚步。

当年，南宝塔根周围十分荒凉，高低不一的土丘上散落着一个个茅草搭成的窝棚，许多在洋炮局打工的乡下人都群居在这里。

"宝塔根，怎么没有宝塔呀？"好学的孙津川满是疑问地想。

直到后来他才知道，这里原先是有一个被称为中古世界七大奇观之一的宝塔——大报恩寺，不过天平天国时已毁于战火，只空留一个地名。

大报恩寺曾是南京的象征，中国历史最为悠久的佛教寺庙之一，明清时期中国的佛教中心，被西方人视为中世纪世界七大奇迹，中国文化的标志性建筑。其原址为吴赤乌三年，即公元240年建成长干寺及阿育王塔，史称"江南佛寺之始"，是继洛阳白马寺之后的中国第二座寺庙，也是中国南方地区的首座寺庙。永乐十年，明成祖朱棣以纪念明太祖和马皇后为名，敕工部于颓废的长干寺原址建造大报恩寺，按照宫阙规制，征集天下夫役工匠十万余人，费用计钱粮二百五十万两、金钱百万，"造九级五色琉璃塔，曰第一塔，寺曰大报恩寺"，历时十九年才完工。后因太平天国发生内乱，大报恩寺被北王韦昌辉下令炸毁。2013年5月，旧址被国务院核定公布为第七批全国重点文物保护单位。

大报恩寺被毁后，遗下宝塔山、宝塔根、北山门及扫帚巷、正学路等一批老街老巷。遗址的东边是金陵洋炮局，往西是繁华的西街、西沿河、义仓巷、大小思古巷。往北是长干桥、中华门城堡、钓鱼台、门东直到夫子庙。不知从何时开始，宝塔根小巷成为一个米油批发中心。经营者大多是来自安徽、河南的小商小贩，大量劣质过期的大米面粉经过加工，源源不断地流向街头巷尾的早点摊、小饭店。

弯弯曲曲的黄土路在破败的砖瓦老房子和低矮连绵的草屋棚房的包围中慢慢地延伸开去。虽然环境很差，但交通便利，条条小路通向四面八方。

"就在这里吧!"孙多儒指着一块稍许高一点的坡地说。

孙津川和弟弟在父亲的吩咐下,连忙四处找寻来一些旧砖、烂瓦、树枝、稻草。好在在乡下苦惯了,一家人忙碌了半天,终于搭起了个简易草房,地址即现在的南宝塔根,安顿下来。

草房东边就是他们在寿县时梦寐以求、为它奔波而来的金陵洋炮局。

金陵洋炮局官称金陵制造局,即南京晨光机器制造厂的前身。同治四年,即1865年,时任江苏巡抚的李鸿章代理两江总督移营南京后,在聚宝门外扫帚巷东首西天寺的废墟上开始筹建。次年8月竣工,后来他又将先前在苏州创办的西洋炮局迁至南京,在通济门外又兴建火箭局、火药局,并从英国、德国和瑞士购回一批机器,成为既能制造多种口径前膛炮、山炮、十门连珠格林炮、劈山炮、二十四磅子生铁开花炮、四门神机连珠炮,亦可配套生产炮弹和炮架的军事工业基地。产品除供应南洋、北洋各防营使用外,还接受各省防营的订货。中法战争爆发时,由于金陵制造局生产的军火在此次战争中发挥了很大作用,从而又获准朝廷拨银十万两,从美国购进先进机器五十多台,进行二次扩建,成为一个拥有机器厂、熟铁厂、翻砂厂、木工厂、火箭厂、火药厂、水雷厂等,数千工人,规模仅次于上海江南制造总局的大型军工企业。

随着一声汽笛,工人收工了,熙熙攘攘的人群涌出金陵机器制造局的大栅门。孙津川和父亲跟着人群,边走边打听如何进厂做工。

孙多儒在汉口干过机械维修,懂一些钳工技艺还会油漆,很快被一名工头看中,招进工厂仍干老本行,当了油漆工。由于漆工付出的体力较轻,技艺在外人看来较为简单,因而在当时工薪水平本来就低的情况下,收入就显得更低了,很难维持全家五口人的生活。

一天在工厂做油漆时,一名好心的老乡告诉孙多儒,铸铁房有位工头正在南门左侧外招收学徒工。他连声道谢。

在南京，孙多儒也曾有过让儿子重回学校的念头，但实在是心有余而力不足。回到家里，孙多儒忍不住还是把厂里招收学徒工的消息告诉了儿子。听父亲说工厂招工后，孙津川非常高兴。自离开故乡时，他已彻底打消了继续念书上学的念头，看着尚未成年的弟妹和多病的父亲，他以为终于找到可以为家庭分担责任的机会了。

## 6

清代末年，摇摇欲坠的清政府为了维持政权，十分重视军工生产，由于抽不出更多的财力，当局只好大量使用女工和童工，以扩大生产规模。讲起来，招收的是学徒工，实质上是工厂为了降低生产成本，而使用的廉价童工。

金陵制造局是中国最早采用近代化大机器生产的军工企业之一。为适应近代化生产技术的要求，生产管理也开始向资本主义方向转变，把中国原始的封闭式的手工生产方式推上了大机器生产的起跑线，从而，刺激了民用工业和民族资本主义的产生，为中国近代化注入了驱动力。

制造局内部的最高官吏为总办，下设各委员和司事，并聘洋监督进行管理。与最早在上海、苏州设立的枪炮厂一样，金陵制造局还雇募大批外国匠人参与生产和管理。史料记载："金陵制造局监督向用西人，自英匠马利斯回国后，当局节省帑金，遂用华员监督，又恐制造新法未必深谙，故每岁即令上海机器局西人前往数次，指授机宜，本月初六有德人密蜡伊前抵金陵，赴机器局中验视所制各物，并将制造之法指授华人。"

虽是洋监督和外国工匠参与管理，但工人的劳动环境和条件仍然很差，生产也极不安全，爆炸事故时有发生。厂内封建等级森严，官场习气弥漫，管理不善，致使生产浪费惊人，产品废品率和成本极高。

工人报酬以铜钱、银元等按周或按旬计发。薪金层级复杂，撇开总管、总账、总工等管理层不说，仅就制造局的工人来说，就分为工匠、普通工、临时工、学徒工若干等级，工匠又分中国工匠和洋匠。洋匠大部分是资本主义国家或在华外资工厂的无产者，雇佣他们时都订立正式契约，"洋匠则有合用年限，不论工作有无，仍须照给薪资"。 其次，是从各地招募来的具有一定技术的本土工匠即中国工匠，本土工匠再分为普通工匠与散匠。 普通工匠与散匠亦就是今天的普通工人和临时工人。 上海的江南制造局普通工人最低工资为每五工合银元一元，日工资合 0.344 元，每日劳动九小时，每月约六元，散匠的工资每月合两三元。 而南京的金陵制造局工人每日劳动十一小时左右，每逢月之朔望，即每两周歇息一天，日工资最低的则为 0.233 元。1881 年 11 月 15 日《捷报》报道说，在金陵制造局的七八百名工人中，有些人薪资每月三元，有的二元，有的一元，一些做学徒的幼童，每月只得几吊铜钱。

　　工人大多是通过各种中间人，即工头（把头）和买办进行招工的。在整个受雇期间，工人被迫在经济和社会上依附于包工头。 工人处在近似于被奴役的状态，很像外商企业让买办对中国员工全权负责的做法，追本溯源，大概与工厂大量雇用没有技术的失业农民的习惯做法有关。

　　学徒工和临时工不仅工薪低廉，而且得不到正式雇佣的保证，随时有被解雇的可能。 虽然环境恶劣收入很低，甚至连基本生活都很难维持，但与当时与租地种地为生的农民相比，收入还要高出一些。

　　招工现场，包工头被衣不遮体的人群包围。
　　"不要挤，一个个来！"包工头举着登记表大声喊。
　　孙津川虽然年龄不大，人也瘦了一些，但个头不矮，有些文化知识，会自己签名，在测试时，很快也被包工头看上，开始了制造局的徒工生涯。 不久，他十二岁的弟弟孙晴川也被招入工厂。
　　早晨，东方尚未放明，金陵制造局的汽笛就拉响了。 伴随着汽笛的长鸣，津川在父亲的招呼下，拎起小饭盒随着熙熙攘攘的人群向工厂赶去。

按照工头的命令，津川和弟弟一样，不厌其烦地将工件搬到不同的位置，给一件件铸好的炮筒、支架及叫不上名称的物件打毛疵、削凸点、掏黑砂、做标记。有时，也干些零活杂活。父亲则在另一个车间没完没了地清理、油漆大炮。

都是年轻人，正在长身体的节骨眼上，从事的都是重体力劳动，不到中午就开始饿了。吃饭时，津川总是把自己的饭留下一点，给弟弟吃。自己饿的时候，不是吃一口咸菜，就是端起打来的井水灌个饱。

开始的时候，他每天望着高大的厂房、冒着浓烟的烟囱、隆隆作响的机器，踩着钟声进厂，下班路上摸摸快要出厂的大炮，孙津川感到十分新鲜，甚至有些得意。

他驻足在机器旁，吃惊地瞧着一个个多如牛毛的零件组成的笨拙机器，工作起来却像切豆腐一样，灵巧地在坚硬无比的金属上，钻上细孔，割成不同形状。他经常好奇地看着机匠将复杂的机器拆卸成一块块机件清洗保养，问这问那。

从工匠的嘴中，他第一次知道，奥妙在各部件的相互作用上。在机器上，每个工件，每个轴承，每颗螺栓，每条油管，哪怕是微不起眼的螺钉都有自己位置、特殊的作用，不允许有半点偏差、半点瑕疵。大机器精巧的整体性、组织性、不可或缺性，在孙津川的心目中留下深刻的印象。

他开始不自觉地接受了近代工业化的熏染。

工厂的劳动力大都来自苏北、安徽、河南省的农村，都是失去土地、一无所有的苦难的破产农民，其中包括大批妇女和儿童。为保证生产正常运行，厂方制订了一条条苛刻规定，放纵监工对工人横行霸道。对工人的轻微过失，工头和监工动辄罚款或施加体刑。为改善劳动强度大、待遇低的处境，制造局的工人们除了经常性的怠工外，在忍无可忍之时，也举行过集体罢工。

听老工人说,光绪二十一年,即1895年2月间,由于不堪忍受深重的压迫和剥削,工人们举行了一次酝酿已久的罢工。当时,局里有一项规定,每年2月14日下午歇工。而在这一年,不但不让休息,还要强迫工人加夜班。工人们横了心,在当天下午就有七八百人自动停止工作,并把总办的洋楼包围起来,放开胆子与总办郭道直展开了面对面的说理斗争。厂方一边虚与委蛇,一边调来军队,用洋枪和大刀镇压罢工群众。在驱散罢工人群时,对稍有反抗的工人即大打出手。后来,领头罢工的两名工人被清军逮捕,当众被重打一百军棍,带上头号枷锁被关进了监狱。

这次罢工斗争和汉阳铁政局工人罢工发生在同一年,同为我国最早的工人斗争。虽然当时工人阶级处在幼年时期,但已能初步团结起来进行斗争,体现了近代无产阶级的特色。罢工虽然最后以失败告终,但在南京和江苏的近代史上留下了光辉的业绩。许多年后,老工人仍然口口传颂着他们的斗争故事。

## 7

"南朝四百八十寺,多少楼台烟雨中。"

年轻是多梦的时代。

离开家乡时,对南京的憧憬,永远地埋在梦中,甚至于不敢多想。

梦早就断了。孙津川和他的父亲、弟弟每天早上顶着星星去上班,夜晚踩着月光,精疲力尽地回家。

在生活的重压下,津川渐渐养成了内向、善于思考的性格。

徜徉在走过一千多年的残伤岁月的大报恩寺遗址,望着眼前一堆堆废墟、瓦砾,一块块残破断裂的石碑、石龟,废旧的古井和破旧不堪的房子,津川时常思索着这世道不公平的原因,与小伙伴们咒骂过万恶的社会、可恶的工头和监工。

与他年龄相仿的有钱人家的孩子,为什么能衣冠楚楚,油头粉面?明明身体健康,能跑能跳,还要坐着时髦的黄包车去上学念书?

同样都是人，为什么有的人生活在天堂，有的人却像在炼狱……

当然，那时的津川，是无法解释和认识这个问题的。

但勇于探索的他，找来大量能找到的报刊书籍，苦苦思索着，希望找到答案……

# 第三章
# 追梦上海，热血青年崭露头角

时间在火中即将断裂
显露出锋芒
用什么能够换取燃烧
又有谁在真正地倾听着，火呵
——张国凡《理性之外》

**8**

世事沧桑。一转眼，津川已在金陵机器厂干满三年。他也由一个充满幻想、惘然若失的少年逐渐成熟起来，变成一个善于思考、脉管里涌动着热血的青年。

孙津川十七岁那年，辛亥革命爆发了。

大清王朝的统治者光绪和慈禧太后相继死去，1909年4月，醇亲王载沣的儿子、年仅两岁的溥仪继承帝位，由其父亲监国摄政。寿县孙氏引以为豪，先后在清政府任过文渊阁大学士、资政院总裁、太子太傅的孙家鼐也在这一年病逝。大清王朝崩溃在即，风雨飘摇，气数将尽，这并非是一个小皇帝"登极"所能挽救的。

1911年10月，武汉首义后，各地纷纷响应。11月8日，清政府新军第九镇在秣陵关誓师起义；11月12日，清政府驻泊南京的海军舰队起义；12月1日，江浙联军攻克南京天保城。12月29日，十七省四十五名代表，在南京江苏省咨议局选举出孙中山为中华民国临时大总统。经革命党人多年在国内外进行宣传、组织，前赴后继，武装斗争，革命最终取得了胜利。

辛亥革命是中国革命史上一次"比较更完全的意义上"的资产阶级民主革命，其影响远远超过以往的太平天国、义和团等大规模的旧式农民战争，也超过了资产阶级改良派的维新变法政治运动。其功绩不仅在于在中国历史上第一次推翻了封建帝制，缔造了资产阶级共和制度，还极其严重地冲击了封建皇权和忠君思想，使民主、共和的观念深入人心，成为国民的一次思想解放运动。

自武昌起义爆发以后，孙津川就如饥似渴地关注着革命军的行动。只要有空他都要跑到夫子庙报摊上，贪婪地阅读了解报刊上关于江浙联军的消息。他和众多市民情不自禁地为革命军的每一个胜利而欢欣鼓舞，为革命军光复的每一个城市而高兴。他带着弟弟和伙伴们举着五色旗，在街头不停地欢呼雀跃。

辛亥革命的胜利，也颠覆了孙津川过去存在的忠诚朝廷就是爱国的思想。但是，作为中华民国临时大总统的孙中山，在南京原清朝两江总督署衙内的总统府中度过九十一天之后，却自己宣布解除临时大总统职务。5月，国民政府参议院按照袁世凯的意愿决定迁都北京，给孙津川留下诸多遗憾和疑惑。

标志着辛亥革命胜利的果实，被大地主大买办阶级的代表袁世凯完全篡夺了。不久，做梦也想当皇帝的袁世凯，又复辟了帝制，皇袍加身。

面对纷纭变幻的时事，为探求真理，也为了寻找自己的人生坐标，就在这种复杂多变的日子里，孙津川决定开始他不寻常的学习生涯和人生旅程。

"俺大（寿县对父亲的称呼），我准备去上海找点事做。"孙津川对父亲说。

"上海是洋人统治的地方，很乱。"母亲孙华氏说。

知子莫如父。"不记得我给他起的'竞川'大号了？"父亲放下手中的馍，看着孙华氏说。孙华氏知道，孙多儒又提起给孙津川起名的往事了，她没有再吱声。

一会儿，孙多儒盯住下巴上长出几根胡须、脸上还沾有油污的儿子说："一个人去？想好了么？"

"一个人，找不到事再回来。好在火车一天就到了，方便得很。"儿子坚定地说。

"秀才不出门，遍知天下事。"这是早年中国读书人非常自豪的一件事。津川虽然没有中过秀才，但是在过去，有点文化比占人口大多数的文盲多了一个获得知识的优势。孙多儒早就发现，儿子近段时间总是关注报纸上来自上海的各种讯息，他总在担心要有什么事情发生。

自鸦片战争以后，中国几乎所有重要的沿海港口城市都被强辟租界或完全割让，上海也不例外。由于租界提供了市民免受反动政府、军阀以及战乱的侵扰，处于相对自由安全的环境，加之作为自由贸易港的便利，上海工商业得以迅猛地发展。自由开放的环境吸引了全国乃至全世界的商贾贵族和文人墨客、革命者、各色人等的大量涌入，至20世纪初，上海成为当时中国的经济文化中心以及亚洲的金融贸易中心，"冒险家的乐园"。

作为一个移民城市的上海滩，经济获得了极大的发展，逐渐成为

"十里洋场""远东第一大城市"。

## 9

十里洋场,是无数人追梦的乐园。

读万卷书、行万里路是旧时读书人的追求。

通过《申报》《苏报》《新报》等报刊,孙津川知道,根据《南京条约》的规定,上海从1843年起成为向外商开放的通商口岸。1845年上海英租界在老城厢以北宣告成立,经数次扩张,公共租界面积已扩展到22.59平方公里,北面边界到达上海、宝山两县的交界处,西面一直扩展到静安寺,整个租界被划分为中、北、东、西四个区,是名副其实的"国中之国"。租界,地处苏州河与黄浦江的交汇处,坐拥对外港口,凭借着优厚的地理条件和政治地位迅速繁荣起来。不仅催生了南京路的商业神话,还云集了众多金融地产巨头、娱乐天堂和文化据点,成为中国近代史上上海勃兴的缩影。

国人对于租界的感情定位始终是复杂的。一方面它为长期闭关自守的中华大地开启了放眼看世界的窗口,另一方面它们的诞生却是建立在中华民族的屈辱之上。国中之国的耀武扬威,始终是国人悲情记忆的来源。但是,无论如何评说,租界对于上海近代以来的发展轨迹乃至城市风格的奠基作用却是不可否认的。近代上海,主要存在过两大租界,其一是公共租界,其二是法租界。公共租界在中国近代史上只出现过两处,一处在上海,另一处则在厦门的鼓浪屿。相较于厦门公共租界的小巧玲珑,上海公共租界不仅在中国租界史上开辟得最早,存在时间最长,面积最大,而且管理机构最为庞大,发展最为充分,从而奠定了当年上海作为远东金融和商贸中心的枢纽地位。

在上海,孙津川开始时居无定所,借在工厂、码头四处打工的机会,他饱览了半殖民地、半封建的上海滩。日晖兴发机器厂是孙津川打工时间较长的工厂。

日晖兴发机器厂坐落在上海徐汇家一带,大约在今天的徐汇区瑞金南路和内环高架路交叉处。 徐家汇的由来，据说与明代文渊阁大学士、著名科学家徐光启有关。 明代晚期，他曾在此建农庄别业，从事农业实验并著书立说，逝世后即安葬于此，其后裔在此繁衍生息，初名"徐家库"，渐成集镇。 又因地处肇嘉浜与法华泾的两水会合处，故又得名"徐家汇"。

日晖兴发机器厂生产规模远远比不上金陵机器制造局，只有几台破旧的车床、钻床，还有一些铸造翻砂的设备，主要为小火轮和渔船生产的一些机械设备和配件。 环境脏乱，机器陈旧，没有安全设备。 为增加生产产品，降低成本，工厂老板对工人十分刻薄，每天要工作十几个小时，讲起来每个月应得两三块钱的工资，但总被老板以工人上班打瞌睡、工件有疵点等借口克扣得所剩无几。

十月革命爆发时，孙津川还在上海。

11月9日，上海《民国日报》连续三天报道了这一重要消息，标题是《欧洲战电》《突如其来之俄国大政变》等。 俄国无产阶级在布尔什维克党和列宁的领导下，取得了十月社会主义革命的伟大胜利，建立了世界上第一个社会主义国家。 阿芙乐尔号巡洋舰上的炮声，宣告了俄国沙皇专制统治的结束，宣告了世界上第一个无产阶级专政的社会主义国家的诞生；这炮声震撼了五洲四海，震撼了亚洲东方古老的中国大地；这炮声唤醒了苦难的中国人民，也给中国送来了马克思列宁主义，使年轻的中国无产阶级和一切先进分子、爱国志士，掌握了认识世界、改造世界、造就光明的新中国的锐利的思想武器和金钥匙。

孙津川兴奋不已地找来各种载有十月革命消息的报纸杂志，仔细阅读，开始接受马克思主义和社会主义思想，意识到无产阶级只有通过斗争，才能推翻反动的统治阶级，只有建立无产阶级政权，才能救中国。

"走俄国人的路"，这就是历史的选择，中国人民的结论。 十月革命胜利，也使青年孙津川与他的同志、伙伴们的思想焕然一新，精神为之一振,并发生了质的飞跃。

由于孙津川识字断文,见多识广,又有一副古道热肠,工友们一有闲暇,就聚集在他的周围,听他讲那些珍闻轶事,讨论报刊上有关劳动问题的文章和报道。 从而,孙津川也结交了不少工人朋友。

一次,一位年轻工人因长期疲劳工作,营养不良,加之连续操作机器近十六个小时,昏倒在机器旁,胳膊不幸被旋转的机器轧断。

血肉模糊,鲜血淋淋,片刻便将机器周围的土地染红。

孙津川连忙和工友们七手八脚地将他抬起来,送往医院抢救。

受伤的工友虽然性命被保住了,但他的手臂却落下了永远的残疾。 同时,在医院治伤的大笔费用,贪婪的资本家却不愿意承担任何责任,还振振有词地说:"我花钱雇你做工,养活你们,病、死概由自己负责。"

津川当即和几个工人站出来与老板据理力争,可是,老板根本不把他一个小工人放在眼里,对他的要求不理不睬。

气愤不已的津川和工友们,拉着老板去当局讲理,双方僵持不下,越闹越大。 最后,在当地士绅的调解下,老板后来仅按当地工人受伤处理的惯例,多付出两个月工资。 但是,医疗费坚持不付,还无理地解雇受伤的工人,并开除了领头闹事的孙津川。

这是孙津川第一次与工厂工人站出来同资本家面对面地斗争。

这次斗争,最终以失败而结束。

孙津川愤而离厂,准备再回南京。

别离上海之时,几名要好的工友,在兴发机器厂附近的露天小摊点了几碟小菜为孙津川饯行。 孙津川从贴身口袋掏出一块鹰洋对那位特地赶来道谢、受伤工友的父亲说:"我要回去了,今后可能不容易见面了,这块大洋请你带回给小兄弟补补身子。"

在上海老北站,众兄弟依依不舍地互道珍重,相约有机会再见。

## 10

1919年,五四运动爆发。

全国各地青年知识分子、工人阶级和各界人民在"内除国贼、外争主权"的口号下,群起奋斗。 为声援被北洋军阀政府军警镇压的爱国学生,当年5月20日,南京召开了国民大会声援五四运动,孙津川也积极走上街头,参加示威游行,声援北京爱国学生运动。

这时,一名他在上海熟识的工友,专程来南京邀请他一道去大中华纱厂做工。

大中华纱厂地处吴淞镇,由民族资本家聂云台创办,早先他曾在杨树浦华盛路经营官商合办恒丰纱厂。傅国涌在《聂云台:从革新恒丰纱厂到上海总商会会长》中记载说,五四运动爆发后,中国民族棉纺织业的政治和经济环境得到改善,不少中资企业对恒丰纱厂的发展十分钦佩,对聂云台的经营能力也十分敬重,纷纷要求投资入股,或请他担任本企业的董事长或董事,以增加企业号召力。 而聂云台本人也有愿望在实业界进一步再显身手。 1919年6月,他在报纸上公开招股,发起在吴淞蕴藻浜路购地一百五十亩,创办大中华纱厂,并任该厂董事长兼总经理。 当时正是中国棉纺织业的黄金时期,大中华纱厂资本总额很快从九十万两增加到两百万两,纱锭设备也从两万锭发展到四万五千锭。 由于当时中国还没有专门制造纺织机械的工厂,各厂所需机器与纺锭都从外国进口,价格高昂。 兼任上海市总商会会长和上海纱厂联合会会长的聂云台,又联合张謇、荣宗敬、穆藕初等企业家在吴淞租地创设了中国铁工厂,专门制造纺纱、织布、摇纱、打包等机器及配件。 在当时,无论是规模还是设备,大中华纱厂都是第一流的,行业中有"模范纱厂"之称。 由于聂云台在经营实业上所取得的卓著成就,从而成为上海工商界显赫一时的人物。

1920年夏天,孙津川考入大中华纱厂做工。

大中华纱厂所在地为上海宝山县吴淞镇。 这是一个百年老镇,上海重要军事要塞,民族英雄陈化成的牺牲地,至今仍保留着古炮台、淞沪铁路炮台终点站遗址、遗迹等。

与兴发机器厂相比，大中华纱厂工厂是新建的，纺纱机器设备也是新的，工作环境和条件都比兴发机器厂好多了。但是，工厂依然大量使用童工，工作时间都是十二小时，管理制度也更为严格。工人不仅工资收入低，而且工作十分辛苦，工人们每天早晨六时随着工厂长鸣的气笛声进厂，晚上六时下班，不准回家吃饭，不准随意请假，不准上班聊天……

工人只能在休息时吞吃早晨带进厂的冷饭，不管是酷暑还是严冬，天天如此。

由于恶劣的工作条件和困苦生活的折磨，加之终日很少见到阳光，工人们特别是童工个个脸色苍白，面黄饥瘦，走路发飘，身心受到严重摧残。这些每天拎着饭盒匆匆起身，吃冷饭喝凉水的小童工，与资本家花天酒地、纸醉金迷的生活形成鲜明的对照。

目睹资本家残酷剥削工人的景况，孙津川更是愤愤不平，他和工友们时常说："天下乌鸦一般黑。"

为了牟取更多的利润，让工人尽快掌握先进设备技术，精明的老板聂云台与知名教育家黄炎培等人发起成立了中华职业教育社，并在大中华纱厂开办了技术培训班，请外籍专家讲授新技术、新方法，培养技术工人。孙津川从事的机匠，也就是机械维修工，也要参加工厂的技术培训。虽然，他对资本家对工人的剥削不满，但是对聂云台这个留过洋的前清秀才的这些举措却十分赞赏。

## 11

开办了技术培训班的布告贴在纱厂大门一周了，报名的工人却寥寥无几。

许多工人在路过大门时，都摇着头说："不去，不去！"原因很简单，绝大多数的工人不具备参加培训的文化知识，另一个原因是很多工人认为培训是老板的事，工资不多拿，还要倒贴时间和精力。

这天收工后，孙津川没有回家，急匆匆地与工友阿祥来到张国宾家。张国宾是孙津川在兴发机器厂打工时认识的工友，后来成为朋友，同在大中华纱厂做事。进门时，张国宾和母亲、妹妹正在吃饭。

见到孙津川匆忙赶来，张国宾忙问出了什么事。

"想拉你一道参加厂里的机匠培训。"孙津川没有拐弯抹角，直率地说，"聂老板今天又补发布告说，凡参加培训考试合格者可以升为正式工匠！"

张国宾说："早知道了。你是知道的，我大字识不了一箩筐，参加什么培训呀！"

"没事的，我知道有几个报名的工友识字还没有你多，我们几个都报名，互相参谋着，一定能成功的。"

"我目不识丁都准备报名了，你还磨叽什么。路上孙大哥说了，他愿意帮咱们识字，这样的好事千载难逢啊！"

张国宾的阿妹在旁忍不住插话说："有孙大哥这话，你不去我就去啦！"

张伯母也说："可以试试的，学不成再退回来，不碍事的。"

其实，拉张国宾和阿祥一道报名参加培训，孙津川还有一层想法——这样不仅可以提高一下工作技能，增加一些他们的收入，而且有机会多接近一下张国宾的妹妹。

最近一段时间，有个工头的女儿老是有事没事地缠着孙津川，不是买块牛奶糖果送给他尝尝，就是送块手帕给他。其实，他早在心里看上了张国宾的妹妹。在认识张国宾不久，他就认识了张阿妹，交往已有多年。张阿妹年龄与他相仿，在一家日本纱厂做工，小孙津川三四岁，可人讨喜，虽然个头不高，但眉清目秀，皮肤白亮，瓜子脸上嵌着一对会说话的眼睛。每当孙津川来张国宾家时，张阿妹也像是懂得他心事似的忙前忙后。听到张阿妹亲切叫着孙大哥，孙津川感到热乎乎的，有时答应的声音自己都认为有点变调。

"孙大哥，从今天起就开始当我们的老师吧？"张阿妹甜甜地说。

"好，准备好笔和纸没有？"

"没有问题，我马上去买。"

在孙津川的劝说下，张国宾和阿祥等工友都报名参加了纱厂的机工培训。在纱厂培训班上，孙津川不仅注意听讲，还认真记下了许多笔记，生怕遗漏后没法给众兄弟进行补习，影响大家的考试。回到张国宾家，他们又一起温习、揣摩洋教师的讲课内容。好在讲课的内容都是他们在工厂都熟悉的，只是与文字、符号有时对不上去，经孙津川一提醒，大家就知道了。几个月下来，三个人不仅都顺利地通过了测验，而且认识了不少文字。

结业那天，大家都十分高兴，张伯母特地在家准备了一桌好菜，还买了一瓶上海老酒招待孙津川和阿祥。

饭桌上，张国宾端起酒杯首先说："今天顺利结业了，多亏孙大哥的扶助，我们一齐来对他表示敬意！"

阿祥也说："我是'借花献佛'，感谢二位大哥帮助！"

"不知聂老板能否兑现当初的承诺？"阿妹说。

"应该会兑现的，他是里子、面子都要的人。不说他了，我来给大家说一个新闻。"津川取出一份《民国日报》副刊读道，"一个幽灵，共产主义的幽灵，在欧洲游荡。为了对这个幽灵进行神圣的围剿，旧欧洲的一切势力，教皇和沙皇、梅特涅和基佐、法国的激进派和德国的警察，都联合起来了。"

"一个幽灵，什么是幽灵？"

"幽灵，是不是鬼神？"大家七嘴八舌地说。

"意思差不多，"津川笑着接着说，"你们知道最近工人为什么总是在闹事、罢工吗？就是这个幽灵，帮助咱们劳苦工人的幽灵在作怪！"

五四运动以后，陈独秀、李大钊、施存统等最早接受共产主义思想的知识分子，主动地通过各种渠道在上海宣传共产主义思想，宣传共产主义运动已成为不可抗拒的历史潮流的道理，响亮地提出了全世界无产阶级团结起来,开展阶级斗争,为争取自身权利而斗争。 上海报纸的副刊也经常登载共产主义思想的宣传文章,有力促进了劳动者的觉醒,工人联合组织在上海开始出现。

"昨天下午,我路过法国公园,刚好上海机器工会正在那里集会,那位先生讲得多好啊,"孙津川站起来,端着酒杯说,"让统治阶级在共产主义革命面前发抖吧。 无产者在这个革命中失去的只是锁链。他们获得的将是整个世界。"

"日本纱厂的门前最近也有人进行演讲,后来被巡捕赶走了。"阿妹红着脸说。

"我估猜着,共产党已经来到上海,劳动阶层摆脱受苦受难的日子不远了!"孙津川的话引起大家的兴致,大家左一杯右一杯地开怀畅饮。

喝到二八盅,张阿妹起身拎起饭盒准备动身去上夜班,孙津川也起身说:"我也想早些回家。"张伯母望着酒已上脸的孙津川,十分理解地说:"你们刚好顺路,一道走吧。"

"孙大哥,你咋知道那么多,连我妈都喜欢听你说话!"搂着孙津川的胳膊,张阿妹欣喜地又说,"有一个重要的事情要告诉你!"

"我猜猜,"孙津川说,"是姆妈答应了?"

"羞! 还没有成家就叫妈了!"张阿妹说,"阿哥也说是门好亲事!"

沿着昏暗的街灯,看着波光粼粼的江水,两人手挽手地边说边走,兴奋地憧憬着未来。

婚期定在当年春节前举行,通过一个工友介绍,租赁吴淞老街的一个弄堂的小平房作新房。 新房虽然房子不大,只有二十平米不到,但离张阿妹娘家不远,上班也近。

春节快到了,新房也收拾好,他们双双回到南京,在中华门南宝塔根拜见孙多儒和孙华氏。 见到津川带回的张阿妹,孙多儒夫妇高兴得合不拢嘴，妹妹一口一声跟前跟后地叫着"亲姐姐"。

听到津川讲，他们的新房已准备好，孙华氏连声说："好，好！"她忙不迭地走到里屋，翻箱倒柜找出一个绿绸布包起来的东西说，"婆婆没有什么值钱的东西，这是津川奶奶传给我的一副玉镯，就送给你们作纪念吧！"

第二天，婚礼在南宝塔根的家门口举行，为数不多的几位亲戚闻讯赶来道贺。

在南京，孙津川和妹妹轮流陪着张阿妹到夫子庙、中华门等处游览，度过了近一周甜蜜的日子。

结婚后又过了几天，他们又回到吴淞。

新婚燕尔，婚后生活十分满足，不久因怀孕被厂里发现，张阿妹被辞退来家。

正如俗语所说，苦日子难挨，幸福总是来得快、走得早。

他们新婚的第二年，1922年冬至过后，张阿妹临产了，因为生活困难，无力去新式医院，他们只好请来街上稳婆在家中帮助生产。谁料，产下女儿孙以诚后，由于生产处理不够卫生，下床过早受了凉，再加上营养跟不上，她染上"产后风"，一连几天高烧不退，茶水不进。

望着嗷嗷待哺的孩子和妻子痛苦的表情，津川不得已将母亲送给张阿妹的手镯拿到街头的当铺换些钱，到药铺抓了几副药。待他拎着药赶到家时，妻子已不幸去世。

许多在大中华纱厂的工友得知后纷纷赶来吊唁，表示慰问。

在妻子的灵位前，孙津川想到与她徜徉在黄埔江的夜晚，与她在灯下共同学习文化的日子，一起游览玄武湖的点点滴滴，不禁流下痛苦的泪水。

丧妻的伤痛还没有平复，南京又传来不好的消息：父亲病重。

待津川连夜赶回南京时，父亲孙多儒已病故了。

五十八岁，对现代人而言，正是年富力强的时候，但由于一生拼搏,四处流浪,孙多儒积劳成疾而早逝了。 孙家,也因此失去了主心骨。

草草安葬了父亲,因津川在上海打工多年,穷亲戚也认为上海的钱好赚一点,便劝孙华氏将家搬到上海,尽快离开这个令人伤感的地方。 好在津川对上海也较熟悉,不容多谈,搬迁之事就定了下来。

妻子和父亲的相继离世,使津川心里受到极大的打击。

童年时代的颠沛流离,兴发机器厂的激烈斗争,纱厂女工特别是童工的悲惨生活,和封建把头残酷压榨剥削工人的惨状,使孙津川对资本家、对黑暗的旧社会产生了无比的憎恨,在工友聚在一起时,他常说:"这个万恶的社会到了非革命不可的地步了!"

大中华纱厂是孙津川和他的许多工友永远难以忘怀的地方。

这年津川刚好二十六岁,为什么痛苦和煎熬总是缠着我,难道真的是我的命苦吗? 还是我的努力不够?

在绵绵无尽地思考中,一个强烈的愿望在心中久久不肯离去:

一定要找到中国共产党……

# 第四章
## 声援五卅,吴淞机厂的领头雁

> 在冬季的深处
> 已经涌动着雪
> 白色的旋转。将做出证实
> 巨大的岩石
> 储满着黑色的飞动……
> ——张国凡《理性之外》

### 12

父亲去世的年底,孙津川领着母亲及刚满月的女儿孙以诚(小名毛毛)、弟弟孙晴川、妹妹孙方素,全家离开南京搬迁到上海吴淞张华浜吴淞机厂对面的赵家宅住下。

因离职多日,孙津川早被大中

华纱厂除名，只有另谋生路。

吴淞赵家宅附近，住户大多是吴淞机厂工人。当时在吴淞机厂一号厂当工头的周阿宝，早年曾与孙多儒一起在汉阳兵工厂做事。孙华氏便托周阿宝介绍孙津川进吴淞机厂工作。周阿宝倒也爽快，一口允承。这样，在1923年春，孙津川进了上海铁路吴淞机厂。

长年苦难生活的折磨和煎熬，惆怅、迷茫，充斥着他的心灵。加上父亲和妻子相继离去造成的失落，孙津川甚至没有勇气再自称"竞川"，在吴淞机厂报到时，将错就错地更名为"津川"。开始，他在一号厂冷气间当钳工，后来周阿宝见津川机修技术娴熟，便安排他在工厂专修风闸总成，即火车刹车设备。进吴淞机厂不久，孙津川又帮助其弟孙晴川也进入了吴淞机厂。

吴淞机厂始建于清光绪三十一年（1905年），位于上海黄浦江边，张华浜、蕴藻浜之间，黄浦江和长江的交汇处，为上海北翼的江海门户。清政府通过重修沪宁线的决议时，为了整修机车车辆的方便，批准英国商家在吴淞口建立吴淞机械厂。至1924年，该厂正式工人已达七百多人，成为沪宁、沪杭甬两路的神经枢纽和上海地区铁路工人最集中的"大站"，车辆修配和抢险救援的基地。

吴淞机厂即现在中车集团戚墅堰公司的前身，1937年全面抗战爆发前搬迁至常州戚墅堰。目前，中车集团戚墅堰机车车辆厂是中国铁路主要的轨道交通运输装备制造和服务基地，是国内唯一一家专门研发内燃机车的企业，也是中国最大的内燃机车修理基地。

吴淞机厂有着光荣的革命传统。

戚野堰机车车辆工厂所编的《戚机厂工人斗争史》如是说，五四运动中，吴淞机厂工人积极参加了上海工人"六五"大罢工，从6月7日上午开始罢工，工友们还组织了"十人团"，在厂内外进行广泛的宣传。在吴淞机厂工人罢工的影响下，6月10日沪宁、沪杭甬两路的铁路工人相继罢工，造成铁路交通的阻塞，在全国有极大的影响。1920年7月，吴淞机厂又举行了增资大罢工，迫使当局增加了工人工资。

当年11月，上海共产主义小组组织的第一个新型工会——上海机器工会成立，吴淞机厂部分工人参加了这个新型工会，从而接受了马克思主义的启蒙教育。1923年2月7日，吴淞机厂周阿康、梁叔衡、郭顺达等工人积极参加了上海工人声援京汉铁路工人大罢工的横滨桥大会。会后，机厂全体工人又与上海北站、机务段工人代表，在吴淞机厂货车工场召开声援京汉铁路工人大会。工人们当场捐款，并一致通过慰问信，支援和慰问京汉铁路的工人兄弟。

吴淞机厂是英国资本家经营的，尽管当时工人的工资待遇比一般行业要略高一些，但受帝国主义和封建把头的双重压榨，生活十分艰苦。

机厂员工待遇也是内外有别，一般工人的最低月薪十五元，而外籍厂长高达六百元，中国工头、领班工资在一百元上下，也较普通工人要高出六七倍。至于学徒工、临时工的待遇就更加差了，他们干着与普通工差不多的活，但与其他工厂一样，工资不足普通工的一半，甚至三分之一、四分之一。

工厂用工制度同样实行封建包工制，相当数量的工人都由各工厂的工头负责招来，工人与工头的关系既有同乡、宗族的关系，又有剥削与被剥削的关系。在包工制下，工头拥有用工的大权，可以任意解雇、招揽工人。当时，工场工人分底工（即基本工人）和临时工两种，底工是不能随便辞退的，而临时工则干一天算一天。厂里有明文确定，临时工满六个月就可以转正，但是为了谋取利润，工厂大量使用的是临时工。有的临时工竟然连续六年还在工厂做临时工。

工厂劳动条件很差，大部分工作都是露天作业。夏天，工人们冒着烈日火烤，在四十多度的高温下翻砂、制模，冬天，顶着凛烈寒风，冷作、搬运……

一位姓沈的老铆工，在高空作业时不慎从高处摔下，因没钱医治而在当夜死去；有位叫周荣生的工人得了疟疾，为养家糊口他带病上工，因在车间稍作休息，就被"洋厂长"发现，拳打脚踢而受伤，回家不到一个月就死了……

现实使津川懂得，不仅中国老板欺负工人，外国老板欺负工人更厉害。

## 13

中国有句古话："上天总是眷顾有心人。"还有一句："踏破铁鞋无处觅，得来全不费功夫。"

就在孙津川长叹"难道这世界会永远这样不公平下去吗""中国的布尔什维克——共产党在哪里"之时，一位不速之客到访了赵家宅，使孙津川干涸的心灵得到滋润。

进吴淞机厂第二年的一天，中共上海地委兼区委执行委员、负责上海劳工运动的徐梅坤，为发展铁路工人运动，通过大中华纱厂中共党员陈念之介绍，与孙津川建立了联系。

那天傍晚，陈念之领着戴着眼镜的徐梅坤没费多少劲就找到了赵家宅孙津川的住处。因是老朋友，双方非常熟悉，一见面陈念之就说道："介绍一个你早想认识的人——上海总工会的老徐，他知识渊博，肯定可以做你的新朋友！"

徐梅坤，1893年生于浙江萧山，又名徐行之，1922年初由陈独秀介绍加入中国共产党，当年7月任中共上海地方执行委员会兼江浙执行委员会书记，1923年7月邓中夏任地委书记后，他改任区委秘书兼会计、上海印刷总工会委员长、上海总工会组织部长和全国印刷总工会委员长等职，并兼管中共中央机关刊物《向导》周刊的印刷发行。

徐梅坤一行的到访，使孙津川惊喜万分，他不停地说："早就想结识共产党，今日相见，终生无憾！"

他们围坐在赵家宅的小饭桌前，从傍晚一直谈到凌晨。

"在这个社会中，工人是最伟大的。"徐梅坤说，"人们所吃的谷米，所穿的衣服，所住的房屋，所走的马路，所坐的轮船火车，所读的报章书籍，军阀、资本家所享用的奢侈品，没有一样不是工人造出的，假如世界真一日没有我们工人,世界文明便完全熄灭。"

陈念之也说:"世界文明虽然是我们工人创造的,我们工人虽然是人类的主宰、社会的柱石,然而现今的时代,工人们却处于饥寒交迫的苦境。 只有组织起来,进行斗争,才能改变这种不合理的状况,摆脱受剥削受压迫的地位。"

孙津川不住地点头、插话。

临别时,徐梅坤取出新近出版的一本《向导》及中国劳动组合书记部公布的《劳动法大纲》交给津川,说:"请你仔细看看,过几天还会有人与你联系的。"

"谢谢徐先生赐教,我一定好好拜读。"

时隔五十年后的1987年3月12日,徐梅坤在接受采访时回忆说:"1923年下半年,我到上海大中会纱厂找陈念之,陈是该厂职员,由我亲自发展的新党员。 为在铁路工人中开展工作,我询问能否在吴淞机厂介绍一些进步工人,他当即就推荐孙津川。"

这一晚,偶然的邂逅、短暂的接触,使孙津川的内心受到了极大的震撼。 孙津川被徐梅坤那朴素的话语、崭新的道理吸引住了,许多模糊不清的道理,经他这么轻轻地一点拨,顿时豁然开朗。 孙津川的心里像突然装进许多新鲜的东西一样,亮堂起来。 他终于找到了帝国主义、封建主义是劳动人民受苦受累的原因,第一次从本质上认识到了什么叫阶级压迫,也进一步明白了一个朴素的真理:工农大众要翻身解放,必须坚决跟共产党走。

同年10月,与吴淞机厂相距不远的吴淞铁工厂发生监工蛮横殴打社会主义青年团员、工人谭学厂事件。 时任中共上海区委劳动运动委员会主任的王荷波到访了吴淞机厂,并顺路找到孙津川,与他进行了长谈。

王荷波是中国工人运动早期领导人之一,南京地方党组织——中共浦口党小组的创建人,因在南京浦镇机厂领导工人运动,遭到北洋政府的追捕。 1923年8月被中共上海地委任命为劳动运动委员会主任,并负责铁路、船厂工运工作。 在吴淞铁工厂,他因势利导地鼓动工人组织工会组织,受到吴淞铁工厂广大工人欢迎。 在王荷波的鼓动下,吴淞地区的工会组织很快成立了,孙津川带领吴淞机厂十四名工友也参加了这个组织。

这是孙津川第一次参加中国共产党倡导建立的工会组织。 在庆幸结识徐梅坤、王荷波之时,思想上也逐步成熟起来,义无反顾地踏上了革命的道路。

知识和理论不是与生俱来的,只有通过学习、实践和外部的灌输才能获得。 但是在旧社会,劳动人民连饭都吃不饱,哪有可能到学校学习,大多数平民百姓都是大字不识的文盲。

五四运动以后,中国知识界掀起了一股平民教育热潮。 为了提高平民的认知水平,中国共产党的先进分子和一些有识之士,如黄炎培、邵力子、陶行知等纷纷加入平民教育的行列,创办平民学校和夜校。 北洋政府对此表示默许,不反对发展平民教育。

为加强对工人群众的宣传教育,推动工人运动的发展,中共上海区委发出通知,要求各级工会和党的组织努力开办平民学校,提出把工人组织起来,对工人群众进行"文化之提高"和"政治之宣传"。 根据上海区委的号召,上海大学和同济大学的党组织委派了党团员前来吴淞工会开展筹建平民学校的工作,孙津川满腔热情地积极投入了平民学校的筹建和组织中去。

4月20日,吴淞平民学校在吴淞镇淞安路开学,中共中央工人委员会书记、上海区委委员长邓中夏和王荷波出席典礼。 在开学典礼上,邓中夏热情赞扬了平民学校的开学,他说:平民学校是工人学习文化、增长知识、了解自我的最好途径! 现阶段只有资本家的少爷和小姐才有读书的机会,这是极不合理的,极不平等的! 我们要将这种不平等社会打破,如果要达到平等的社会,只有共产主义革命,建立社会主义,才能实现人与人的平等!

邓中夏的讲演使孙津川的心灵再次受到洗礼，增强了从事平民学校工作的信心和力量。中共上海市宝山区委组织部主编的《上海宝山区党史大事记》记载说，该校由同济大学医科学生何志球会同吴淞机厂技工孙津川联合创办，学校设在吴淞木行街，即今天淞安路的西段。吴淞机厂、铁工厂、华丰纱厂、大中华纱厂的许多工人都参加了平民学校的学习。

邓中夏与王荷波等同志多次到平民学校，与工友们促膝交谈，传播革命理论，推动工人运动发展。共青团中央及中国公学的许多同志都先后在夜校里担任过教师。在中共上海区委的指导和帮助下，夏季来临之时，吴淞工人俱乐部在淞沪铁路炮台又宣告成立。李立三兼任吴淞工人俱乐部主任。

作为俱乐部和平民学校积极分子的孙津川，把俱乐部当成自己的家，每天下班后，就直奔俱乐部，忙这忙那，团结爱好文娱活动的青年工人，排演文明戏，学唱传统京剧，揭露反动当局和资本家压迫工人的种种罪恶，逐步成为工人群众的主心骨。

## 14

1925年1月，中国共产党第四次全国代表大会以后，各地群众运动蓬勃发展。

2月间的一天，在日商内外棉纱厂第八厂推纱间，工人无意之间发现一名童工尸首，胸部受重伤十余处，显然系被纱厂日籍管理员用铁棍殴打死亡。消息传出，工人们纷纷前往，目睹惨状，群情激愤，随即全体罢工。为将罢工潮扑灭，厂方无故开除四十余名工人。为抗议厂方无故开除工人行为，在中共上海区委的领导下，2月9日上海日资的二十二个纱厂四万余人举行了震惊远东的大罢工。

在中国共产党的推动下，上海、杭州等地发起募捐活动，成立后援会。2月25日，经上海总商会出面调停，日本资本家被迫与工人谈判并签约，厂主被迫答允不打骂工人，同时每两周发放一次工资。罢工遂于3月1日胜利结束。

时过不到两个月,不甘受到挫折的日商纱厂以男工屡起风潮为由,不约而同地将纱厂有男工尽行开除,换招女工。这一来,引起二十二家工厂的大罢工。由上海各团体调停,以改良工人待遇、发还储金为条件,恢复工作。不料,内外棉纱厂第八厂在工人复工后,又开除工人数十名。5月14日,日本纱厂工人为抗议资方无理开除工人再度罢工,并推举代表顾正红等八人向厂主交涉。在交涉中发生争执,日方突然开枪,顾正红伤重不治,其余七人受伤,受伤工人向公共租界工部局请求援助,工部局不仅不予以公平处理,反而控以扰乱治安罪名,这一来群情更为激愤。

与此同时,在上海的帝国主义者提出有损中国主权,打击中国民族工商业的"四提案"(增订印刷附律,增加码头捐,交易所注册及所谓"取缔重工法案"),决定在上海纳税外人会上通过,这就引起了包括民族资产阶级在内的上海各阶层人士的强烈反对。

上海工人罢工、学生运动由此发展到一场全面的反帝爱国斗争。

五卅惨案的当夜,中共中央决定顺势而为扩大斗争规模,号召上海人民举行罢工、罢课、罢市,以抗议帝国主义的大屠杀。

在共产党人蔡和森、李立三、刘少奇等的领导下,上海总工会成立。会议通过决议,号召全市工友们团结起来,罢工、罢市、罢课,声讨帝国主义在上海的罪行。李立三当选为委员长,孙津川出席了这个大会。

会后,孙津川立即召集十余名工人骨干在平民学校秘密开会,报告五卅惨案的经过和上海总工会成立的消息,商讨如何发动全厂工人罢工,希望大家行动起来,积极参加全市总罢工。

觉悟起来的工友们义愤填膺,纷纷表示:"洋鬼子是不让中国人活了,工人们要团结起来,和他干到底!"

得到工头的告密,机厂厂长毛尔维带着几个工头赶到现场。一个工头说:"你们都有家有业,不要听那些革命分子的唆使,造反是要杀头的！"

毛尔维软硬兼施地说："我们沪宁铁路工人的生活是好的，你们有什么要求尽管说，别的厂怎么办，我们也怎么办。"

孙津川当场站起来说："日本鬼子、英国捕头打死打伤了我们那么多兄弟，你知道吗？这笔账怎么算？你能赔得起吗？"

工人们七嘴八舌地说："中国工人是一家，是不好欺的，血债一定要血来还！"毛尔维见在场的工人一个个愤怒的目光，嗫嚅地说："你们不要听人挑唆，仔细想一想要不要在厂里再干下去！"

"早想好了，血债一定要血来还！"

经过工人骨干的分头串联，5月31日深夜，吴淞机厂一百多名工人，在孙津川领导下，不顾毛尔维及工头们的阻挠和威胁，与吴淞地区永安二厂、华丰纱厂、中国铁工厂的工人和同济大学、中国公学、商船学校、水产学校等上千名工人和学生一起，摸黑徒步向上海市区进发。

6月1日，上海全市的总罢工、总罢课和总罢市开始了，其中包括二十余万工人的总同盟罢工，五万学生罢课，绝大部分商人参加罢市。

五卅惨案和上海大罢工引发全国震动，北京学生第二天率先响应。全国各大都市学生也先后罢课，风起云涌，进行反帝国主义示威运动，民意沸腾。

6月7日，由上海总工会、全国学生联合会、上海学生联合会和各马路商界总联合会推举代表，组成"工商学联合委员会"，提出了惩办凶手并赔偿、取消领事裁判权、永远撤出驻沪的英、日海陆军等十七项交涉条件。

在中共中央的领导和发动下，运动不断发展和扩大，北京、天津、南京、青岛、杭州、开封、郑州、重庆等全国各大城市和几百个城镇的人民，纷纷游行示威，罢工，罢课，罢市，通电，捐款，表示支援，形成了全国规模的反帝怒潮,并得到国际工人阶级的支援。

迫于舆论的压力,北洋政府外交部于6月1日向驻京公使团领袖意国公使提出抗议,并派出专使蔡廷干、郑谦、曾宗鉴等至上海与英日等国谈判。双方在上海一共开了三次会议,因六国委员拒绝,后又移北京继续谈判。最后达成协议:上海公共租界总巡麦高云、捕头爱伏生免职,收回上海会审公廨;顾正红案由日本纱厂与工人订立条件六款,附件三款,包括赔偿工人损失费一万元,补助罢工损失费十万元,日本人入厂不准携带武器,不得无故开除工人,提高工资等。

中国共产党和全国总工会为了保存力量和巩固已有的胜利,决定停止总同盟罢工,到当年八九月间各业工人逐渐复工。

## 15

1925年6月,为推动工人运动和革命形势的发展,贯彻党的四大关于"在沪宁、沪杭甬两路迅速地组织工会,建立和发展党的组织"的决议,中共上海区委和上海总工会委派两位党的干部到吴淞机厂开拓铁路工运工作。一位是黄埔军校第一期第二队班主任、中共黄埔特支成员彭干臣,另一位是刚从苏联东方大学学习回国的王荷波胞弟、全国铁总总干事、上总特派员王警东,陪同前往的还有上海总工会的一位干部余茂怀。

那天,孙津川拖着疲惫的身子正朝家走去。忽然,他看到许多人围在一起听一位年轻人正站在高处大声地发表演说。走近一看,当中那个演讲者正慷慨激昂地说道:"我们工人创造了无穷的财富,却过着牛马不如的生活。地主和资本家不劳而获,却花天酒地。这是为什么?根子在哪里?根子就在这个吃人的社会制度。我们的邻国——苏俄,劳苦大众已经推翻了旧制度,工人们当家做了主人。"

说到这里,听众们立即响起一片掌声。

孙津川聚精会神地听着,不停地与工友们鼓掌喝彩。

演讲结束,孙津川走上前去说:"讲得真好啊,请问贵姓?"

"都是工友，不分贵贱高低。我姓王，请教您怎么称呼？"

"我姓孙，吴淞机厂工匠。"

"孙津川？"两位演讲人异口同声地问。

"正是。"孙津川笑着说。

"说到曹操，曹操到！"三人都笑了。

原来，经徐梅坤、王荷波介绍，彭干臣和王警东也正要找到孙津川。

时年二十七岁的彭干臣，湖北省英山县人，1921年4月加入中国社会主义青年团，后转为中共党员。1924年5月考取黄埔军校第一期，由此开始了他的军事生涯。他与陈赓一起留校分配到同一个连队，任党代表，陈赓任连长。1925年1月，参加讨伐陈炯明的第一次东征作战，因战功显赫升任营党代表。当年6月被党组织调到上海开展工人运动。

王警东，又名王凯，1901年出生于福建省闽侯，1921年与他的大哥王荷波一起在浦口机厂做工，参加了浦厂"二七"大罢工，后被工厂开除。1923年6月，由王荷波和南京东南大学学生谢定远介绍入党。1924年2月，被派往苏联莫斯科东方大学学习，回国后以全国铁路总工会总干事和上海市总工会特派员的身份与彭干臣来到吴淞机厂，组织领导沪宁、沪杭甬铁路工会运动。

在赵家宅2号孙津川的家中，四人像多年不见的老朋友一样兴奋地聚在一起。

彭干臣问："王荷波是否熟悉？"

"熟悉！我们铁路系统的工运领导人，在吴淞工人夜校我们见过面。"

"这是刚从苏联回来、王荷波的弟弟王警东。"

"欢迎，欢迎！"

1949年6月5日，王警东回忆说："1925年6月，我奉全国铁路总工会命令，组织沪杭甬工会，一到（淞沪机厂），很快孙津川就自动找我们谈工厂的情况、工头的思想、他本人的态度。当时，（孙津川）就积极参加工会……"

孙津川把吴淞机厂工人情况向他们介绍后，王警东气愤说："帝国主义和资本家之所以能在上海横行霸道，是因为工人们没有团结起来与他们作斗争，我们的任务就是要尽快地把工人们动员起来！"

说起来容易，但在北洋政府统治下的吴淞机厂如何开展工作呢？彭干臣、王警东与孙津川一起细致分析了吴淞地区环境特点和吴淞机厂工人的状况。当他们听到孙津川曾在徐梅坤和李立三的领导下开办过工人夜校，而在五卅运动后停办后，便立即决定在吴淞重新开办工人义务夜校，以开展文化教育作掩护，团结、教育工人群众，启发工人群众的革命觉悟和斗争热情。

"吴淞平民学校已经停办，要恢复容易，房子现成的，缺的只是教员。"孙津川指着他家的前屋说，"前面两间屋一直空着。"

孙津川当时住的赵家宅是一个类似于北方四合院的平房独立院落，砖木结构，前屋三间，后屋三间，中间有一个约二十平米的小院。为避寒气，后屋以木板搭成假二楼，孙津川和母亲、妹妹住楼上，弟弟晴川住楼下。

"教员不是问题，我们都可以！"

"好，就这么办！"他紧紧握着彭干臣的手，又说，"我认定，坚决跟你们干，跟着共产党走。"

建议很快得到上海工会和铁路总工会的同意。由于彭干臣、王警东在上海没有定居处，彭干臣与孙津川一家住一起，王警东住在孙津川的工友、与孙家一墙之隔的蔡锦海的家中。开始，由彭干臣担任吴淞机厂工人夜校的校长，彭干臣在当年10月受命赴苏后，王警东继任校长。孙华氏1959年1月10日对采访者回忆说："我们住的地方盖了六间房，住两间，其余四间，津川办了平民学校。"

# 第五章
## 投身革命,铁路工运显身手

> 让远方的列车巨大的气息在听觉的内部
> 复活!就从这里开始吧,我说:
> 党。颤动的嘴唇在磨擦着这个声音
>
> ——张国凡《理性之外》

### 16

为启发、组织工人群众,孙津川全身心地投入职工夜校的筹备。

吴淞机厂二十九名积极分子,成为夜校的第一批学生。

工人夜校开学时,举行了隆重的仪式,全国铁路总工会派员到会致词。 由于彭干臣和王警东两人都不会讲上海话，而学员大多数是上海人，听讲时大家都感到吃力，孙津川自告奋勇地走上台去，担任了同声翻译。

孙津川不仅本人热忱于工作，而且还动员全家积极配合，给予支持。

孙津川的母亲孙华氏虽然没有文化，但她从彭干臣、王警东和孙津川的交谈中，知道他们是干大事的，是为穷苦人着想的好人，因而在彭干臣寄宿家中时，她总是给予无微不至的关怀和照顾。 只要他们坐下来研究工作，她都主动地问寒问暖。 彭干臣、王警东也亲热地称呼孙华氏为伯母。

王警东的爱人李素英 1983 年 4 月回忆说："1926 年 4 月，我与王警东结婚后，就来到上海。 王警东曾两次带我到吴淞张华浜铁路机厂对面的孙津川家里，孙津川的母亲非常关心革命青年，她把王警东当自己的儿子一样看待。 我第一次去，她还说笑话：'王警东，你怎么到南京去骗了一个老婆来了。'不久，王警东要离开吴淞去干别的工作，她非常舍不得，恋恋不舍地说：'让我去看看他，不让他走。'"

在彭干臣、王警东和孙津川的努力下，吴淞机厂工运局面迅速打开。

为发动和宣传沪宁沪杭甬两路工运工作，6 月 25 日，全国铁路总工会和上海总工会撰写了《告沪宁沪杭工友书》两份号召书，发表在瞿秋白负责主编的《热血日报》上。

在《告沪宁沪杭工友书》中，全国铁路总工会呼吁："沪宁沪杭两路工友们，赶快团结起来啊，赶快组织在全国铁路总工会之下，作这次南京路惨案的后盾者，与全国铁路总工会一致地奋斗，誓达目的而后止……工友们，团结起来啊，起来组织工会呀，奋斗到底，此次非得圆满解决不休。"

1925 年 8 月 21 日，由彭干臣和王警东介绍，孙津川光荣地加入了中国共产党，隶属于中共上海地委所属吴淞支部，彭干臣、王警东先后担任书记。入党不久,铁路总工会任命孙津川为沪宁铁路特派员,秘密领导沪宁、沪杭甬两路工人运动。

负肩着党的嘱托、劳动工友的热望,孙津川更加奋勇努力地工作,暗下决心把共产主义当作他毕生的理想和信念。

## 17

五卅运动后工人运动蓬勃发展,全国各地工会纷纷建立。可是,在孙津川做工的上海吴淞机厂,工人们却不敢提及建立工会的事。原来,当时吴淞机厂资产归英国人所有,而英方厂长毛尔维不仅极力反对组织工会,还以停工、开除等恫吓参加工人运动的工人,使得整个吴淞机厂政治空气十分沉闷。

"不能成立机厂工会,我们就想办法成立铁路工会!"

秘密加入中共组织的当月,根据党组织的指示,孙津川与吴淞机厂在夜校中的骨干蔡景海等人商量,决定联名向沪宁、沪杭甬两路总局提出申请,要求成立沪宁铁路工会。

由于有京汉铁路总工会成立前后引发铁路大罢工的先例,局方找出种种借口不同意成立铁路工会。孙津川、蔡景海等人据理力争,多次前往交涉,最后迫使局长勉强同意成立工人组织,但不准称工会,只准成立铁路工人协进会,并要求成立的协进会必须要有工头参加。

为取得工人组织的合法地位,在征得党组织和其他几位工友意见后,孙津川不得不妥协,同意几名工头加入机厂协进会,并由一名工头担任了协进会会长。按照孙津川和他的同事们原先的想法,既然成立了工友的组织,就完全可以利用这个组织,开展工会活动,为广大职工争取权益。

1925年9月5日,沪宁铁路工人协进会成立大会在吴淞机器厂举行,七百多名工人参加了大会。孙津川被选为协进会委员,机厂木工工头韩则佩被选为协进会主席。大会发表宣言称:"……我们是工人,只有工会能代表我们之一切,只有工会能为我们工人谋利益和保障我们，这个工人协进会的意思，就是要协同工人一致和奋勇前进，本着互助之精神，取一致之行动，交换知识共谋幸福。我们是铁路工人，应该与其它（他）工友联合起来，尤应拥护全国铁路总工会！"

彭干臣代表赤色工会在会上发表了长篇演讲，号召沪宁铁路工人团结起来，为争取自身的权利而奋斗。上海市商务、电车等八大赤色工会的代表莅临大会。

铁路工人协进会成立后，虽然也为工人办了一些福利，但在工头的把持下，孙津川等进步工人的话语权渐被剥夺。在反动势力的支持下，工头逐步掌握了办会大权，活动的开展往往听命于局方，唯当局旨意而行事，背离了"工会是保护工人切身利益和为工人的利益奋斗的组织"，很快遭到工人群众的抵制和反抗。

事实证明，有资方雇主参加的工会，是不可能领导工人运动的。

## 18

在中共上海区委和铁路总工会的支持下，孙津川决定以协进会中的积极分子作为骨干，组建一个"工人俱乐部"，以逐步取代协进会。

当年10月，工人俱乐部正式成立。俱乐部成员以吴淞机厂党团员为骨干，以工人夜校为基础，很快发展到四五十人。在铁路总工会的指导下，俱乐部代表工人的利益，一方面与协进会斗争，一方面反对厂方和工头的压迫，很快取得一般工友们的信任，大部分活动积极分子都参加了该组织。

为了便于组织和发动工人群众，避免当局的干扰和破坏，工人俱乐部以灰色面貌出现，也与铁路工人协进会有联系。因而，全国铁路总工会委员长王荷波和其他领导在巡视两路工运工作时，首先要到吴淞机厂，了解工运的发展，指导俱乐部和工人夜校的工作。有时晚上来不及回市区，就住宿在孙津川家里。上海市总工会委员长李立三和刘少奇同志也经常亲临夜校，给予指导。

工人俱乐部开始设在孙津川的家中，因影响逐步扩大，学员人数不久就增加到一百多人，原有的校舍不足使用，为尽可能地吸引工友们参加活动，于是在工友们的帮助下，又重新找到一处大房子。

新校址设在吴淞镇木行街的一幢楼房，工人俱乐部与夜校同居一处，楼上为活动室，楼下为工人夜校教员宿舍。工人夜校每天晚上两节课，除学习文化知识外，主要是进行阶级教育，结合五卅运动的教训，告诉工友们要想争取自己的权利，争取自由解放，就要建立自己的工会组织。帝国主义、封建军阀和把头是压在工人头上的三座大山，他们是不会自动停止对工人的压迫和剥削的，为了摆脱工人们被奴役的地位，必须勇敢地团结起来与他们作斗争。教员还用一根筷子容易折断、一把筷子折不断作比喻，说明团结起来就有力量的道理。

通过夜校的教育，参加工人俱乐部活动的工友们逐步明确了自己的地位，搞清了什么是剥削，什么是阶级压迫，懂得了要想争取自由、获得解放就必须与反动统治阶级作勇敢的斗争。弄清了赤色工会是代表工人说话的组织，是为工人谋利益、保障工人权利的组织，中国共产党是工人阶级的先锋队。从而，大批学员的思想开始要求进步，产生了大批工人运动积极分子。

1925年10月，上海地区铁路系统第一个党支部成立，隶属上海执行委员会闸北部委领导，书记王警东。铁路支部以吴淞机厂为基地，领导吴淞机厂和沪宁、沪杭甬两路工人运动。经彭干臣、孙津川介绍，工运积极分子蔡景海被发展为中共党员。次年1月，吴淞地区成立独立支部，铁路支部由闸北部委划归吴淞独立支部领导，王警东任吴淞独立支部书记，孙津川任铁路支部书记。铁路支部名称几经变化，先后称沪工支部、沪宁铁路支部、交通科支部、铁路党支部。

铁路支部成立不久，经考察和教育，又先后秘密发展了机厂工人常广海、孟锦福、姜加声等为中共党员。

年底的一天，孙津川从杭州回来，刚走进张华浜，他就发现当天有些异样。

原来，在母亲孙华氏的张罗下，今天要为他举办一个小型婚礼。

自张阿妹因"产后风"去世以后，孙津川一直割舍不下那份情感，虽然婚后只有两年光景，但夫妻恩爱，感情很深，开始他也不愿再娶，后来由于工作繁忙，社会活动多，母亲孙华氏年龄渐大，幼小的毛毛体弱多病，亟需照料，经不起工友们的劝说，遂即同意了这门婚事。

新娘杨晨华是龙头房工头杨连生的养女，也是苦命出身，七八岁时就寄养在堂哥杨连生家，帮助杨连生带小孩、做家务，还学会了洗衣、炒菜和做饭。 杨晨华年龄小孙津川三四岁，身材匀称，皮肤微黑，留着新潮的齐耳短发，鹅蛋脸上长着几颗可人的雀斑。 介绍人说，姑娘十分能干，虽然说出身农村，但善理家务，炒得一手好菜。

虽是再婚，弟弟和他的几个朋友按照母亲的吩咐，未经孙津川允诺就在赵家宅小院置办了五六桌酒席。

毛毛也穿着漂亮的新衣服，跟前跟后地跑来跑去。

孙津川进门不一会儿，王警东、彭干臣和他的许多工友们也赶来道贺。

新婚之夜，孙津川望着躺在身边的杨晨华，抓着她的手轻声地说："嫁给我，可得兑现我们的约法三章哟。"

杨晨华知道津川最不放心的是怕她对孩子不好，她发誓说："你是知道我很喜欢孩子的，毛毛这么小就没有了亲妈，我怎么能不对她好一些呢！"

孙津川说："不止这一点，还要多学点文化，支持革命！"

"是！"杨晨华嗔笑着说，"嫁鸡随鸡，嫁狗随狗，我们娘俩就一道和你干革命吧。"

1925年，是孙津川比较开心的一年。 在这一年，他不仅结识了彭干臣和王警东，加入党组织，恢复了吴淞工人夜校，创立了工人俱乐部，重新组织了家庭，而且还建立了中共铁路支部。

## 19

　　为推动国共合作，发展革命力量，中共上海区委积极协助国民党在基层的大力发展，相继建立了国民党各区的分部。原在吴淞从事工运工作的王警东受区委委派，负责筹建国民党第六区分部，分管从江湾到吴淞口的群众工作。根据上海区委的要求，孙津川、蔡景海等同志均以中共党员的身份集体加入了国民党第六区分部，对外以国民党党员的身份开展工作。

　　一天傍晚，工人夜校灯火通明。学员们有的在打乒乓球，有的拉胡琴，有的围坐在拉胡琴的工友旁练习新学的京戏《四郎探母》，还有的人静静地看着进步书籍。

　　孙津川、蔡景海、孟锦福等人在小声地议论着刚发生的一件大事。

　　孟锦福说："报纸上登出了国民党中央委员会中的一批要人在北京西山碧云寺召开一届四中全会，通过了反苏、反共、反对国共合作等议案。"

　　"听说会议还通过了《取消共产党员的国民党党籍宣言》《开除国民党中央执行委员共产党人李大钊等通电》《取消政治委员案》等决议，宣布取消共产党员的国民党党籍，还开除共产党人谭平山、李大钊等人的中央执行委员会委员和候补中央执行委员职务，并取消他们的党籍。"蔡景海补充说。

　　孙津川也点头说："国民党内鱼虾混杂，右派分子是不甘心工农革命成功，我也得到这方面的消息，这帮西山会议派，还要在上海成立什么中央党部与广州国民党中央分庭抗礼！"

　　"苏俄和上级组织肯定也会得到这一消息，不知有什么新指示？"大家七嘴八舌地议论不停。

　　"老校长来了。"一个工友的声音从门外传来。

　　戴着鸭舌帽、穿着一身工装的王警东赶了进来。他说："你们都在，正巧有事要找你们商量。"

原来王警东也正是为国民党右派林森、居正、邹鲁、叶楚伧等在北京西山碧云寺召开一届四中全会之事而来。他说:"上海党团组织已发表通电,声讨北京国民党右派的背叛行为,我准备代表第六区分部发表通电,谴责国民党右派破坏国共合作背叛工农革命的行为。请津川、老蔡共同参谋一下。"

"党团组织"是大革命时期特定的组织和称呼。中共三大以后,许多共产党员按照党的决定以个人身份加入国民党,以党内合作的方式推动国民革命的发展。为适应国共合作的形势,加强党的组织建设,1924年9月,中共中央、青年团中央做出了在国民党中"合组党团"的决定,并规定党团工作由党的地委或区委"直接指挥"。

"好,通电要即时发出去,告诫右派分子,第六区分部决不同意这个狗屁决议!上海铁路工人是不好惹的!"孙津川坚定地说。

"还有一个好消息,"王警东十分高兴地告诉大家,"为推翻广东军阀统治,打击帝国主义势力,在全国总工会的领导下,省港大罢工已经坚持了半年有余,二十多万工人从香港回到广州,数千人的工人纠察队在海口驻防,维持秩序,严拿走狗,扣缉敌货。领导省港大罢工的就是大家熟识的邓中夏先生。"

邓中夏是孙津川十分佩服的工运领导人之一,孙津川一把拍在桌子上说:"好。邓先生真不简单,他从上海到香港才不过半年的时间呀。"

"是的,他现在是全国总工会的秘书长也是省港罢委会的党团书记,香港工人为迎接国民革命高潮,打击帝国主义和军阀政府势力,正在进一步发展群众运动,开展轰轰烈烈的革命运动。"王警东说。

"向香港工人学习,向香港工人致敬!"

针对一些工友在得知国民党右派背叛革命后对再加入国民党不理解的现象,王警东说:"要做好他们的思想工作,告诉大家,目前中国正处于旧军阀政府即将崩溃、新军阀尚未能巩固自己的势力之时期,国民党右派只是少数派,只有联合好国民党左派,我们被压迫民众的运动才有更大的发展机会。"

　　孙津川说："中国工人阶级现在最重要的任务就是，不但要理论上注意自己独立的职工运动，同时要在国民革命中取得其领导地位。"

　　在统一思想后，王警东、孙津川等紧紧依靠群众，支持国民党左派，使国民党第六区分部的领导权掌握在左派手中，铁路党支部及第六区分部组织逐步壮大，战斗力也日益增强。

　　为迎接革命高潮的早日到来，铁路党支部在坚持开办工人夜校、发展工人俱乐部的同时，积极做好工人积极分子的培养。按照上海区委的指示，在发展党员问题时，依然采取先将进步工人介绍参加国民党，经耐心教育，在其条件成熟时再介绍他们加入中共组织。同时，在中共组织的各种活动时，注意吸纳国民党的进步工人参加。

# 第六章
# 建立堡垒，俱乐部改称友谊社

是谁命令今夜的月光
显现承诺——
群峰在隐退，溪流在消失
不做预期，我说：今晚
遥望远天，你说：再来
　　　——张国凡《理性之外》

## 20

彭干臣奉命去苏联学习，王警东调至吴淞国民党第六分部，很难再顾及铁路支部和工人夜校的工作。因缺乏教员，工人夜校被迫停办。为巩固沪宁、沪杭甬两路刚刚兴起的工人运动，上海区委迅即又派出区委委员兼职工运动委员会委员佘立亚来到吴淞。

佘立亚与孙津川年龄相仿，也是一名老资格的共产党人。他1897年生，湖南长沙人，1919年自费留学法国，与周恩来、李富春、王若飞等加入勤工俭学队伍。1923年参加旅法青年团，翌年夏转为共产党员。回国后曾任中华全国铁路总工会书记、共青团郑州地委书记、中共郑州地委职工部主任、中共豫陕区委委员、京汉铁路总工会郑州分会秘书长以及河南省总工会委员。1926年春，因被北洋军阀监视，调往上海。

佘立亚到任后，立即深入吴淞工人俱乐部调研。当他得知工友们经常利用业余时间来俱乐部打乒乓球、阅读进步书报后，称赞说："好，俱乐部要坚持办下去，要把它建成联系广大工友的纽带、工人运动的堡垒。夜校也要设法重新开学，这是提高工人文化知识水平，启发工人斗争觉悟行之有效的好办法！"

新年后一天晚上，天空下起了细雨，俱乐部内点燃了一盆熊熊燃烧的火焰。铁路党支部在这里召开了秘密支部会议。

孙津川主持会议，佘立亚和铁路党支部成员出席会议。

会上，孙津川首先向大家致新年祝词。他说："过去的一年，全国工人运动发展很快，北洋军阀的统治摇摇欲坠，国民革命高潮很快就要到来。在新的一年开始之时，上级党组织派来了佘立亚同志，加强对铁路工运的领导。佘立亚长期从事工运工作，具有丰富的工人运动经验，对他的到来，我们表示热烈的欢迎！"掌声中，孙津川又说，"大家普遍关心的俱乐部工人夜校马上又可以开学啦，佘立亚先生愿意做我们的新校长！"

话声未落，会场又响起更热烈的掌声。

佘立亚说："吴淞机厂是一个有光荣革命传统的工厂，铁路工人是全国无产阶级先进分子的一部分，过去工人俱乐部和夜校办得都很好，但是如何把它办得更好，迎接革命高潮的早日到来，我们还许多工作要做。"他停顿了一下又说，"如何将夜校办得更好，我和津川同志有个初步想法,今天请大家来共同出出主意。"

一石激起千层浪。

会议围绕教员、学员、场地进行了深入讨论。

有的说:吴淞机厂有相当数量的工人已参加过夜校学习,要扩大招生对象,可以吸引华丰纱厂、大中华纱厂和中国铁工厂等单位工友参加;

有的说:不少工友的子女也有学习愿望,但苦于经济困难,无法就学,建议白天招收工人子弟免费读书,晚上组织工人学习;

有的说:不少工友已参加过夜校学习,可以增加一些英语、历史知识的学习;

还有的说:机厂工人大多住在吴淞镇上,为了便利其他工厂工人入学,建议在镇上借一所小学继续开办……

会议原本打算开一个小时,由于讨论热烈,持续了两三个小时。最后,形成了恢复夜校、创办《铁路工人》、在吴淞镇上借一所国民小学办夜校等决议。

## 21

为吸引更多的工友来夜校学习,从而帮助工友们认识自身地位,增强阶级意识,提高阶级觉悟,佘立亚以工人夜校校长的身份与孙津川一起亲自走到机厂门口向工人们宣传夜校开学的消息,又分别到华丰纱厂、大中华纱厂和铁工厂等单位串联,动员广大工人来夜校学习。

由于面积扩大,夜校又增设了乒乓球、胡琴等文娱体育项目,增加了一些进步书籍、报刊,免费供工人们娱乐和学习。每天,夜校都开展排演新戏、学唱歌曲和演奏音乐等活动。每逢节日,还举办纪念晚会,会上先由党组织的负责人作报告,然后演出文艺节目。这些活动,深受工友们的喜爱和欢迎,许多工人慕名而来主动报名。

1926年初,工人俱乐部又创办了沪宁铁路半周刊——《铁路工人》。《铁路工人》每期发行五百份，免费在沪宁线铁路工人中散发，从而扩大了革命理论、工人运动的宣传。

当年2月7日，中华全国铁路总工会第三次代表大会暨天津各界"二七"大罢工三周年纪念大会，铁路工人代表和天津工人共两千余人参加大会。这是大革命时期中国共产党领导下的革命团体在天津召开的首次全国性会议，到会的十八条铁路工人代表五十八人，代表着有组织的十四万铁路工人。孙津川十分想参加这个盛会，但因工作繁忙一时脱不开身，便委派代表以吴淞工人俱乐部的名义出席，并向代表大会发了贺电。

在大会通过的《沪宁、沪杭甬两路代表团工作报告决议案》中，明确指示："沪宁铁路工友宜奋起与工人协进会奋斗之，指明协进会违反工人利益之种种行为，努力推反（翻）之。"并指示，"沪宁之南京、常州、上海北站，沪杭沿路各站，均应采秘密小组办法，从速发展组织，此两路组织宜先从事分途进行而后宜尽力打破工人现有之互相依赖心理。"号召铁路工人团结起来，努力完成国民革命和世界无产阶级革命。

参加会议的俱乐部代表回沪后，孙津川当即组织铁路党支部和俱乐部骨干召开会议，专门听取汇报。根据铁总决议案，铁路党支部以工人俱乐部成员为核心，以"二七"烈士为榜样，以实现国民革命和世界无产阶级革命的胜利为目标，领导铁路工人开展新的斗争。

当年4月，吴淞工人俱乐部改称友谊社，并设立执行委员会制度。公推机厂锅炉工周维贤为委员长，孙津川、蔡景海、孟锦福担任执委，分别担任各项活动的负责人。

工人友谊社的红火发展使当局坐卧不安。

为了控制工人，与友谊社抗衡，他们与机厂当局联手，指使冷作工场工头在吴淞镇组织起一个"梁济救火会"，强迫机厂工人每晚要去救火会签到，否则要受到工头责问，甚至要丢掉"饭碗"，连友谊社委员长周维贤也不能例外。针对工头的蓄意挑衅，党支部一面在社员中揭露当局和厂方的阴谋,做好思想工作;一面公开宣传友谊社不反对救火会,救火会和友谊社都是工人的团体,彼此应当建立友谊。明确的表态,使厂方和工头处于被动,无法再向友谊社进攻了,也解除了社员们的思想顾虑。

这以后,党支部进一步加紧了对党团员教育,组织大家认真学习和阅读《向导》等进步刊物,接受革命理论和工运知识的教育,通过党员大会、小组会、茶话会等多种形式加强教育,使党组织的战斗力逐步增强。

## 22

俱乐部改称友谊社不久的一天晚上,为提高广大学员的理论水平,夜校专门请佘立亚结合五卅运动和吴淞地区工人受剥削、受压迫的实际,为大家宣讲十月社会主义革命胜利的伟大意义和工人阶级的任务。

苏联和十月社会主义革命胜利,这个题目大家听过不止一次了,王警东在工人夜校也曾讲过多次。但是,许多听过讲课的学员,也还像第一次听课一样,听得十分兴奋,十分过瘾,更不要说新学员了。

在欢呼声中,佘立亚走上讲台。他说:"十月革命前,苏联工人与我们上海工人一样,没有地位,没有任何说话的地方和权利,受剥削、受压迫,同样经常遭打资本家和工头的打骂,克扣工资。十月革命胜利后,工人阶级成了新社会的主人。在斯大林和布尔什维克的领导下,建立了社会主义制度,工人委员会参与管理工厂,农民委员会参与管理农庄,人民委员会参与管理政府。工人八小时工作,加班有工资,生病、工伤都有工会和国家予以保障。大街上,根本看不到讨饭的,流浪的穷人。"

"十月革命万岁!"一位工友不由自主地喊道。

佘立亚接着说:"十月革命的胜利,是无产阶级的胜利,是无产阶级斗争的结果。我们正处于国民革命爆发的前夜,工人阶级要团结起来，勇敢地向恶势力斗争！向军阀政府讨回工人应有的权利！"

孙津川也作了即兴发言，他说："帝国主义、军阀政府就像是压在我们工人头上的两座大山，国共两党合作开展的国民革命就是要推翻这两座大山，不推翻这两座大山就没有我们工人的好日子。工人阶级要在社会革命中肩负起责任，勇敢地起来反抗，争取早日实现工人阶级当家作主。只有工友们都团结起来，才能推翻帝国主义和封建军阀的压迫，才能有好日子过。"

联系到工厂和工友们的实际生活，报告会变成了座谈会，与会的工人们议论开来……

友谊社的影响不断扩大，成为吴淞地区和上海铁路工人运动的坚强阵地。

## 23

转眼五卅惨案发生一周年了，为深入开展反帝斗争的宣传教育，推动工人运动，中共上海区委、上海总工会发出通知，要求各级组织利用五卅纪念日举办隆重的纪念活动。

这天晚上，吴淞友谊社在国民小学夜校举办游艺会，同时发展新社员。会上，佘立亚作了纪念五卅惨案的讲演，社员们演出了《鸣不平》的新剧。《鸣不平》讲叙的是一名普通汽车工人进厂后，惨遭资本家欺诈、剥削，过着痛不欲生的日子，在工厂工会领导下奋起反抗，最后取得翻身的故事。在工友们的欢呼声中，接着又演出了揭露帝国主义侵略中国罪行的新话剧《红头阿三》。

正当演出进入高潮之时，反动军警闻讯赶到活动会场，二十余名荷枪实弹的军警团团包围了国民小学，勒令停止游艺晚会并抄走了友谊社社员名单。

孙津川、佘立亚挺身而出，与他们进行说理斗争。大家气愤地质问反动军警："为什么要封闭俱乐部？难道我们工人连活动的自由都没有吗？"

一名为首的军警扬起手中的匣子枪说:"今天是俱乐部,明天是工会,后天就要造反!"

得知佘立亚是夜校校长,反动军警不容分说,当场将他逮捕。

友谊社受到冲击后,一些胆小的社员不敢再来活动。孙津川不畏强暴,一方面教育工友团结起来与军阀当局作斗争,组织党员和骨干继续坚持活动,一方面采取措施安定人心。晚上,友谊社照常灯火通明,十分热闹,二胡声、京剧声、锣鼓声,此起彼伏。

由于党组织的及时营救,佘立亚不久又回到了吴淞镇。于是,社员们也纷纷回社活动。

吴淞机厂工人大都是由工头介绍进厂的。按"规矩",工人们每月要向工头送"头目钱",又叫"月费"。有位白铁匠因生活困难,无钱交"头目钱",结果欠了工头一笔"债",过去他一直埋怨是自己的命苦。自参加友谊社活动后,他懂得了这不是自己"命苦",而是受帝国主义、封建主义压迫、剥削造成的结果。有一天,工头又逼他要"头目钱",并以"停生意"相威胁。他气愤地拉着这个工头到友谊社讲理,指着他的鼻子痛斥说:"什么头目钱,你这是剥削。当着大家面,你给讲讲清楚,该不该收头目钱!"

工头满不在乎地说:"我把你找来做工,给了你饭碗,收头目钱天经地义,欠债就要还!"说着扬长而去。

根据这一情况,铁路党支部立即召开会议进行研究。大家一致认为白铁匠的要求具有代表性,建议立即开展取消"头目钱"的斗争。由于此事是涉及全厂工人切身利益的大事,不经过斗争,工头决不肯轻易放弃这种特权。于是党支部决定:通过友谊社发动群众,开展了一场取消"头目钱"的罢工斗争。

根据孙津川的布置,友谊社社员把号召罢工的传单秘密散发到各个工厂。

第二天,在友谊社社员的带头和鼓动下,机厂全体工人开始罢工。

厂长和工头见没有一名工人上班，急得像热锅上的蚂蚁，只好请工人派代表去谈判。

最后，工头们在厂方的压力下，被迫答应了工人提出的要求，废除了多年来勒索"头目钱"的习惯。

## 24

"头目钱"废除的消息很快在吴淞一带传开，工人们奔走相告。

受此激励，吴淞浜南铁工厂工人主动来到友谊社，反映厂方克扣他们的工资，使本来就入不敷出的日子更加艰难，请求友谊社给予帮助。孙津川立即与支部成员商量，研究如何支持铁工厂工人开展斗争的问题。很快制定了秘密串联、提出罢工要求、骨干带头的罢工方案，领导铁工厂开展一场"增加工资"的罢工行动。

铁工厂的这次罢工，前后坚持了五天，最后取得了胜利。罢工胜利后，在铁路党支部的领导下，他们再接再厉，又及时把经济斗争转向政治斗争，提出了改善待遇，不准殴打工人和任意开除工人等更高的要求，乘胜追击开展了第二次罢工。罢工连续坚持了十五天，又一次获得了胜利，使革命的火焰在吴淞地区蔓延开来。

一次次的革命斗争，锻炼和培养了一大批工人积极分子，也为铁路支部提供了新鲜血液。

这期间，孙津川除直接领导铁路党团组织外，还积极参与中共吴淞独支和国民党第六区党部的工作，并以全国铁总沪宁路特派员的身份，经常活动于沪宁线的南京、常州、镇江等地，指导工运工作的开展。

从1925年起，孙津川就与杭州、宁波地区的地下党建立联系。杭州铁路闸口机厂工人俱乐部于1925年8月成立，后又成立了以沈干城为负责人的沪杭铁路党支部。

1926年9月，佘立亚调任小沙渡部委书记，仍兼管吴淞独支和两路工作。佘立亚离开吴淞不久,上海区委将刚从南京来沪的王再生调来吴淞机厂接替佘立亚原来的夜校工作,参与领导两路工运和吴淞地区党的工作。

王再生原名王湘,1903年生,1925年7月由南京河海工科大学学生共产党员严绍彭(严希纯)介绍,加入中国共产主义青年团,随后被派往浦口铁路工会任秘书,当年9月加入中国共产党。后因在铁路工会的公开活动引起军阀的注意,党组织将他调来上海,以秘密交通员的身份到吴淞机厂协助领导工人运动。

王再生当年只有二十四岁,但他有文化,有开展工运工作的经验,他的到来使孙津川有了得力的助手,吴淞机厂和铁路工运得以更加有声有色地发展。

通过合法的工人夜校和半公开的友谊社组织教育,党的力量不断壮大,一批工运积极分子被先后吸收加入了党的组织。到1926年9月,铁路支部共有党员十九人,其中吴淞机厂有共产党员八名,共青团员五名,团结在党组织周围的工人骨干近百名。1926年11月时,铁路党支部已有二十九名党员,分设为张华浜和吴淞两个支部,五个党小组。

当年全国铁路总工会的负责人罗章龙在回忆这段历史时说:"因我是全国铁路总工会的负责人,他(孙津川)是沪宁铁路总工会的负责人,也是支部书记……专门做沪宁沪杭两路党的负责人。他有文化,也能干,群众威信很高。"

# 第七章
# 毁桥破路,加入武装起义的行列

> 有一种辽阔的苦难在走动　有一种持久的
> 苍凉在飞翔。捅破一扇黑暗的窗纸
> 一支强劲的队伍悄然地穿越村庄
> 　　　　——张国凡《理性之外》

## 25

在中国共产党的倡导和推动下,1926年7月广东革命政府国民革命军在广州誓师,分三路出师北伐。

为配合北伐的胜利进军,推翻

军阀的反动统治，中国共产党通过各地党团组织号召各地民众积极推动北伐，响应北伐军的行动。

军阀吴佩孚军队约二十万人，集中于湖南、湖北一带，控制着江西、福建、安徽、浙江、江苏等地。由于他们有源源不断的物资援助，同时又有上海高昌庙兵工厂和南京金陵兵工厂的军火接济，致使北伐军围攻南昌月余不下。

为支援北伐，中共上海区委（即中共江浙区委）于当年9月上旬到10月间，多次召开会议，研究、讨论革命形势和武装起义的方针、策略，并指派区委委员兼组织部长赵世炎具体负责武装起义的工作，着手武装起义的酝酿和准备。

北伐军革命军占领武昌以后，由于孙传芳在江西作战失利，浙江省长夏超与国民政府驻沪代表钮永建约定，脱离北洋政府，并向上海进军。中共上海区委决定抓住有利时机，组织联合暴动，以帮助夏超部夺取上海。

武装起义的动员首先从铁路工人开始。

10月10日晚，全国铁路总工会在上海马霍路（今黄陂路）的一个弄堂里召开上海地区铁路各部门工人代表大会。赵世炎出席会议，并作动员讲话。会上，他介绍了北伐军胜利进军、所向披靡的形势，传达了中共中央关于支援北伐和打击军阀势力的指示，并就武装起义作了布置。

会议代表深受鼓舞，纷纷表示要坚持响应党的号召，积极加入武装起义的斗争行列。经研究决定，武装起义前，铁路工人设法破坏沪宁路交通，断绝行车，阻止南京军运列车开出，为上海工人武装起义创造条件。

孙津川、王再生、蔡景海等代表出席了会议，孙津川代表铁路党支部当即表示，坚决完成这一光荣而艰巨的任务。

这是一个漆黑的晚上。

顶着习习秋风,一群裹着工装的工人三三两两地走进吴淞站铁路旁边一个楼房里。

铁路党支部的一次重要而紧急的会议在这里进行。

会议由孙津川主持,他首先向大家报告了北伐革命军的进攻态势,传达了上海总工会关于举行上海工人武装起义的决定。会上,王再生具体传达了中共上海区委关于中断沪宁铁路,断绝行车三天,阻止南京军运列车开出,支援国民革命军在江西前线总攻击的密令。

蔡景海、陆林庆、常广海、孟金福、赵祥生等十余人参加了会议。

全体党员群情激奋,一个个摩拳擦掌,纷纷说:"终于等到这一天!"

支部会上,大家你一言我一语,群策群力,对破坏交通提出了许多设想。好在大家都是铁路工人,对列车运行十分了解,很快形成阻断沪宁铁路的办法,并制订出兵分二路破坏铁路的方案。一路在沪宁线上选择不能作附线的地方进行破坏;另一路在上海淞沪铁路张华浜支线上同时进行破坏,保证吴淞机厂救援吊车不能开出抢救。

为顺利完成任务,孙津川、陆林庆和赵祥生,第二天就分别乘火车到沪宁线镇江及淞沪线张华浜的察看地形和选定破坏地点。

经过侦察,镇江站西五里处的铁路双桥,毗邻相接,跨度较大。桥东不远处是宝盖山铁路山洞,两旁村庄疏落,远离铁路。桥西一两百米处即为弯道,在这里破路较为隐蔽,不易被人发觉,破坏后又难以修复,是个理想的破路地点。赵祥生等人也赶到上海通往张华浜的淞沪线支线上勘察,最后选定了一处高境庙的高坡作为破坏地点。这里有几座坟场,可以做集合和埋伏的地方,路边还有一条较深的小河,可以沉埋铁轨。

为了保证任务的顺利完成,他们在工厂还特地制作了拔除路轨道钉的专用撬把和其他工具。

## 26

10月19日，区委下达了武装起义的行动计划。接到命令，参加破路的同志两个小组立即行动。

第一组由孙津川、陆广林、郭宝恒、王再生等七人组成，孙津川亲自带队，到镇江、高资段破路。

第二组由蔡景海、赵祥生、常广海、孟金福等五人组成，负责破坏吴淞支线。

20日，孙津川会同王再生等七人提前一天从乘早车抵达镇江。当晚悄悄来到预定破坏地点——镇江、高资间铁路双桥西附近的一个山坡下，埋伏下来。

狡猾的军阀孙传芳也深恐其补给线中断，沿路密布军警，加强沪宁路沿线的防范，并令道班工人日夜巡路，不许松懈，陡然增加了破路工作的风险系数。

凌晨，天空下起了毛毛细雨，伸手不见五指。稍有响声，村庄的狗就汪汪直叫。军阀政府的巡逻队不时沿路巡查，气氛十分紧张。到达地点后，按事前分工，孙津川布置预定破路段的东西两头各一人警戒，以红布蒙住的手电作联系信号；另一人负责切断路边的电讯线路，中断电话、电报、电气路签。

五六个壮汉在铁路双桥前不同的地段，同时跃上路基。

两人负责专门撬拔道钉，两人负责拆钢轨连接处鱼尾夹板螺丝。不多一会功夫，两根铁轨的大部分道钉和鱼尾板都已拆掉。但是，有几个道钉锈得太死，怎么也撬不动。就在大家就忙得满头大汗，商讨如何对付这几个锈死的道钉之时，担任警戒的同志，用手电发出了将有列车开来的信号。急中生智，孙津川将铁撬插到铁轨下面，再套上铁筒加长，利用杠杆原理将铁轨撬起，然后用力敲击轨木，终于找到缝隙，将锈死的道钉搞了下来。但是，插进轨道鱼尾夹板上的铁撬却拔不出来了。用锤子敲，怕响声太大惊动敌人，耽误久了，又怕敌人巡逻队赶到。更重要的是，错过这个时机，将有一趟载满旅客的客车过来。 不容多想，孙津川一把拽下身上的外衣，将它缠在撬把上，口中一边喊着"只要胜利，不怕牺牲"，一边用铁锤狠砸撬把，哐哐几下，撬把终于掉了下来。 在大家齐心协力下，两根轨道都移了位，浮设在没有道钉、夹板的路基上。

他们迅速撤下轨道，隐没在路基旁的小山包后面。

不出三分钟，一束耀眼的白色光柱从远方出现，火车隆隆地开来了。

孙津川掏出怀表：时针正指向零点四十五分。 机车牵引着六节载着货物的火车，开上浮设的钢轨，随着巨大的惯性，不一会儿就滑落路基，随着轰轰的巨响，咣郎郎地全部出轨翻车，车头也栽入河浜……

次日拂晓，一列满载孙传芳军火和给养的军车，也在江湾与吴淞旗站的何家湾颠覆。

原来当晚，蔡景海率领常广海、赵祥生、徐调生和水产学校工友老郭等六人在淞沪线上也成功破路，顺利完成任务。

凌晨四点许，接到火车在镇江附近翻车的电报，吴淞机厂厂长毛尔维心急火燎地拉响了工厂汽笛，准备集合工人紧急出动。 但是，牵引救援列车刚开到吴淞支线，也同样翻了车。 他们只好在翻车处旁另铺轨道，直到上午十点许，吴淞机厂的救险车方运出，到达镇江已是下午五时，直到23日晚，线路还未修复。

上海《申报》次日报道说：

镇江车站站长急电宁沪两站告急，北站车辆科接电后，立即用电话通知该路洋总管克礼阿、车务总管韦燕、副总管袁绍昌、机务总管芬懋等前往营救；并另电吴淞张华浜工厂监督毛尔维，请其率领工匠及起重车前往。……单放机车一台前往吴淞，拖带起重车来沪，讵料在江湾与吴淞旗站间之轨道，亦同时被拆，故以致该机车行至该处（6公里）时，亦被陷落。

吴淞机厂地下党员和铁路工人顺利完成了"中断铁路运输三天"的光荣任务,以实际行动支援了北伐战争,充分显示了铁路工人的威力,特别是孙津川果敢的组织指挥才干,给上海区委和总工会领导留下了深刻的印象。

当年10月25日,中共上海区委在各部委书记临时联席会议上,赵世炎和罗亦农在总结第一次武装起义的经验教训时,都谈到"铁路工作做得很好"。

上海工人第一次武装起义原以黄浦江上军舰的炮声为信号,但由于钮永建部队泄密,起义的炮声迟迟未响,同时由于武装起义的经验和准备不足,大部分工人没有发动起来,在帝国主义和军阀当局的镇压下,武装起义最终遭受到失败,起义工人领袖陶静轩、奚佐尧等英勇牺牲,百余人被捕。

## 27

武装起义失败后,北洋政府在上海的代理人李宝章大打出手,在工厂严查进步刊物,封闭进步团体,逮捕革命群众,乘机开除了许多工人。对吴淞机厂工人提出"须一律觅保",并借机将工人友谊社查封。

北伐军进入浙江省后,孙传芳军队节节败退。

1927年2月初,北伐东路军开始向杭州进兵之时,中共中央召开紧急会议,决定在北伐军到达松江时,上海各产业工会宣布总罢工,并组织第二次武装起义。上海区委和总工会也认为发动总同盟罢工和武装起义的时机已经成熟,决定发动上海工人第二次武装起义。

根据铁路总工会的指示,沪宁、沪杭甬铁路工会在吴淞机厂秘密成立,由孙津川、沈干城、童奎芳组成的三人小组,负责领导沪宁、沪杭甬两路工会工作,联合两路工人,统一行动。

随着第二次武装起义的临近,中共上海区委要求铁路党支部和两路工会利用铁路工作上的便利,尽快探悉沪宁线上海至苏州沿线敌人的驻军情况，择机破坏铁路，配合前线作战。 因参加全国铁总在武汉召开的第四次大会，此时孙津川不在上海，接到区委的命令，铁路党支部蔡景海召开紧急会议，对党员进行了分工。 蔡景海亲自率陆林庆、孟锦福、姜炳仁等人前往苏州，沿线侦察，并伺机破坏铁路；留在厂里的党员动员机厂工人参加全市大罢工。 由于反动军阀毕庶澄军队对铁路沿线的安全早有准备，搜索太严，蔡景海、陆林庆等人只能步行分散行进，互相联系困难，破坏铁路没有成功。

19日，上海总工会发布总同盟罢工令，吴淞机厂和上海各产业工人勇敢地参加了大罢工。 上海防守司令李宝章，勾结公共租界工部局帝国主义势力，对罢工工人进行残酷镇压，并将工人蔡建勋、史阿荣杀害"示众"，继又逮捕五十四人，杀害三十一人。

中共中央毅然决定把总同盟罢工立即转变为武装起义。

由于起义计划泄露，配合起义的海军"建威""建康"两艘军舰在来不及通知起义工人的情况下，提前炮击高昌庙兵工厂，打乱了整个武装起义的计划。 起义开始后，各区工人纠察队失去统一指挥，再加上参加起义的钮永建便衣队按兵不动，致使起义工人陷于孤立，起义再次遭到失败。

两次起义失败后，军阀当局加紧对上海工人的残酷镇压，到处捕杀罢工工人，甚至有的市民因传看传单，惨遭斩首或枪决，整个上海弥漫着恐怖的血腥味。

# 第八章
## "特别军委"，
## 辣斐坊的总管家

面临时代的巨浪，把海潮般的情思

化着一种动力一种荣光一种献身

——张国凡《理性之外》

**28**

1926年9月，在国共两党密切配合和人民群众的支援下，北伐军攻占武汉。12月13日，第一批抵达武汉的国民党中央委员和国民政府委员组成"中国国民党中央执行委员会暨国民政府委员会临时联席会议"，代行国民党中央和国民政府职权，以处理亟待解决的事务。

次年2月，中华全国总工会也由广州迁移至武汉汉口路义成里。

孙津川一行到达武汉时，武汉三镇笼罩在胜利的氛围之中。

当月16日，全国铁总第四次大会在汉口老圃内新舞台召开。

受中共上海区委委派，作为沪宁铁路工人的代表孙津川、王再生和沪杭甬铁路工人的代表钟鼎祥一起出席大会。

工人运动早期领导人之一邓培等主持会议，全国十五条铁路工会的代表五十多人出席会议。李立三代表全国总工会出席会议并发表了激动人心的演讲。演讲中，他热情赞颂了以京汉铁路工人为代表的工人阶级，殷殷要求各级工会组织和工人们，要认清应负的使命，奋斗到底。他分析说："自革命势力发展到武汉，帝国主义用种种阴谋，企图消灭革命势力，打倒工人。奉鲁军阀，亦以武汉为真正革命中心地，亟欲捣毁武汉，消灭革命势力，现值最后决战之时，是革命民众的生死关头，必须全国一致团结，尤其是铁路工人负担的责任和使命比较更大，我们必须把许多烈士牺牲得来的胜利发扬光大，一致团结，一定可以得到最后的成功。"

会议以大会交流为主，各地代表相继发言，交流了铁路工人运动的经验和教训。孙津川如饥似渴地记下了各位领导和工友们的讲话，并在会上应邀发言。

他扼要地汇报了沪宁路工运及在铁路工人在迎接北伐军，参加上海工人武装起义中发挥的积极作用，并表示：沪宁铁路工人为迎接北伐革命的胜利，迎接革命高潮的到来，正在认真准备，争取再立新功。

孙津川慷慨激昂的讲话，受到与会代表的热情欢迎和鼓励。

虽然这次会议会期不长，议程不多，但孙津川收获丰富，不但进一步提高了工运理论，而且结识了许多著名的工运领袖。

会上，得知上海工人正在酝酿和发动第三次武装起义的消息，孙津川和王再生两人都坐不住了。会议结束的当天，他们就踌躇满志、信心百倍地立即起程，直奔上海。

孙津川回到上海之时，整个上海仍处于血腥的恐怖之中。

街头行人匆匆，不时见到当局的密探和租界巡捕拦住所谓的可疑人盘问。

为鼓舞吴淞机厂党团员和铁路工人的斗争勇气，树立革命必定成功的信心，孙津川和王再生分别秘密召集党支部成员和进步工人会议，传达铁总"四大"的精神，畅谈了在武汉的所见所闻，鼓励铁路工人积极准备，迎接更大的斗争，争取北伐战争的胜利。

2月下旬，北伐革命军开始向苏州、常州挺进，目标直指上海。

为策应北伐军攻占上海，击溃北洋军阀在上海的驻军，中共中央和上海区委于2月23日举行联席会议，做出迅速扩大武装组织，准备上海工人第三次武装起义的决定。

为汲取第一、二次起义失败的教训，加强党对武装起义的领导，会议决定由中共中央和上海区委联合组成特别委员会，共同领导上海工人第三次武装起义。会上，成立了由陈独秀、罗亦农、赵世炎、周恩来、汪寿华等八人组成特别委员会，作为起义的最高决策和指挥机关。同时，成立特别军事委员会和宣传委员会，开展组织、宣传和工人武装工作。中共中央总书记陈独秀负总责，主持特委会议并作结论；周恩来为特委会军事委员会书记；彭述之为特委委员；萧子璋负责青年团工作；罗亦农任上海区委书记兼农委主任、上海市民代表大会执行委员会党团书记；赵世炎任上海区委主席团委员、组织部长兼职委书记；汪寿华任上海区委主席团委员、职工部长，上海总工会委员长；尹宽任上海区委主席团委员、宣传部长，特委会宣传委员会书记。

特别军委由周恩来、顾顺章、颜昌颐、赵世炎、钟汝梅组成，后增补罗亦农、王一飞；特别宣委由尹宽、郑超麟、高语罕、贺昌、徐伟组成。

一场新的斗争即将展开。

## 29

两次武装起义的失败,军阀当局加紧了对工人的镇压,工人友谊会被迫迁到赵家宅孙津川的家中秘密开展活动。

从汉口归沪不久的一天下午,周恩来在交通员的陪同下慕名来到吴淞镇赵家宅2号孙津川的家,受到孙全家人的热情接待。

周恩来是1926年冬调到上海参与上海工人第二次武装起义的领导和党的组织工作的,但由于工作繁忙,一直没有机会与孙津川单独会面。

周恩来,1898年出生于江苏淮安,1920年11月赴法国勤工俭学,1924年9月回国,历任中共广东区执委会委员长、中共广东区执委会常务委员兼军事部长、黄埔陆军军官学校政治部主任,1926年初起任中共中央军事委员会委员。大革命失败后出任中共中央政治局常务委员兼中央组织部部长、中央军事委员会书记。以后进入中央革命根据地,历任中共苏区中央局书记、中国工农红军总政治委员兼第一方面军总政治委员、中央革命军事委员会副主席等职。1934年10月参与领导红军长征。新中国成立后,任中央人民政府政务院总理、国务院总理。

周恩来非常重视铁路工人在起义中的重要地位和作用。在中共中央的一次会议上,他就郑重提出要"注重铁路罢工问题",得到中央委员会其他成员的充分肯定,赵世炎还特意向周恩来介绍了吴淞机厂工人在孙津川的带领下积极参与上海工人第一次武装起义,以及孙津川在筹备罢工中的特殊表现和作用。王若飞、佘立亚、汪寿华等也向周恩来介绍了孙津川的诸多事迹。

在孙津川的家中,两人亲切地会面。

"彭干臣在离开上海给我的信中就介绍了你,我们应该说是早已认识了。"周恩来说,"我还知道,在上海工人第一次武装起义时,你率领吴淞机厂十多名共产党员和工人分别在沪宁路镇江站西和淞沪支线同时破路成功,使沪宁铁路交通断绝三天,你是上海工人武装起义中的大功臣啊！"

孙津川对周恩来也是仰慕已久。他知道周恩来不仅是出洋留学的党的领导人之一，而且在黄埔军校任过政治部主任，对军事理论十分精通。

孙津川不住地说："久仰大名，幸会，幸会！"

孙华氏迈着小脚牵着五岁的毛毛从后屋迎出门外，不住声地说："贵客光临，欢迎欢迎！"她拍着孙女又说，"快叫伯伯！"

穿过小院来到后屋，孙津川引导着周恩来登上了小楼。楼上与楼下一样大小，六十来平方米的楼上隔成三个房间和一个过道式客厅，通过临街房间的窗户可以观察到外面的动静。

坐在小楼上，孙津川汇报了吴淞机厂和两路工运的历史和现状，时年二十九岁的周恩来一边仔细地听着，一边对不清楚的事情询问，同时对铁路工运和武装起义的准备工作提出了意见。

周恩来对孙津川的鼓励以及对铁路工人的信任，使孙津川感到十分振奋，他把自己思考和了解到的关于上海工人前两次起义的想法，无保留地向周恩来进行了倾诉。在楼上，两人共同分析起上海工人起义失败的原因。交谈中，两人都认为，反动势力虽然临近崩溃，但背后有强大的政权、军队支持，这是必须面对的客观事实。依靠处于动摇的不太可靠的力量，没有注意充分发挥作为基本力量的工人阶级的作用，参加起义的工人没有经过必要的训练，指挥不力，等等，是起义失败的重要原因。

"为夺取第三次武装起义的胜利，我们组织若干支工人纠察队，并开展必需的军事训练！"周恩来耐心地倾听着，忍不住插话说。

迎着周恩来炯炯有神的目光和充满期待的言语，孙津川心中的热情在燃烧，他接着说："可以通过各产业工会组织，借鉴开办工人夜校的方法，把他们集中起来，进行学习和训练。铁路支部可以组织起三五百人，甚至更多一点，应该是不成问题的，但问题是，军事训练的教员不太好找。"

"军事教员也不是问题,可以从北伐军中抽调。"

周恩来边说边细细打量起眼前这位年长自己三岁的铁路工人领袖。孙津川对革命事业的执着,对党组织的忠诚,以及对形势的判断,特别是说起话条理清楚,不紧不慢,既透露出工人特有的热情又有几分知识分子的睿智,使他产生了深刻印象。

通过与周恩来的交谈,孙津川也感到又遇到一位可以信赖、可以交心的领导。

看到楼下一位头戴金线帽、肩上扛戴铜肩章的人和几位年轻人有说有笑地走进前屋,周恩来问:"都是你们工人友谊社的人?"

孙津川说:"是的,戴金线帽的叫周长福,是我们的工友,现在张华浜救火会做事,穿白色工装的是蔡锦海,我们支部的委员,俱乐部总干事,都是自己人。"

周长福,后更名周福康,吴淞机厂车工,1892年生,幼年丧父,因母亲改嫁给上海吴淞机厂工头周阿宝,改姓为周。自孙津川进厂后,就与孙津川成为莫逆之交,成为孙津川的得力助手和工运骨干。在筹建沪宁铁路协进会和孙津川领导的罢工斗争中,周长福均积极参加。当时救火会(业余消防队)服装很威风,成员都头戴金线帽子,肩扛铜肩章,臂扎红护袖。

周恩来说:"很好,要注意团结每一个工友,条件成熟可以发展为党员。"

这时,孙华氏让杨晨华上楼告诉孙津川饭做好了,请周恩来下楼吃饭。

周恩来抱着孙津川的女儿毛毛,亲热地问:"几岁啦,叫什么名字?"

"我叫毛毛,今年六岁了。"

孙华氏关切地问周恩来:"看出周先生年龄与津川差不多,可成家了?"

周恩来说:"妻子姓邓,现还在南方,快要生宝宝了。"

"哎呀，你怎么不带她在身边呢？生孩子可不能大意呀！"

其实，周恩来不知道，此时他的夫人邓颖超正因难产住在医院，身体还没有恢复。由于躲避敌人搜捕，颠沛流离，怀的男孩也没有活下来。从广州来上海后，他们长期音讯不通。上海第三次武装起义时，邓颖超也不知道是周恩来参加领导的，直到接到周恩来要她赶快到上海的通知，而当时上海的局势已十分严峻。医院里的医生和护士出于对革命者的同情，连夜把她转移到另一个地方，然后由护士送她上了去上海的轮船。到上海后，按照周恩来说的方法，用"伍豪"这个名字登报找他，落款用的是邓颖超母亲杨振德的名字。那时，国民党还不清楚"伍豪"就是周恩来。这样，在周恩来看到启事后，立即派人去把她们接到驻地，在一家医院内休养了两个多星期。——这都是后话了。

从周恩来与孙津川第一次见面，他们就成了彼此信任的挚友。

在以后的交往中，周恩来与孙津川一家人建立了深厚的感情和密切的联系。赵家宅地处上海郊区，是工人密集住宅区，隐蔽安全，成为周恩来等领导人可靠的一个活动据点。

孙津川与周恩来见面不久，按照上海区委和总工会指示，为充分发挥铁路工人的先锋队作用，孙津川暂时离开吴淞机器厂，组织沪宁铁路罢工委员会，进行第三次武装起义的准备工作。

周恩来和上海区委的领导也时常来赵家宅召开会议、部署工作，指导铁路工运，有时时间晚了，周恩来就寄宿在赵家宅。

每当周恩来、赵世炎、罗亦农、汪寿华等领导到张华浜来，孙津川总是安排周长福和他的弟弟参与保卫工作，有时也请住在附近的蔡锦海等工友参与。妻子杨晨华、弟媳王惜芳也主动到门前或巷口观察情况，承担起把风放哨的职责，从来没有发生意外事件。

## 30

1927年，早春二月。

上海辣斐德路辣斐坊，进弄堂后的最后一幢楼房突然搬进了一户人家。

"我们住一楼，周先生的床铺搁在三楼，方桌放在二楼。"津川对弟弟晴川说。

"毛毛的床放在哪里？"妻子杨晨华问。

"我们的床都放在楼下，毛毛靠着我们的旁边吧。"津川又说，"快点布置，下午周先生要来。"

由于张华浜赵家宅孙津川的旧宅居住人口较多，进出人员较杂，交通也不太方便，根据周恩来的"尽快找一处靠近市区，又不致引起当局注意，安全可靠的新住址"指示，连续数日，孙津川秘密在四处寻找合适的住处，作为指挥上海武装起义的"特别军委"机关。恰好，法租界辣斐德路的一户人家因乔迁新居，便以妻子杨晨华的名义租下辣斐坊弄堂内的这幢楼房。

选定辣斐坊前，周恩来还亲自前往察看。在得到周恩来首肯的同时，周恩来决定由孙津川担任"特别军委"驻地的"总管家"。从此，孙津川便脱离吴淞机厂的工作，在周恩来的直接领导下，成为一名职业革命家。

"辣斐坊"因辣斐德路而得名，辣斐德路是上海法租界内的一条东西向的干道，即今天复兴中路的"复兴坊"。1914年，上海法租界向西扩展，取得大片新租界后，法租界公董局填没南长浜，兴建吕班路（今重庆南路）和金神父路（今瑞金二路）之间的一段。1918年后，该路向东再次延伸，直至法租界东部的霞飞路（今淮海中路）。复兴公园为法国人拓建，对外开放时取名"顾家宅公园"，也称"法国公园"，后改称"复兴公园"。除了大量的花园住宅以外，这条路还和其他卢湾区的街道一样，建有很多石库门建筑。风格迥异、千姿百态的建筑记录了上海近代百年城市史，也记录了卢湾区的文化和历史。

门厅前，摆放着一盘迎春花，已含苞待放。

下午，孙津川和妻子正在打扫新居，毛毛从门外跑着说："姆妈，周伯伯来了。"孙津川忙放下扫帚，迎出门外，周恩来和上海总工会主席汪寿华等人已经进门来。

"咱们的孙管家，动作很快嘛，说搬就搬来了。"

"是跟总指挥学的，要雷厉风行。"孙津川边说边向妻子使了一个眼色。

妻子杨晨华连忙一把拉过毛毛说："走，到门口看看卖稀糖的人。"

周恩来从门口到楼上仔细打量起来。

"我和晨华住一层，您住在三楼，二楼留着开会用，只是三楼太窄小了一点，还没有窗子。"孙津川带着歉意地说。

"没关系，只要能躺下就行了。"周恩来满意地说，"关键是这里闹中取静，距离工人纠察队训练班也近。"

"还有法国巡捕在街上巡逻。"汪寿华也笑着说。

汪寿华，浙江诸暨人，1901年生，1923年加入中国共产党，时任中共上海区委（江浙区委）常委、区委职工运动委员会书记，上海总工会代理委员长。

"对了，晚上通知军委的几位负责人就在这里开会吧。"周恩来对汪寿华说，"重点研究一下铁路工人罢工的事情。"

当晚，"特别军委"第一次在这里召开了会议。

根据中共中央和上海区委联席会议精神，为防止再次出现因准备不足遭军阀残酷镇压的情况，"特别军委"会议围绕中共中央特委会关于武装起义准备工作中的军事问题决议，进行了热烈而充分的讨论。周恩来、顾顺章、赵世炎、钟汝梅、罗亦农等同志出席，孙津川作为上海铁路支部的负责人列席会议。

会上，周恩来说，基于前两次武装起义失败的经验，我们必须充分注意发挥工人武装在起义中的作用，特别是铁路工人的作用，要组建和训练五千名工人纠察队,组织起五百名能用手枪的工人自卫团,作为起义的基本力量和骨干力量,如果做不到这一点,就可能重犯前两次失败的错误。

赵世炎说,吴淞机厂和铁路支部有光荣的革命斗争传统,有素质较高的工人队伍,尤其是有坚强的党团组织,在前两次武装起义中发挥了很好的作用,可以首先组织起来,建立一支有力工人纠察队。但是如何组织,如何训练?懂军事的人太少了。

顾顺章、钟汝梅、罗亦农等也就如何组织训练工人纠察队发表了意见。

"整个上海,除租界以外,划分为闸北、沪西、沪东、南市、虹口、浦东、吴淞等七个区,建议由上海区委分别安排得力者担任负责人,分别制订详细作战计划,成立起义的各级指挥部。"周恩来作了总结发言,他又说,"我再与中央特委领导商量一下,准备从部队中抽一部分懂军事的党员到各区帮助训练工人。"

孙津川在会上愉快地接受了"特别军委"交付的光荣任务,表示坚决拥护中央军委的号召,努力做好吴淞机厂和上海铁路工人的工作,争取早日建立起三百人到五百人的铁路工人纠察队。

曾任上海地方兼区执行委员会负责人,与孙津川一起从事革命工作的徐梅坤后来回忆说:

周恩来同志多次会见过孙津川。在上海时,孙津川和他的爱人、他的妈妈三人看管一座小楼房,地点在辣斐德路,不到吴淞的地方。总理(即周恩来)住过这里。总理住在楼上,孙津川他们住在楼下。总理接见过我们,我去过三次。去过的人还有陈延年、陈乔年。有人到总理那里去,孙津川就在外面放哨,有时也进去谈谈。当时军委的一些重要会议都在那里开。孙津川夫妇安排管理这个住处,在掩护特别军委和周恩来活动的同时,密切了特别军委和铁路产业工人的联系,孙津川以铁路工人负责人的身份,有时列席特别军委会议,使军委的指示和命令得以迅速准确地贯彻。

1927年的春天，对于上海来说，是一个极不平常的春天。
　经过两次上海工人武装起义的考验，孙津川革命意志更加坚定，以更高昂的革命斗志信心十足地投入第三次武装起义的血火交融的战斗中。

## 第九章
## 开路先锋,吴淞机厂率先罢工

隐隐的河岸,辉煌的引火线
已经点燃
行走者溶入大背景
扮演大角色……
——张国凡《理性之外》

**31**

马路旁的梧桐树枝逐渐绽绿之时,以吴淞机厂为主的铁路工人纠察队训练班在特别军委辣斐坊小楼的楼下秘密开学。

工人纠察队训练班,对外的名义是文化学校,对内是培训和武装工人的大课堂。根据特别军委和周恩来的指示，铁路工人骨干在这里进行了集中军事训练。先后来辣斐德坊纠察队训练班讲授军事知识的领导很多，周恩来不仅多次给培训班学员上课，还亲自主持编写了《武装暴动训练大纲》，制定了各项暴动的细节，指点着墙上的大比例申城地图，给大家讲解拟议起义的行动路线及如何自我掩藏和巧用火力。赵世炎也常扮成"教书先生"来训练班，讲授军事知识。

辣斐坊工人骨干培训班开办不久，从到达浙江的北伐军中调来的共产党员、黄埔军校第一期毕业生侯镜如奉命赶到上海，时任北伐军叶挺部队武昌卫戍司令部参谋长和代理武昌卫戍司令的彭干臣，也按照中共中央的指示带一批军事骨干潜入上海，负责工人纠察队的训练工作。

随着北伐战争的发展，第三次上海工人起义时间的逐步临近，需要参加培训的骨干工人逐步增多，辣斐德坊小楼不敷使用，同时从特别军委的安全考虑，又物色三山会馆作为训练南市区工人纠察队的新址。在周恩来的建议下，起义总指挥部又在浦东、小沙渡、杨树浦、商务印书馆等地设立多处秘密训练点，组织各部委和大厂工人察队负责人进行集体上课，指导他们使用武器和训练巷战战术，培养军事干部。

一天上午，彭干臣特地从闸北赶到辣斐坊小楼，小心地从贴身处掏出一个红绸布包裹来，对孙津川说："送你一样好东西！"

"枪！"孙津川惊喜地说。

"花了十几块大洋才搞到的，本来准备给周恩来的，他说你比他更需要，就给你了。"彭干臣说。

孙津川高兴地一把夺过来，迫不及待打开红绸，果然是一支好枪，德国造的新式手枪。他抚摸着锃光闪亮的手枪，爱不释手，激动不已，一种崇高的自豪感、光荣感油然而起，更加全身心地投入到培训班的各项工作中。

吴淞机厂纠察队是南市纠察队的骨干,周恩来很重视南市纠察队的训练,多次去指导。

一天晚上,天上下着细雨,孙津川与蔡锦海等人在三山会馆正带领南市纠察队进行军事训练,周恩来又特地赶到现场。

身穿西服的周恩来刚进大门,就听见啪的一声枪响,接着传来叽叽喳喳的混乱声。

原来是一个队员的枪支走火,击中了一名纠察队员的腿部,大家手忙脚乱,有的围着受伤队员喊医生,有的查问怎么回事,有的叫快送医院。

周恩来赶紧靠近人群,说:"大家不要紧张,不要乱,要镇定!"查看伤员后,他迅速从一名队员手中接过一条毛巾,缠在那位伤员的腿部伤口。待大家情绪稳定后,他亲切地说:"小心枪支走火,不能大意呀。"

他取过一支步枪,指着扣栓、保险对孙津川说:"告诉大家,要牢牢记住,无论有否保险,有无子弹,训练时都不能把枪口指向人,训练前要认真检查子弹是否退出,握枪要稳,要慢,凹槽、准星、目标三点成一线。"

见围过来的人越来越多,周恩来用简明通俗的语言说:"工人阶级创造了世界,创造了历史,没有我们工人双手的劳动,就没有火车,没有机器、厂房,火车、汽车、轮船就没有人修,没有人开,但在军阀反动派的统治下,我们工人却一无所有,过着牛马不如的生活,受尽剥削和压迫。我们要乘北伐革命之机,团结起来,推翻旧社会,夺回我们创造的一切!我们不仅要推翻不合理的制度,而且要夺回我们创造的一切!"结合北伐军的进攻态势,周恩来又说,"吴淞机厂是一个有光荣革命传统的工厂,革命觉悟高,铁路工人是革命的火车头,我们要发扬京汉铁路工人敢于斗争,敢于胜利的革命精神,不怕威胁、不怕杀头,只要我们坚持斗争,胜利就一定属于我们的!"

孙津川带领大家振臂高呼:"工人兄弟团结紧,胜利属于我们的!"

在与工人交谈时,得知一些纠察队员被拉到商会"保卫团"训练,准备保卫工厂,周恩来说:"好啊,不是正好利用合法身份参加军事训练,还可以取得枪支弹药吗?"

当时,上海一些中小资本家的商会组织了"保卫团",参加"保卫团"的人可以发一套制服、一支步枪和几发子弹,还经常站岗放哨受训。"保卫团"是军阀允许成立的,可以公开活动,党决定派一批同志打入"保卫团"。

有的工人还是不理解,周恩来笑着问他:

"我们现在缺少的是什么?"

有工人回答:"枪支和弹药。"

"对。"周恩来说,"如果我们加入了保卫团,不是每个人都可以有枪支和弹药吗? 不仅如此,我们还可以利用保卫团这个合法身份进行军事训练,掩护我们起义的准备工作。"于是又有部分工人参加了保卫团,有的还担任班、排长,后来他们都成为攻打北火车站的一支重要武装力量。

由于第二次武装起义后所余枪械仅百余支,与纠察队计划发展规模显然不相适应。 因此,周恩来在中央特委、军委会议上多次提出,要抓紧枪械的筹措,将原先分散的枪支集中起来,并专门派军委委员顾顺章赴兵工厂,接洽军械购买事宜。 经多方努力,先后从军阀部队、兵工厂等处买到两百多支枪。

经过二十多天的训练,一千八百名工人纠察队员基本都学会了使用武器。

一批青年工人骨干通过短期集训,还掌握了作战技巧,学会了拆装武器。 为应付反动军警在马路上"抄靶子"(搜身),邮政工人把枪械夹入邮包内,运输工人把枪械塞进人力车坐垫下的空隙,环卫工人把枪械藏于粪车中,出色地完成了将武器分送到各区纠察队的艰巨任务。

俗话说，兵马未动粮草先行。

这天下午，布置各产业工人罢工的会议在辣斐坊特别军委召开。

讨论中，有人提出了罢工后，部分工人生活有困难的问题。孙津川也补充说："许多工人都是家无余粮，寅吃卯粮，这月盼望下月发工资。"

"上海区委要设法帮助解决部分罢工工人的生活困难！"周恩来说。

彭干臣灵机一动说："不然，我去向大律师李次山救助如何？"

周恩来当即表态："这个主意很好，可以试试。"又说，"津川同志对上海地理比较熟悉，你们一道去。"

遵照周恩来指示，彭干臣和孙津川一起到同情支持革命的上海市民公会文书、上海大律师李次山处，筹集款项以作武装起义的经费开支。

几经周折，孙津川带着彭干臣穿街走巷，找到了李次山的家。

李时蕊，字次山，1887年出生于安徽六安州英山县的一个农民家庭。考中秀才后，他放弃科举之路到安庆求新学，从安徽法政学堂毕业后参加了辛亥革命。在担任省议会议员时，结识了安徽都督柏文蔚和都督府秘书长陈独秀，共同反袁。1916年，曾在陈独秀创办《新青年》及《公民》等杂志上发表《青年之生死关头》以及政治与司法制度变革方面的文章。后在友人的赞助下，在上海法租界牛庄路挂起李次山律师事务所和联合通讯社的牌子。在成为赫赫有名、收入颇丰的大律师后，他仍然粗茶淡饭，生活俭朴，多次慷慨救助贫弱者、落难者。目睹一些工人因无钱治病弄得家破人亡的悲惨景象，他又邀约几个小商人和一个失意的政客，共同发起一个疾病保险公司，为工人谋些福利。

听说彭干臣和铁路总工会的孙津川到来，李次山忙走下楼迎接："大驾光临，有失远迎！"

孙津川忙客气地抱拳还礼，并介绍了彭干臣：

"这是北伐军的彭干臣党代表。"

"欢迎,欢迎!请楼上坐。"

当李次山得知彭干臣是湖北省英山县人而且是当年受他资助考进黄埔军校后,高兴地连声说:"他乡遇故音,可喜可贺呀。"

"李先生同情革命,行侠仗义,早有耳闻,晚辈久仰!"

黄埔第一至四期中安徽英山籍学生有八十多位。缘何有这么多英山籍青年报考黄埔军校,这与英山籍的傅慧初和李次山两人有关。据史料记载,辛亥革命元老傅慧初在广州黄埔军校创建时,便以上海学界知名人士身份负责招生,与时任上海律师公会会长的李次山成为至交。李次山出资资助了一批英山籍青年南下报考。英山籍黄埔生著名人物:共产党方面有傅维钰、彭干臣、姜镜堂、熊受暄;国民党方面有中将段朗如、段霖茂、汪逢楠三人,少将段禹孙、萧挹南、傅锡章、姜筱丹、廖威、郝照亭等十一人。

坐定后,彭干臣简明扼要地把北伐军战事向李次山作了介绍,又将此行的目的作了说明。

李次山二话没说,立即找出银行存折,倾囊相授:"义军北伐,所向披靡,我等当尽微薄之力!"

彭干臣和孙津川连声道谢,并写下欠条,表示胜利后立即归还。

这笔巨款,不仅解决了部分罢工职工的生活困难,也有力地支持了上海第三次武装起义急需经费的不足。

## 32

1927年3月,北伐军向苏州、常州和松江进军,对上海形成包围。

3月5日,中央特委会召开会议再次讨论起义的指挥和分工问题。经充分讨论,会议决定,"整个行动,由特务会议指挥",紧急时由陈独秀、周恩来、罗亦农、汪寿华负责,后又进一步明确,武装起义总指挥为周恩来,副总指挥赵世炎。各区指挥为:闸北赵世炎、顾顺章;

南市周恩来、徐梅坤，如南市不重要则周恩来调闸北，徐梅坤、陆震留南市；浦东马玉夫、宣中华、沈良为。 上海总工会纠察队委员会：书记顾顺章，委员侯镜如、徐梅坤、袁达时等，共七人。 第一队队长赵世炎，第二队队长孙津川，第三队队长顾顺章。 铁路工人大队总指挥孙津川。

3月21日，北伐军薛岳第一师进入上海近郊龙华，苏州也被北伐军占领。 上海守军军心动摇，工人和民众革命情绪高涨，组织发动第三次上海工人武装起义被提上了中共中央和上海区委的重要议事日程。

根据特委会的布置，特别军委进一步抓紧了铁路工人大罢工的各项准备工作。

这一天下午，特别军委再次召开会议，研究部署工人罢工事宜，周恩来主持，赵世炎、罗亦农、钟汝梅等同志参加，孙津川列席。

会议分析了北伐军北上的形势及上海工人武装起义运动的准备情况。

周恩来说："吴淞机厂应首先适时发动和组织工人罢工，然后发动沪宁、沪杭甬上海地区两路全体铁路工人实行罢工。 断绝铁路运输，使军阀张宗昌不能迅速运兵来帮助孙传芳，创造夺取第三次武装起义胜利的有利条件。 这是上海工人第三次武装起义的前奏，也是关系到第三次武装起义能否顺利进行的关键一着。"

"铁路党支部工作一直走在全市各产业工人的前列，率先实施机厂大罢工问题不大，但如何开展，几号比较合适，还需要讨论一下。 吴淞机厂应迅速成立罢工委员会，建议由孙津川任委员长。"赵世炎说。

赵世炎的建议得到大家的赞成。

孙津川介绍说："铁路系统是6日发薪，6号恰恰是星期天，按以往常例要到7日才发工资。 为了使工人在罢工期间有饭吃，需要争取他们领了薪水安排好生活。"

"这样看来，3月5日开始罢工有点困难。"周恩来说，"能否争取厂方先发薪？"

"可以试试，但无论如何我们保证罢工如期进行！"孙津川站起来，坚定地说。

"有困难，全市工人将给予坚决支持！"赵世炎也说。

"好，下面我们再研究一下，铁路工人罢工和毁路的详细计划。"

根据周恩来和特别军委的命令，孙津川连夜组织铁路党支部成员，召开紧急会议研究吴淞机厂大罢工的计划，成立吴淞机厂罢工委员会，孙津川和蔡景海等为委员，会议并就罢工具体工作做了分工。

为迫使厂方提前发薪，孙津川带领工人首先与厂方交涉。

英国厂长不在办公室，孙津川直接找到主管发薪的财务室，开门见山地说："现在物价上涨严重，国民军和孙传芳在打仗，不知哪天打过来，工人们都在等米下锅，请厂方提前一天发放薪水！"

戴着金丝眼镜的主管，嗫嚅地说："这要请示厂长！"

"马上打电话，我们在这等待答复，不然我们从现在起就不上班了！"孙津川斩钉截铁地说。在工友们的配合下，厂方最终同意了工人的要求。

从厂里出来，孙津川对蔡景海说："不行！还要与工头们打个招呼，免得他们到时出来捣乱！"

"对，需要警告一下！"

说干就干，他们立即通知全厂十个领班工头到工具车间开会。

"北伐军已胜利迫近上海，全厂工人要举行罢工来迎接北伐军，你们拿了工资，星期天就不要来上工了。"见一名工头有点不屑一顾地打着哈哈，孙津川从腰间拔出手枪，指着那位挑事的工头说，"革命就要胜利，谁要是追随军阀，再做他们的走狗，谁就没有好下场！我的手枪从来是不认识人的。"

工头们面面相觑，都说："不上班，不上班！"

由于不少工人居住在郊区农村，为了便于罢工后对工人的组织和联络，孙津川又带着支部委员一起到法租界八仙桥八仙坊租了十八幢空房，作为吴淞机厂罢工工人在上海的住宿地，也作为工人罢工后的集合报到地点，并在距上海总工会机关附近的西门路仁德里租用了一幢两层楼房，作为吴淞机厂党支部和两路铁路罢工委员会的秘密办公机关。

## 33

在铁路党支部领导下，一切准备工作紧张、热烈而又有条不紊地进行着。

在党的有力发动和组织下，当月5日下午工人们领了工资就纷纷离厂，开始罢工。在厂里一向耀武扬威的工头也不见了踪影，谁也没有来上班。

3月5日，吴淞机器厂实现了全体工人大罢工，打响武装起义的第一炮，揭开了上海工人第三次武装起义的序幕。

特别军委在讨论军事形势时，赵世炎对吴淞机厂的罢工准备工作感到特别满意。罢工行动同样受到了上海市总工会和全市各产业总工会的热情关怀和支援，他们纷纷写信勉励，有的工会还送来点心和香烟。

6日一早，居住在农村的工人就各自收拾东西，集体住在八仙桥八仙坊。

每天上午八点，上海市总工会都派人来到八仙坊给工人作政治、军事形势的报告，宣传党的方针政策和武装起义的计划部署。中央特委成员周恩来、赵世炎、罗亦农等领导也分别来到罢工工人住地，动员大家发扬"二七"的革命精神，坚持罢工，不达目的决不收兵。铁路党支部为安排好起义工人家庭生活，在西门路西门里多次研究罢工策略，并对参加罢工的困难工人，每天发放四角钱的生活补助费。

由于沪宁、沪杭甬铁路各单位的工会组织尚处于秘密状态，为进一步发动和组织两路铁路工人，特别是上海地区的铁路工人一起进行罢工，从3月6日起，孙津川就和蔡景海、周长福、姜加声等地下党员及工人骨干,分头前往北站、南站龙头房等处发传单,鼓动两路工人同盟罢工。

吴淞机厂工人罢工后,当局进一步加强了对火车站、龙头房等铁路单位工人的监督,特别是机车司机,几乎全被军阀禁闭在机车上,与外界不能联系。

在火车站的大雨篷下,孙津川正愁着如何混进龙头房(火车头维修车间),突然见到一辆煤渣车从龙头房开出。他灵机一动,赶紧绕到站外的线路上。待机车路过时,他打个招呼,跳上空煤车,混进了龙头房。

龙头房是孙津川经常活动的地方,他随手捡起一件工具,假充检修机车的工人。几名龙头房的工人骨干很快围了过来,就在车旁,他召集大伙开了一个简短的罢工动员会。

听说北伐军已兵临上海,吴淞机厂已率先行动,龙头房工人立即表示串联其他工人,坚决响应。

上海龙头房瘫痪了,火车站成为只进不出的死站……

沪杭路工人为声援沪宁路工人的斗争,也陆续举行罢工。

## 34

在孙津川等人的努力下,沪宁铁路总工会于3月12日正式成立。

当天上午,铁路支部在西门路西门里召开了六百余人参加的职工大会。经过酝酿,会议通过了成立沪宁铁路总工会的决议。代表们一致议决,孙津川、蔡锦海等十六人名代表为沪宁铁路总工会执行委员会,孙津川为委员长。同时,通电呈报全国铁路总工会。

沪宁铁路总工会执行委员会成立后,立即以铁路总工会的名义发出号召,动员沪宁线全体工人参加总罢工。会后,铁路总工会执行委员分赴常州、南京等地,传达沪宁铁路总工会的罢工决定。同时,派出代表与沪杭铁路工人取得联系,促进、联络沪杭沿线工人实行同盟罢工。

罢工浪潮向沪杭甬全线延及。15日晨，沪杭线上海南站的全体机务工人罢工，一部分职员也在工人的推动下参加了罢工斗争。15日下午，上海南北两站司机及港务处工人全体罢工，全路数十台机车，因没有人驾驶，不得不停顿。

当局如热锅上的蚂蚁，一再下令各车站、车间限期复工，并许诺"在紧急服务时期，有致身死或永久废疾者，除照现有一切定章给以应得各款外，加给薪金5年，作为恤金"，利诱工人复工，并派兵四处搜寻司机，设法拼凑了百余名白俄工人至吴淞机厂工作，企图挽回局面。

工厂闭门，车票停售，火车停驶，机车的汽笛也不再长鸣，人声鼎沸的车站不再喧哗，两路运输一片混乱。

3月16日上海《申报》报道说：

沪宁路客车昨日机车缺乏，只开往返沪宁共5次，由沪开者为第7次快车及15次特别快车，唯均系随得机车随时开驶，并不能按照原规定时间开行，由宁常来者，为第4次第8次第20次特别快车。淞沪客车则往来各2次，沪杭方面由于来者照开，唯昨晚因开车者相继离职，当晚军事当局令该车先开南站，派车监守后，再开北站，由沪往松江之第6次客车则因机车缺乏，驾驶缺人，未能照原规定时刻开出，至下午5时，始见机车1辆开车1人，始开往松江。

两路运输即陷入瘫痪状态。

从18日开始，铁路大罢工转入破坏铁路。

当天夜晚，罢工委员会研究了具体计划后，派出两组人员分别到沪宁线的真如、镇江一带拆毁轨道数处。虽有军阀严密防卫，但由于在破路过程中依靠了各地的工人，依然顺利地完成了任务。

为了统一领导两路工人的罢工斗争，经上海党团组织研究决定，迅速将沪宁铁路罢工委员会改组为沪宁、沪杭甬两路罢工委员会。3月

19日，两路工人代表在西门里召开两路罢工委员会成立大会，工友们一致推选出孙津川、蔡锦海、沈干城等十七名工人为两路罢工委员会委员，孙津川任总指挥，沈干城为副总指挥。

两路罢工委员会成立当天召开了全委员，通过了给两路工人的《罢工宣言》。这篇经孙津川逐字修改、润色，具有历史意义的宣言，全文刊发在当月22日上海《申报》的显要位置。《罢工宣言》指出：

我国政治的黑暗，军阀的蛮横，任何人皆受过他们间接、直接的摧残，辗转满渠的白骨，铁蹄下的牺牲，无枪阶级的我们，劳动阶级的我们，任他们横行了多时，终不泯灭我们热血沸腾，青天白日（旗）开始飞扬的时候，我们的同情心，就跃跃地想望，徒为生活的困难及经济的压迫，不得不在铁蹄下讨生活。近来的革命战线，日近一日，我们想望的心也日趋一日，清明政治的希冀，压迫痛苦的解放，我们不得不采取最后的武器罢工，一面促进军阀早日底灭亡，一面祈祷清明政府早日地统一成立，我们虽然是加入战线的最后者，但我们的苦心孤诣，终于今日而得到达，我们潜藏于胸中的志愿，永远随在诸同志之后，我们历来所受军阀及资本家联合的压迫，很深刻地受着种种痛苦，不说工资及工作时间的钳制，即如那军阀的暴虐行为，恣意凶殴着我们。且最近又在吕城车站无辜地斩了我们同志中的二人，我们是忍无不（可）忍了，今日起加入革命同志的联合战线上了。罢工的宗旨我们略述在上面，也就可知我们罢工的终止期了。就是待军阀灭亡之后，而我们所想望的清明政府属下的军队到达我们铁路时，我们便立即恢复工作，为执行罢工任务，并组织工会起见，我们已于昨日选出委员，组织罢工委员会负责进行，今后本会的一切，悉由该委员会指挥……

《罢工宣言》得到两路铁路工人的坚决拥护，纷纷表示听从指挥，严守纪律，誓将罢工坚持到底。到21日，包括上海南站、北站机务段司机、司炉、电务、工务、港务各部门和修车工人在内的沪宁、沪杭甬铁路工人实现了同盟总罢工。

在八仙桥八仙坊,准备参加武装起义的工人纠察队,除了听报告外,还抓紧空余时间进行起义前的军事训练。九人一小队,在小队长带领下,练习拼刺、射击、投掷手榴弹。大多数工人虽然没有真正的武器,但他们用木棍代替枪支,用木头做了许多"手榴弹",准备用这些"武器"夺取敌人手上的武器,再来消灭敌人。

随着罢工斗争的深入,工人群众的觉悟大大提高,斗争情绪已达到高峰。

一天下午,孙津川正在和工友们议论如何响应上海总工会开展破路的斗争,突然有纠察队员进门报告说:"周总指挥来了!"

周恩来和赵世炎一边与工人们打着招呼,一边走到孙津川身边。他高兴地说:"铁路工人热情高涨,团结紧,觉悟高,无愧为革命的火车头啊。"

赵世炎接着说:"有个事情要与你们商量,为了充分发挥铁路工人纠察队的骨干作用,保证全市起义的成功,可能要从你们这里抽点骨干支援兄弟工厂呀。"

"没有问题,需要多少,我们派出多少。"孙津川说。

周恩来、赵世炎充满激情的话,极大地鼓舞了吴淞机厂工人的斗志。

为了把上海各产业工人有力地组织起来,形成较强的战斗力,统一指挥和行动,经上海区委主席团会议决定,全市工人按产业划分为二十二个总部,铁路为第九产业总部,孙津川为负责人。铁路工人纠察队除一小部分参与吴淞起义外,大部分将调配到铁路南站、北站、闸北区,以发挥铁路工人特有的作用。

# 第十章
# 身先士卒，南市区首先插上白旗

放大的脚印
再次放大的脚印
行走者
不是英雄，却是宽广的实在……
——张国凡《理性之外》

## 35

一切准备就绪，什么时候起义？由于前两次起义的失败与时机选择不当有很大关系，因此对于此次起义时机的把握，成为领导者关注的焦点。

关于正式发动起义的具体时间，3月5日晚特委会开会曾专门讨论了这一问题。特委会采纳了周恩来的意见，确定："一、松江下。二、苏州下。三、麦根路（今秣陵路）与北站兵向苏州退。三条件有一个就决定发动。"

3月20日上午十时许，孙津川接通知赶到西成里173号。

上海总工会委员长汪寿华主持会议，上海各单位工人纠察队负责人，以及各行业工会党团书记等参加了会议。

会上，汪寿华激动地向大家报告说："北伐军已过松江，先头部队抵达近郊龙华，上海处于北伐军四面包围中，推翻反动政府，成立上海市民政府指日可待！"

与会者群情激昂，个个跃跃欲试。

"我们要学习铁路工人的革命精神，在上海工人第一次大罢工中，他们认真执行总工会指令，破坏铁路和通讯联络，阻滞和破坏当局的交通运输，这次又率先举行了罢工斗争。铁路工人的斗争精神，为我们树立了榜样！"汪寿华接着说，"各行业工会要积极稳妥地抓紧武装起义的准备，等待时机，给军阀政府致命一击。铁路工人要立即采取措施，截断军事运输！"

孙津川代表两路总工会当场表示："坚决完成任务！"

根据上海总工会下达"截断军事运输"的命令，第二天，连夜组织吴淞机厂工人，兵分三路开始破坏铁路轨道。

孙津川亲率一路在北站附近一口气拔掉了长达数十米的路轨上的道钉，拦腰截断了上海北站与沪宁线的联结，使北站成为死站。

蔡景海带一批工人在新龙华外扬旗处和徐家汇车站不远的地方，直接撬掉了数根铁路轨道，造成鲁军铁甲车在梅家弄无法开回北站，被革命军缴获。

陆林庆带领一些工人纠察队员，破坏了自梵皇渡到真如的道路，使一辆猝不及防急驶而来的机车轰然倒地，把交通线堵得严严实实。

在南京，买雨田带领工人分别拆毁沪宁线龙潭附近和津浦线洋北门的铁轨，津浦、沪宁线运输瘫痪。

成功的破路行动，为夺取第三次武装起义的胜利创造了有利条件。
　　驻上海军阀毕庶澄三千人反动军队和两千名警察被完全孤立，北洋政府调动部队支援上海的计划也被阻碍在外。与毕庶澄部孤立无援、内部空虚、军心涣散相反，工人纠察队扩大到五千人，武器增加，并经过训练，更重要的是后面还有数十万工人的支持、广大市民的同情，所有这一切说明，起义的时机成熟了。

　　21日清晨，中共中央和上海区委做出迅速发动第三次武装起义的决议。
　　上午九时，上海市民代表会议执委会常委召开举行紧急会议，决定当日中午十二时起举行全市总同盟罢工和罢课、罢市，并立即举行武装起义，对上海封建军阀残余势力总攻击。
　　上海总工会委员长汪寿华代表党组织，以上海市民代表会议常务委员会名义发布紧急命令："兹有本会全体常务委员会议决定三月二十一日正午十二时起，各界市民一致动作，宣布总同盟罢工、罢市、罢课。专特下报，仰我市民一体遵照执行，不得迟延。此令。"
　　同日，上海总工会也发出了同盟罢工令。罢工令自3月21日正午十二时实行，命令迅速传达到每一个工人群众。
　　晴空万里，春光明媚。外滩的高楼大厦与闸北区低矮的棚户区，都沐浴在温暖的阳光里。

## 36

　　十二点整。黄浦江畔海关大钟的激越而悠扬的钟声，在全市上空回响。
　　顿时，停泊在黄浦江上的轮船和附近工厂的汽笛齐鸣。
　　一个伟大的历史时刻到来了。
　　上海全体市民总罢工、罢课、罢市开始了。

上海一百二十五万工人中，八十余万工人总同盟罢工开始了。

电车、汽车停了，轮船抛锚，工厂停工，电报、电话都中断了。

大马路（今南京路）上的著名四大公司的职工带头罢市，其他商店亦相继关门。这条一向人头攒动、摩肩擦踵的大马路，顷刻间变得异样的冷清。

突然间，一队队租界内的工人和市民举着红旗和标语，涌入华界，聚集于马路和广场上。

"打倒列强，打倒列强！除军阀，除军阀！国民革命成功，国民革命成功，齐欢唱，齐欢唱……"

歌声和口号声随着钟声、汽笛声一起飞扬，响彻云霄，此起彼落。

马路上，戴红袖章的工人纠察队威风凛凛，站岗放哨。戴红十字袖章的济难会的男女救护队也已出动。

往日耀武扬威的反动军警龟缩在自己的窝巢内，不敢再出来横行霸道了。

下午一时，各路工人纠察队随着汽笛声，纷纷拿起武器，涌向集合地，按指定地点集合。沪西七十余厂的工人越过苏州河，从共和新路来到虬江路集合；邮电工人集队去闸北；法租界的工人在法电工人纠察队的带领下支援南市区；海员工人罢工后支援浦东。

特别军委在南市、浦东、闸北设立三个指挥部。

周恩来任起义总指挥，赵世炎任副总指挥。

按照预先布置，准备近一个月的上海工人第三次武装起义正式开始了。

## 37

南市起义指挥部初设在老西门肇家浜（今复兴东路）的一里弄内。起义开始后，起义指挥中心转移至半淞园路的"三山会馆"。原定由周恩来、徐梅坤负责南市，因军事形势变动，特委改派中共中央秘书长王若飞任南市总指挥，王荷波、彭干臣协助，起义总指挥周恩来坐镇指挥闸北区起义。

南市区是上海县署和淞沪警察厅的所在地，华界水陆交通的重要枢纽，这里有江南最大的兵工厂高昌庙兵工厂，是军阀政权在上海的政治、军事、经济中心，故而是武装起义的一个重点地区。

铁路工人纠察队成为这次上海工人武装起义的骨干力量。根据上海总工会的指令，六百名铁路工人纠察队分成三队，第一队在南市，第二队去闸北，第三队目标吴淞。孙津川亲自带领一队与华商电气公司、法电工厂和自来水厂等工厂的工人纠察队一起参加南市区的战斗。

按照武装起义计划，南市的战斗以小南门救火会的钟声为令，兵分三路同时进攻。第一路以华商电气公司工人为主，目标为淞沪警察厅，由汪裕先率领；第二路以法电工厂和自来水厂的一百三十九名工人为主，夺取西门外第二警察署和沉香阁警察二区一分署，由王若飞率领；第三路由一百多名铁路工人组成，目标是第一区警察署，继而攻占第一警察署南区街分署，由孙津川率领。

正午时分，一百多名铁路工人纠察队准时到达南市区八佩桥一个弄堂口集中。持有枪械的纠察队员站最前面，没有武器的紧跟在后，有的手持长矛，有的扛着木棒，有的拿着铁棍，还有的拎着装着鞭炮的白铁桶。

接到总指挥王若飞命令，孙津川立即召集各中队长讨论分析敌情，进行战前最后的布署。

孙津川腰间亮出挂有红绸布的手枪，站在高台阶上大声说："工友们，武装起义胜利的时刻到了！各中队赶快清点人数，按中队集中！记住我们联系的口令是'罢——工！'"

这时，天上突然下起小雨，小南门救火会大钟楼钟声响了……

孙津川与周长福、杨顺福率工人纠察队员，按十人一组，组成战斗队形，前呼后拥地向大东门外关桥南面的第一区警察署冲去。事先集中在南码头的部分工人与华商电车公司工人纠察队，一涌而出加入队伍，投入了攻打警察分署的战斗。

按照事先智取第一区警察署的计划，纠察队员周阿毛、王桂荣机智地绕到警察署门口的侧面，悄悄潜至值勤岗哨背后，一把将哨兵紧紧抱住，其他工人连忙上前夺去了他的长枪和子弹。

孙津川随即向警署的天井里扔出了手榴弹，几颗手榴弹同时在警察署炸响。纠察队员们乘势蜂拥而上，冲进了警察署大楼。猝不及防的几名警察，正准备还手但还是很快做了俘虏。值夜班的十几个警察躺在休息室内，正蒙在被窝里呼呼大睡，忽听到爆炸声响，又看到冲进来一群工人纠察队员，吓得魂不附体，瑟瑟发抖，见到大势已去，连忙跪在地上求饶："革命军饶命！我们缴枪……"

同志们乘机摘下挂在墙上的十几支长枪和大量的子弹。用缴获的敌人的武器武装起来的纠察队员们士气更加旺盛，斗志昂扬地向下一目标进发。

## 38

在攻打南市区警察分署时，工人纠察队员几乎没费一枪一弹就拿下警察分署。

打头的几十名工人纠察队拿着一张纸条，雄赳赳气昂昂地来警察分署，对门口的警察说："告诉你们当官的，奉便衣军司令部长官之命，命令你们立即投降！"说着，递上盖有一张印有"便衣军司令部"鲜红印章的纸条，其实印章是自刻的，纸片也是随意找到的。

警署一个头目模样的警察不知虚实，十分惊慌，接过盖有红印章的纸条翻来覆去地看了半天，不知是这个纸条是真是假，但见到门厅外端着长枪、黑压压的人群，不敢多说，乖乖地缴出了十余支枪械。在顺利地解决了南市警察分署向大部队靠拢的行进途中，工人纠察队又顺道缴了军阀巡逻队的十多支枪支和弹药。

攻下第一警察署和警察分署以后，队员们还没来得及喘气，孙津川大声说："留几个同志看守俘虏，其余的同志带上警察的武器，跟我去攻李宝章的司令部!"

高昌庙司令部防守森严,门前有两道门岗,院外还有一道高高的砖墙,驻守着几十名全副武装正规部队的官兵,自恃有坚固围墙和比工人纠察队精良的武器,并拥有一挺"花机关",负隅顽抗。

当孙津川率铁路纠察队赶到高昌庙时,法商电车公司、电车公司、自来水公司等单位的工人已经开始行动了。各路工人纠察队、部分商界自卫团和海军起义人员,以及江南造船厂、求新造船厂工人等近千人,在江南造船厂和高昌庙兵工厂前会师,并从三面包围了敌据点。

被包围的守军退缩到司令部围墙内,架起的几十支步枪和机关枪组成了一道严密的火力网,不停地向门前扫射,已有多名纠察队员倒在血泊中。为避免伤亡尽快解决战斗,孙津川与先期赶到的总工会武装纠察队队长及部分分队长进行紧急磋商。

"不能强攻,只能智取!"
"到指挥部要些炸药把围墙炸破!"
"找几个梯子,从前门、后门同时砍进去!"
"进攻时,点燃汽油箱鞭炮,再让司号员吹冲锋号!"周长福说。
"我们人多,前面大门和四周佯攻,主力从后门重点突破!"人称小诸葛的杨顺福说。
"好主意!"孙津川双眼闪亮,十分高兴地说,"就这么干!"

在孙津川的组织安排下,几个纠察队员在司令部的前门放鞭炮佯攻,数百名纠察队员围着司令部四周虚张声势。一边吹起冲锋号,一边在火油箱内燃放鞭炮,一边展开政治攻势。噼哩啪啦的鞭炮声就像真的枪炮声一样,守卫司令部的士兵听到冲锋号和"机枪声",以为革命军已到,吓得魂飞魄散。而在后门,纠察队员们抡着斧头,砍了进去。

"弟兄们,放下武器!缴枪不杀!"纠察队员们向军警喊话。

反动官兵们见已被工人纠察队包围,有的蹿墙跑了,有的朝床下、厕所乱钻；持枪顽抗的，都被武装起义的工人打死或打伤。妄图负隅顽抗的驻军军官，被当场击毙，其余敌军全部缴械投降。

在工人纠察队的猛烈进攻面前，驻守高昌庙兵工厂的军阀官兵看到纠察队人多势众，来势凶猛，料难抵抗，有的弃枪逃命，有的跌进江内。守军像漏网之鱼，急急向四处溃逃。

战斗胜利结束，李宝章的司令部和高昌庙兵工厂均被攻占。

这时正好是下午一时三十分。

各队工人纠察队都向铁路南站汇集，发动进攻。

孙津川率工人纠察队首先抢占了天桥制高点，并在上面插上了白旗。

鲁军第二混成旅见大势已去，退出了南站。

《申报》在第二天的报道中，记述了这场战斗：

沪杭南车站昨日下午2时，鲁军第二混成旅部完全退出，至下午2点50分，由铁路工党自卫军孙津川、杨顺福、周长福带领工人百余名，各持手枪炸弹至南站，检查鲁军，并收领炸弹一小箱、子弹一箱，一面派工人至车站后面淞沪警察第二区第三派出所收缴警察枪械5支。

到下午五时许，南市工人纠察队控制了全区的通讯和交通枢纽，第三次武装起义首战告捷。武装纠察队队员扩大到近千人，六百多支枪，三挺重机关枪，七挺轻机关枪，成了上海市最大的一支工人武装。

在南市区的战斗中，铁路工人表现得无比勇敢和顽强。大队长孙津川身先士卒，冲锋在前，礼帽上被打了一个洞，仍毫不在意。中队长周长福在攻打李宝章司令部时，左手臂上受了伤，坚持不下火线。工人纠察队员仇启昌在战斗中右脚踝中了一枪，仍然坚持战斗。由于各路工人纠察队的共同努力、英勇战斗，整个南市区在短短两三小时内就解决了战斗。

《中国共产党上海史》如是记下了孙津川和他的队友们的事迹：铁路工人纠察队在占领第一警察署后，"接着攻占了第一警察署南区街分署。 铁路产总负责人孙津川领导一百多纠察队员于二时五十分顺利占领了铁路南站。 与此同时,南站后面的第二区警察署第三分署也被工人纠察队拿下"。

## 39

与南市区被工人纠察队胜利占领的同时,参加吴淞、闸北等区的铁路工人纠察队及虹口、沪西、沪东等处的战斗也捷报频传。

吴淞:在中共吴淞部委俞伯良的领导下,两千多名工人起义队伍以吴淞机厂、中国铁工厂和华丰纱厂工人纠察队为主力,先后在吴淞镇东、吴淞西警察署发动进攻。 工人纠察队一面点燃鞭炮的油筒,一面高呼着"北伐军来了!"一拥而入冲进警署。 几名哨位上的警察,吓得胆战心惊,不敢反抗,举着双手,缴械投降。 紧接着,队伍兵分三路,向吴淞码头附近的东警察署、江苏省第一水警厅及长春码头的军警发起进攻,很快迫使守军缴械投降。 随后,一批工人纠察队员赶到宝山县城,攻打宝山县警察署,迫使警察缴械投降。 吴淞炮台的守军见大势已去,仓皇乘船逃命。

闸北:这里是直鲁联军的兵力集中地,除毕庶澄的司令部外,重要据点有二十多处,也是第三次武装起义中战斗激烈的地方。 毕庶澄部三千余士兵,盘踞在北站各个要道,并控制了制高点。 中午十二点,随着起义的汽笛长鸣,工人纠察队按计划开始向军阀驻守的各个据点发动进攻。 参加闸北战斗的吴淞机厂铁路工人纠察队由共产党员蔡景海、常广海带队从八仙桥出发,经法租界、英租界赶往闸北。 不料途中遭巡捕的阻拦,两百名铁路工人纠察队兵分几路,迂回穿梭,终于按时赶到闸北。 到闸北时,战斗已经打响,按照预定目标迅速投入进攻虬江路警察局的战斗。 工人纠察队员只有少量步枪和炸弹、但几乎弹无虚发,自制的手榴弹、包着石块的手帕,像雨点般的落在警察局周围,叫喊声和爆炸声震耳欲聋。 第五区警察总署和广东街警察署、商务印书馆俱乐部、中华新路警察分署等据点的战斗同时展开,激烈的战斗持续了三个多小时，工人纠察队逐步扫清了闸北的外围阵地。

由卷烟厂、机器厂、丝织厂、冶金厂、邮局工人为主力的工人纠察队，在虹口按照"不进入租界"的命令，集中优势兵力，迅速攻占了虹口中心警察署，在少数警察勾结流氓猖狂反扑时，给予迎头痛击，坚决打退了守军的反扑，成为较早结束战斗的地区之一。

由沪西区部委书记佘立亚率领的工人纠察队分两路展开进攻。一路是曹家渡的第六警察署，一路是小沙渡第四警察署。在强大的政治攻势下，很快将第六警察署六十余名警察全部俘虏，并一鼓作气渡过苏州河，占领了潭子口警察局。另一路，在沪西工人纠察队大队长鲍孝良、副大队长曾瑞的率领下，从临时指挥所出发，沿途缴获岗警枪械，瓦解了共和路、恒丰路之间的二分所和巡游队署，赶到小沙渡第四警察署。因有直鲁联军的支持，武装警察负隅顽抗。工人们推来塌车，堆起装泥土的麻袋作"活动堡垒"，再次发动进攻。紧急关头，佘立亚领导的队伍获胜后赶来支援。两支队伍一起发起猛攻。守军终于招架不住，举白旗投降。

沪东：由从苏联回国、具有军事知识的徐航安任工人纠察队总指挥，工人纠察队很快攻占了该警察署和胡家木桥警察署。然后，攻打香烟桥警察分署。该署门前堆满沙袋，三十七个警察顽抗，一时难以攻克。工人纠察队采取火攻，火烧警察署的后门，迫使守军仓皇出逃。共击毙警官一人、警察三人，缴获一批枪支。接下来攻打江湾分水庙警察署。另一支工人纠察队经过激战，也打下了引翔港警察署，缴获一批枪支弹药。

下午四点，各处捷报频传，五区警察总署被攻克，其他警察署也全被解决了。闸北各路口警岗全部肃清，湖州会馆的驻军被全歼……

守军只剩下三个据点——北火车站、商务印书馆和天通庵火车站。北火车站是守军力量集中的地方，战斗也最激烈、紧张。

这里是直鲁联军驻守的主要据点之一，特别是火车站周围，有毕庶澄部的主力及其雇佣的白俄铁道装甲车队驻防，工事坚固。

作家王俊在《杜月笙野史》中这样描述当时的情况："张宗昌的直鲁部队，孙传芳的五省联军，耀武扬威，杀气腾腾，以北火车站毕庶澄的司令部为中心，在大街小巷堆沙包，拉铁丝网，布置防线，没有人晓得什么时候会爆发巷战，全市的报纸都已经被迫停刊，上海成了孤岛，消息完全隔绝。 在这上海势将成为外国军队、军阀武力乃至革命大军陷入混战的战场，不分华界、租界同归于尽的时刻……"

起义总指挥部早有预防，在起义计划中，不仅加强了对闸北工人纠察队的配备，抽调了部分铁路工人纠察队员参加闸北地区的起义，还指定沪东、沪西两区工人纠察队，在结束本区战斗后支援闸北。 武装起义在全市打响后，战局的发展果然不出所料，被围困在北火车站、东方图书馆和天通庵车站的毕庶澄军阀部队，凭借着火力和工事的暂时优势负隅顽抗。 由于守军守备力量强，而且还有白俄雇佣军的装甲车配合，一时急攻不下。

为了有效歼灭据守北站守军，铁路工人纠察队队员、上海机车厂司炉陆阿二潜入车间（位于北站西面）侦察敌情。 为了早一点把站内情况摸清，陆阿二冒着危险，沿着铁路围墙向北站悄悄靠近，谁料刚接近北站就被隐藏在信号楼据点的守军发觉，连中数弹，光荣牺牲。

陆阿二光荣牺牲，引起了纠察队员对敌军的无比愤恨，人人要为死难烈士报仇。

铁路工人纠察队与其他产业工人纠察队调整力量，又一次向守军发动进攻。

军阀守军动用了重武器机枪、大炮，组成了一道火力网，炮弹不断地落在起义队伍周边。 由于火力太猛，又一批工人倒下了，进攻队伍被迫退了回来。

长满浓黑短须的周恩来越过街头冒着青烟的街垒，走进起义临时指挥部，赵世炎和闸北指挥部的领导正在聚精会神地盯着上海地图说着什么。

周恩来对赵世炎说:"老赵啊,为防止守军出击,要调整进攻计划,对东方图书馆围而不攻,孤立敌军,集中力量先攻打天通庵车站。"

"北火车站守军甚多,工事坚固,背后还有帝国主义的铁甲车护驾,易守难攻,工人纠察队的伤亡不小!"赵世炎说,"起义队伍需要暂时休整,同时组织冲锋队做好进攻的准备。"

"报告总指挥! 吴淞铁路工人送来紧急情报。"

周恩来同志接到信件读道:"下午四点多,有一列火车载着五百名全副武装的直鲁联军将由吴淞开回上海,增援北站守军。"

"决不能让他冲过我们的战线!"周恩来立即果断做出决定,"立即通知孙津川,调集一批铁路工人纠察队破坏铁路。"

## 40

占领了铁路南站后,孙津川按特别军委预先制定的计划,立即组织了纠察队交通班,抢修上海铁路南站到北站间的铁路交通。

下午四点半,吴淞机厂工人纠察队员从机车房开出一台火车头,在火车头上插了许多面小红旗,牵引着五节客车的专列,隆隆开出。

孙津川怀着兴奋的心情,正准备乘车前往老龙华,欢迎北伐革命军,突然指挥部通讯员赶到。

"大队长,总指挥部命令你立即率铁路工人纠察队支持闸北的战斗,留下少量纠察队员维持全区的社会秩序。"

孙津川立即跳下车,简单了解一下情况后,转过身来对周长福说:"赶快安排前面的纠察队员和扳道员,疏通道路,目标闸北!"

"是。"周长福响亮地答道。

"其他人,全部跟我上车!"

机车满载工人纠察队员,轰隆隆地前去闸北增援。 一名通讯员又匆匆赶到:"周总指挥请您立即到指挥部! 有重要任务!"

孙津川跳下火车，跟随通讯员赶到闸北指挥部。

赵世炎见孙津川赶到，十分高兴，连声说："来得正好！"

"孙津川同志，"周恩来浓浓的剑眉下的双眸闪着明亮而睿智的光芒，紧紧握住孙津川的手，高兴地说，"听说你们顺利攻下了第一区警察署，占领了南市，这很好啊。现在，有一列毕庶澄部的军车，正想开到北站增援，命令你率铁路纠察队截住他们，有把握吗？"

"请总指挥放心，保证完成任务！"孙津川毫不思索、语气坚定地说。

破坏铁路孙津川不是第一次了，根据总指挥周恩来的命令，孙津川立即先派出机厂工人纠察队的蔡景海、姜加声等人，带上工具赶到江湾、天通庵之间的弯道处，撬掉铁轨上的道钉。他亲自率其他纠察队员埋伏在天通庵周围。

各项破路措施刚刚完成，只见一列载满军阀的兵车亮着大灯驶过弯道，缓慢地开了过来。火车司机是名老司机，刚到弯道就感觉路轨有些松动，开起来有些摇晃，而且越来越晃，再看前面好像没有了轨道，他"呀"地大叫一声，迅忙跳离机车。

无人驾驶的军车，咣哩咣当地慢慢开上没有道钉的轨道，左右摇晃了几次，像喝酒的醉汉，随即倾倒下来，翻出铁轨之外。

装载兵车的门都是反锁的，车里的人对外面的情况根本不知道，出不来也进不去。

埋伏周围的纠察队立即向里扔起手榴弹，军阀的士兵乱成一团，有的急于逃命，有的在车窗口伸出枪口，负隅顽抗……

纠察队员越打越猛，这时沪东和虹口的工人纠察队也及时赶来支援，将军车团团包围起来，从傍晚一直战斗到翌日黎明。

战斗了半天，纠察队员们显得有些疲劳，肚子饿了，口也渴得要命。

这时，杨晨华领着弟媳和几名工友的老婆冒着硝烟，拎着饭盒和一包馒头、包子，一路追踪赶到了天通庵。

杨晨华一行的到来，受到纠察队员们热情欢迎，他们打趣地喊："嫂子，我要吃大肉包！"

"肉包给委员长吃的，你就吃个馒头吧！"

"少贫嘴，大家分着吃吧，马上再送过来！"杨晨华边说边取出一件夹衣，塞在孙津川的手中。

在起义总指挥部的安排下，南市区和宝山路一带的市民，也送来了茶水、饼干等慰劳品。受此鼓励，工人纠察队员士气更旺盛。

经过整顿和重新布置，工人们再次发起冲锋。

被围困的守军看大势已去，无法突围，不得不扯起白旗投降。除少数士兵漏网逃跑，500名守军人枪几乎全部俘获。

天通庵车站也随之被工人纠察队攻取、占领。

# 第十一章
## 武装起义,拿下守军最后的据点

> 砸开石头,取出隐藏百年的
> 灯盏。割断时间
> 推开历史的巨大阴影
> 我站在结束的对面……
> ——张国凡《理性之外》

### 41

西部天空燃烧着血红色的晚霞。

军阀守军剩下最后一个据点——北火车站。

当工人纠察队抽调兵力攻打天通庵火车站和东方图书馆时,北火车站的守军乘机反扑。白俄铁道装甲部队的大炮突然对着宝山路一带猛轰,炮弹击中了民房燃起了熊熊大火,浓烟抹去了西天的晚霞。

贪财好色的军阀头子毕庶澄,亲自坐镇北火车站指挥。

毕庶澄,字莘舫,山东文登人,1893年生,1912年11月入济南军官讲习所,与张宗昌结拜为兄弟。1924年直奉战争后,任镇威军第十三梯队司令,旋改任东三省陆军第二师补充第二旅旅长、渤海舰队司令兼胶东护军使。北伐战争中,吴佩孚、孙传芳的军队接连败北。1927年2月,毕庶澄受命率其第八军两万多人的军队赶来上海,本部设上海北火车站。在进退维谷之际,蒋介石派毕庶澄的同乡崔唯吾劝降。为继续保有上海,毕庶澄对蒋介石委任的第四十一军军长之职,并不表示拒绝,国民革命军奉令暂不攻上海。但是,毕庶澄本非实心投降,寄希望于国际帝国主义势力的干涉和强大的军事实力,负隅顽抗。

前两天,他还在市区大马路上花天酒地地放纵自己,与舞女们吹嘘上海外围固若金汤,没摸过枪把的工人纠察队不足为虑。但仅仅过了十来个小时,城区街垒和警察署大部被武装工人占领,北伐革命军白崇禧及薛岳部周凤岐第二十六军亦突破松江防线,进抵上海城郊。

在北火车站,随着一个个坏消息不断传来,毕庶澄一边做退入英租界的准备,一边指挥还击。

车站楼顶上的军阀阵地,不停地吐出炽热的火焰;月台的轨道上,白俄雇佣军的装甲车仍在向四周不断射击;一团被围住的士兵拼命反扑,企图突破工人纠察队的防线,伺机突围。

"炮击障碍,烧毁棚屋,让纠察队不得靠近!"

随着毕庶澄的命令,军阀士兵开始四处放火,焚烧民房,北站附近五千户民房燃起熊熊大火……

纠察队员们一面护送安置难民,一面冒着敌人的炮火,勇敢地用水龙头救火,奋力扑救。工纠队员的行动,深深地感动了北站附近的居民。一些青壮年居民纷纷自动参加作战,老少妇孺纷纷取出家里的木板、砖头和麻袋,帮助纠察队加固工事。

孙津川率铁路工人纠察队赶到北站后,立即冲入烟火弥漫的火场。一面扑灭大火,救护和安置灾民,一面又率领队员将敌人赶回车站据点。

工人纠察队员造成重大伤亡,双方相持不下。

前往龙华的北伐军东路军指挥部求援的上海总工会交际部长赵子敬,满头大汗地赶到起义临时指挥部,兴高采烈说:"国民革命军第一师师长薛岳,同意进兵北站了。"

原来受上海总工会委托,他带领总工会部分工友冒着战火去慰问已陈兵郊区的北伐军,请国民革命军司令白崇禧出兵助战北站。但是,白崇禧却婉辞推托,按兵不动。总工会代表痛哭流涕,恳求出兵,终于感动了薛岳。

听了汇报,周恩来当即表示:"我们决不依靠北伐军拿下北站,我们有决心和信心,凭自己的力量来消灭军阀残余部队。"

随后,周恩来召集干部开会,调整了力量,决定以北火车站的东南面为主攻方向,将所有的轻重机枪集中在一起,各支工人纠察队同时向敌人最后据点发起突击,争取在黄昏前结束战斗。

闸北工人纠察队和前来支援的沪东、沪西工人纠察队汇合在一起,以缴获的武器武装工纠队,多挺轻重机关枪架到了前沿阵地上。

总攻开始了,各处工人纠察队争先恐后,同时用机枪、步枪、手榴弹向敌人最后的据点发起攻击。

工人纠察队中队长孙晴川奋不顾身,身先士卒,哪里艰险就冲到哪里。周长福、陆林庆中队长率队紧随其后,勇猛顽强……

被分割包围的白俄铁甲车,前后的轨道又都被工人拆毁,动弹不得,车里的士兵们叽哩咕噜地喊着俄语,放弃铁甲车,争相逃命。

毕庶澄看大势不妙,慌慌张张地脱下军装,急急忙忙换上了便衣,狼狈不堪地逃入法租界。后来,这位在浙奉战争中抢占江阴炮台,迫使守城齐燮元军陈孝思投降,北洋政府的澄威将军毕庶澄,狼狈逃回青岛，被张宗昌以暗通党军罪名，于当年4月诱杀于济南。

守军失去了指挥，失去了铁甲车的依托，顿时丧失了战斗力，乱作一团。下午六时，工人纠察队终于在天黑之前攻进了北站，两千余名军阀官兵除毕庶澄率一部分逃进租界，其余全部投降当了俘虏。

闸北地区全部克复，其余各区也被占领，上海工人第三次武装起义取得了伟大的胜利。

## 42

工人武装起义，全歼北洋军阀反动军警五千余名，缴获长短枪近四千支、轻重机枪一百余挺。起义中，上海工人牺牲了三百多人，负伤者达千余人。

浦江两岸，红旗漫卷，歌声飞扬，汽笛长鸣，构成了一支威震大地的革命交响曲。全市的工人、市民和学生都沉浸在欢庆胜利的兴奋与喜悦之中。

在纠察队和守军的北站拉锯战中，吴淞机厂工人纠察队员、共产党员王桂荣，在敌人溃逃的时候，迅速冲向敌人。当他追赶到宝山路转角处守军的一个碉堡前时，见碉堡里伸出一面白旗，他一边喊着缴枪不杀，一边冲上去想夺下机枪。这时，碉堡里的机枪突然响了起来，这位新婚才五个月、年仅二十四岁的共产党员，误中了敌人假投降的毒计，壮烈牺牲。

众多铁路工人和纠察队员在浴血奋战中，光荣受伤。

武装起义中，孙氏兄弟奋勇当先，"勇夺警察署"，"智取南站"，一时成为上海滩传颂的佳话，称他们为"孙氏二雄"。

3月23日，这是起义胜利后的第一天。

## 43

3月22日上午九时，闸北还在激战之时。

四千余名上海市民代表在南市九亩地新舞台（今露香园路）召开

上海第二次市民代表会议，选举产生上海临时市政府。临时市政府委员由罗亦农、汪寿华、林均、何洛、丁晓先、侯绍裘、李震瀛、王景云、顾顺章（以上为共产党员）、王汉良（共青团员）、白崇禧、钮永建、杨杏佛、王晓籁、虞洽卿、陈光甫、陆文韶、郑毓秀、谢福生等十九人组成。市政府委员中，共产党员和共青团员共十人，国民党及民族资本家代表共九人。

早在上海第三次工人武装起义前夜，中共特委会议即提出了十五人的政府名单，并在3月12日的上海市民代表会议成立大会上，选举产生了执行委员会，起草市民代表会议组织法草案，以备将来上海临时市民政府公布实行。大会通过宣言，庄严宣告："本会之责任，即在执行全市公民之意志，接收上海政权，建设民选政府，而对于军阀之走狗官僚、土豪劣绅之流，当依国民政府颁布之条例行之，为民除害，决不宽容。"

上海临时政府的成立，在组织领导和组织成分上体现了工人阶级的领导权，它的成立是第三次武装起义的重要成果。

3月23日上午十时，上海临时市政府在南市蓬莱路上海县署开始办公。十一时召开市政府委员会议，到会委员十三人。临时政府委员会推选白崇禧、钮永建、杨杏佛、王晓籁、汪寿华为常务委员（又称执委），林钧为秘书长。

同日，上海各界一千余团体五十万人，在闸北青云路广场召开了"拥护临时政府"大会，"欢迎北伐军莅沪"。会后，举行了盛大游行。

工人纠察队用缴获的敌人武器武装了自己，雄赳赳、气昂昂地持枪站在街头，担负着维持全市社会秩序和保卫胜利果实的重任。

按照上海特别市组织大纲，各区也分别召开区的市民代表会议，选出区的执行委员，成立各区的执行委员会，接收旧政权和财政、公安等部门，并立即开始对外办公。

3月24日，孙津川和吴淞机厂工人代表怀着兴奋的心情参加了在宝山县立初中召开的吴淞区市民代表大会,同时成立吴淞区工会联合会。周恩来也出席了这次市民代表会。在这次会议上,孙津川第一次履行了新市民的权利,投出了庄严的一票,并当选为吴淞区政府执行委员。

上海人民和吴淞区工人阶级第一次有了自己的政府。

上海市各大小报刊均刊登了祝贺上海临时政府的盛况。3月26日的《中国青年》杂志,发表了当时在上海共青团中央宣传部机关工作的陆定一撰写的署名文章《破天荒的上海市民政府》。文章说:"破天荒的上海市民政府,为中国革命开了个先声。虽然我们不敢断定这次政权究竟能否稳定,或者为帝国主义与反动势力所摧毁,但是我们相信,至少这次市民政府在国民革命中有重大意义。"

# 第十二章
# 众心所归，当选两路总工会委员长

推起陈旧。推起土
新鲜的土裸露出来
还有石子。石子自由的无产者
从此确立起来……
——张国凡《理性之外》

**44**

上海工人三次武装起义，就像一所大学校，培育了孙津川，又如同一座大熔炉，锤炼了孙津川。在连续的武装起义实践中，经受了血与火的严峻考验，接受了革命暴风雨的战斗洗礼，变得更加坚定、更加成熟。

3月23日晚，上海总工会下达了复工的命令。

孙津川迅速召集沪宁、沪杭甬两路罢工委员会成员，按照上海总工会下达的复工命令，布置全面复工、恢复交通事宜。

第二天，上海铁路工人在吴淞张华浜召开了庆祝起义胜利暨全面复工动员大会。孙津川与沪宁、沪杭甬两路罢工委员会成员和上海总工会的代表及数千名参加武装起义的铁路工人纠察队队员参加会议。

会场，鞭炮齐鸣，口号震天。

欢呼声中，两路罢工委员会总指挥孙津川雄赳赳、气昂昂地走上讲台，向大家报告了此次武装起义的经过，阐述了工人阶级在中国革命运动中的地位与责任。他慷慨激昂地说："我们铁路工人有幸参加这次史无前例的上海暴动，推翻了帝国主义和反动派的政府，以自己的行动展示了工人阶级的力量！暴动中，我们占领南市、捣毁李宝章的司令部和老北站的行动，受到总工会领导的嘉奖。现在北伐革命军正在向北进攻，占领武汉、上海、杭州后，还要占领徐州、天津、北京，我们要再接再厉，为革命的成功贡献我们的力量！"

他挥着拳头，又说："工友们，在上海区委和总工会的领导下，我们推翻了反动军阀政府，赶走了军阀毕庶澄，建立了上海市民临时政府，这是工人阶级的胜利、劳苦大众的胜利，同时也说明了只要我们团结起来，就没有战胜不了的困难！只要我们坚定信心，坚决跟着共产党，坚决把国民革命进行到底，就一定能推翻北洋反动政府，建立一个崭新的新中国！工友们的好日子就要到来了！"

全国铁路总工会的代表也走到台前，高度评价了铁路工人在上海武装起义中的作用，并说："复工是上海总工会的命令，也是铁路工人庆祝北伐军成功，实现我们铁路工人承担的中国革命事业的责任！我们要以最快的速度，赶紧恢复沪宁、沪杭甬两路！"

汪寿华代表上海总工会出席会议。他说："根据上海总工会的命令，为了支持北伐革命军继续向北挺进，我宣布自今天起全面复工，抓紧时间把起义中毁损的铁路尽快修复，争取早点恢复通车。"

有关方面的代表,也分别讲话。

"工人阶级万岁!"

"共产党万岁!"口号响彻云霄。

同日下午,吴淞机厂也组织了庆祝起义胜利暨全面复工动员大会。

此前,当日凌晨五时,孙津川的胞弟、机厂工人纠察队中队长孙晴川就根据孙津川的要求,率先带领吴淞机厂工人纠察队电讯、机务、车务的两百余名工人在天通庵车站开始清除障碍、修理线路。

在铁路党支部的领导和有关方面的支持下,吴淞机厂迅速成立了三百多人的铁路交通大队。交通大队由孙晴川和蔡景海负责,按计划首先抢通淞沪线,再沿沪宁、沪杭铁路,逐步恢复客货运交通,维修、加固沪宁、沪杭甬铁路线。

当天,机车牵引着救援车从厂里隆隆开出。为防止军阀残余势力的袭击,工人纠察队随身携带了枪支弹药,准备了需要更换的各种备品配件,雄赳赳、气昂昂地登上了救援车。

轨道车在前,铁甲车居中,救援车在后,缓步前行。在天通庵车站、上海北站等处,救援列车先后起吊了翻倒的机车,清除障碍,整理线路。

经维修人员和工人纠察队队员彻夜工作,到第二日早晨四时,淞沪线完全修复通车。沿沪宁线的铁路工人,在两路罢工委员会的领导下早就组织起来,当军阀溃退后,立即用敌人的枪支武装起来,成立沿线铁路工人纠察队。因而,在交通大队到达常州时,那里已聚集了近百名工人。在当地工人纠察队和沿线工人密切配合支持下,交通大队清除障碍、修理线路顺利进行,很快恢复了交通。

插满小红旗的救援列车,载着交通大队在欢声笑语中一路前行。

沪宁线顺利通车后,孙晴川和蔡景海又马不停蹄地率领工人纠察队队员和铁路电报、电话、电灯、机务、车务系统的工人,奔赴上海到杭州的沿线,抓紧维修通讯线路和轨道。

经过五昼夜的挥汗奋战，全面胜利地完成了任务。

淞沪铁路和沪宁全线铁路如期恢复行车，为北伐军继续向前挺进做出了新贡献，保证了北伐战争运输的需要。

3月29日，《申报》给予以吴淞机厂工人为主体的两路铁路工人在上海工人第三次武装起义中做出的贡献，以极高的评价："两路工友，在此革命运动中，首先罢工，此后又日夜修建被毁之铁路，以利北伐军之运输，在此运动中，厥功甚伟。"

## 45

武装起义的胜利，使上海行业工会得到迅猛的发展。

起义胜利后，特委和中共上海区委指示各级党组织立即抓紧开展工会组织建设。

上海总工会委员长汪寿华当选为上海特别市临时政府委员，行业工会在市民中的形象凸显。复工后，工人的政治经济地位有了显著改变，劳资纠纷，甚至社会治安都由工会或工人纠察队出面处理解决。随着各行各业的复工，一些没有建立工会组织的企业也相继成立工会。

武装起义胜利后的第三天，上海总工会在湖州会馆总部召集有各工团代表参加的全上海工人代表大会，增补总工会委员，以加强总工会的组织建设，推动工人运动的发展。孙津川代表铁路工会参加了这次大会。大会共选出上海市总工会新执行委员四十名。在这次大会上，孙津川当选为正式执行委员。

全国铁总在闸北湖州会馆设立办事处，指导两路工运。

这天中午，孙津川在潮州会馆正与汪寿华讨论如何将两路罢工委员会改建为两路总工会事宜，王荷波陪同沪杭甬铁路总工会的薛暮桥走进屋来。

原来，他们也是接到上海区委的指示，专程来与孙津川商讨两路总工会筹备之事。

沪杭甬铁路总工会成立于上海第三次武装起义胜利之前。在北伐军攻克杭州之时，全国铁路总工会派员前往杭州组织沪杭甬铁路总工会筹备委员会。3月22日，沪杭甬铁路总工会正式成立，包括时任笕桥站站长的薛暮桥、沈干城等十三名铁路员工任执行委员，丁继曾为委员长，沈干城为副委员长。

根据上海区委的指示，铁路党支部具体负责在两路工会的筹划，由孙津川、王再生和上海总工会派来的赵正生共同主持，计划在沪宁铁路总工会和沪杭甬铁路总工会的基础上，组成统一的沪宁、沪杭甬铁路总工会。

在潮州会馆，王荷波、汪寿华、孙津川、薛暮桥等人围绕两路铁路总工会的筹备工作亲热地相互交谈起来。王荷波、汪寿华都表示，两路铁路总工会的建设时不我待，必须尽快建立，只有组织起来，才有力量。

孙津川对此表示赞成，他说："有上海区委、总工会和全国铁路总工会的支持，今天沪杭路的代表也到了，我们有信心尽快建立两路总工会。下午我们就派人到常州、镇江和南京进一步发动群众，参与两路总工会的筹备。"

经过充分酝酿，两路总工会代表大会定于3月底前召开。

说干就干。孙津川当天下午就与王再生等人分别乘车，赶到常州、南京等地，通知各大站选出自己的代表，准备出席两路铁路工人代表大会。

3月28日下午，沪宁、沪杭甬铁路两路工人代表会议在湖州会馆上海总工会会所正式召开。出席大会的有沪宁、沪杭甬行车、机务、机修、通讯等系统的代表八十余人。孙津川被推选为大会主席，并作了两路铁路总工会筹备经过及成立之意义的报告。

经会议代表的充分讨论，一致通过成立沪宁、沪杭甬铁路总工会的决议，并选举产生执行委员二十三名，候补执行委员三名。执行委员会内设：秘书、宣传、交际、庶务、会务、纠察等七个部（处），下设吴淞机厂、沪宁北站、沪杭甬南站、南京、常州、闸口机厂、宁波等分会。 孙津川为委员长，沈干城为副委员长，陈锦川、蔡景海、郑文斐等五人为常务委员，王再生为总工会秘书，会址设在闸北恒通路南梅园里1号。

会议还通过了给两路全体工人的宣言。 宣言指出：两路总工会是在反对军阀斗争中产生的，是两路工人自己的组织，它的成立是两路工人的一件大事，要求两路工人要服从工会的统一领导，向分裂总工会的一切行为作斗争。

次月2日，沪宁铁路工人召开代表大会，成立沪宁铁路总工会。上海总工会常务委员、宣传部长李泊之和全国铁路总工会代表王荷波到会作了报告。 委员们公推孙津川兼任沪宁路铁路总工会委员长，常广海、郑文斐、蔡景海等同志当选为沪宁铁路总工会常委，姜炳仁为候补委员。 吴淞机厂也相应成立了沪宁铁路总工会吴淞机厂分会。

在各级工会组织相继成立的同时，各产业基层工会组织开始公开活动，努力改善工人政治地位和生活待遇。

沪杭路甬铁路总工会成立之时，即提出了改善工人地位和待遇共三十条要求，因两路局长孙鹤皋的拖延，迟迟没有得到解决。 为了实现三十条，两路总工会成立后再次致信局长孙鹤皋催办，并要求当局尽快照发罢工期间工资，兑现改善工人待遇的要求。 在孙津川和两路总工会的一再催促下，路局终于在当月补发了每个工人半个月工资，并允诺其他条件再议。

北洋军阀统治时期，两路各车站、工厂基层单位的一些工头和当权者，依靠反动军阀的势力，对工人进行残酷的剥削和压迫，革命胜利后，又企图阻挠工人参加工会，破坏工会的活动，群众对此恨之入骨，称之为工贼。 在觉悟了的工人群众强烈要求下，两路总工会领导工人开展了打击工贼的斗争。 工贼顾其昌，经工人批判、控诉后，被开除路籍。工贼杨子辰、张锡铭等惧怕受公审，畏罪潜逃。两总工会在通缉杨子辰的布告上写道："顷接北站工程处全体工人来函，申请本会查办工贼杨子辰为工人除此切身大害，借慰群情而平公愤。等因查得沪宁铁路工程师杨子辰素仗联军势力，压迫工人，侵略（吞）公款种种罪恶，实在罄竹难书，现幸北伐军到来，工人受役残暴虐待者得以申诉，罪恶亦得以昭彰……本会一致决议除悬赏一百元通缉该犯，到案严行查办外，并函请局长将该犯所有存款一律充公，特此声明。"

这些活动的开展，有力地鼓舞了广大铁路工人的革命热情，使工会组织得到巩固和壮大。通过斗争，封建恶势力的气焰被打了下去。工人们终于可以抬起头来，昂首阔步开始在工厂行走。一些一贯骑在工人头上的"土皇帝"不得不向工人低头，有的工头还私下向工人赔礼道歉，有的则自动向工人送悔过书，希望工会能对他们宽大为怀。一贯横行霸道的英国监工对工人也客气起来。

# 第十三章
## 坚定信念，努力发展铁路党组织

> 醒悟是发展的翅翼
> 崭新越过废墟
> 从青铜出发，突破世纪雄风
> ——张国凡《理性之外》

**46**

中共中央和上海区委十分重视在革命运动中不断发展和壮大党的队伍，在迎接北伐的罢工和武装起义期间，多次明确指示要在斗争中大力发展党组织。

为尽可能地将第三次武装起义中涌现出的积极分子纳入党的组织，上海区委于3月18日召开专门会议，决定在全市开展"宣传CP周"活动，向上海市民公开宣传中共征求党员，并提出如几十人的集会，可公开签名集体加入。 同时提出，在产业工人及店员、学生和小商人中，要无限制地发展党员。

中共上海区委关于大力发展党员的主张，在今天看来是有点操之过急了，有"突击发展党员""全民党"之嫌。 但是，我们也不能以现在的眼光和认识来对待这一问题，武断地轻易地给出"对"与"错"的结论，毕竟历史的硝烟已经飘过了近一个世纪。

孙津川非常注意对工运骨干的培养，积极做好积极分子的引导和教育，不断吸收他们加入党的组织，发展壮大铁路党支部。 在接到区委"放手发展党组织"的通知时，孙津川也有些顾虑，担心一些意志不坚定、阶级斗争观念不强的新人加入党组织后会损害党的工作，更担心由于自已工作的失误，而给党的事业带来损害。 但在工作中，他依然毫不迟疑地响应上级组织的号召。 在铁路党支部的一次专门会议上，他根据区委的布置，旗帜鲜明地布置支部全体党员，要争取把这次武装起义中涌现的积极分子都吸收进党的组织，并要求每名党员在最短的时间内争取每人发展三名党员。 同时，为教育新党员增强党的观念，依据党章和党的纲领，认真履行新党员入党誓词的教育，努力把好党员入口的质量。

中国共产党成立后，在党的一大和二大上，分别通过了《中国共产党纲领》和《中国共产党章程》，对党员的言行提出了较为明确的要求，但是《纲领》和《章程》并没有规定入党宣誓的内容，也没有把入党宣誓作为党员发展的必经程序。 当时，新党员在加入中共组织时没有固定和统一的誓词，只要承认党的纲领，并有一人介绍，经过审查，即可入党。 新党员入党，主要是通过表决心等方式来表达自己加入中国共产党的志愿，强调要严守组织的秘密，服从组织的纪律，将个人的牺牲置之度外，绝对不能背叛党组织。

经过长期斗争和血与火的考验，孙晴川、邓文斐、杨顺昌、周长福等一批机厂工人运动的骨干先后被接纳为中共党员。

周长福是孙津川的邻里和挚友,在第三次武装起义胜利中表现积极,但他是工头周阿宝的嗣子。 在入党仪式上,孙津川特别认真地、一字一句地严肃地追问道:"能否要严守组织的秘密?"

"能!"

"能否做到绝对不背叛党组织?"

周长福接连响亮地回答:"能,能! 保证做到!"

"这可是你亲口许下的诺言,无论遇到什么情况都不能反悔! 不能叛党!"孙津川又亲切地说,"老周,你现在是共产党员了,如果被捕了,敌人把你的手指一个一个地砍掉了,你也不能说出党的秘密。"

周长福说:"放心好了,我们都是无产阶级,一个人做事一个人当,杀头我也不怕。"

参加仪式的新党员纷纷表示,一定严守组织的秘密,决不背叛党组织。

据有关回忆资料,在澎湃兴起的革命浪潮下,仅吴淞机厂八十多名工人的打铁车间,短短一个月不到就发展了五十多名党员。"四一二"前夕,包括孙晴川、周长福等人在内,吴淞机厂的党员发展到两百多名。 这一数据,可能在大革命旋涡的上海不算最高,但由于孙津川的努力,发展的新党员基本做到程序认真,考察严格,虽然不少新党员在"四一二"以后的白色恐怖的高压下被迫退党,但大多没有背叛党组织,而使革命火种在以后的斗争中不断燃烧。

## 47

在组织和领导参加上海工人武装起义的日子里,孙津川不畏艰险,不辞辛苦,日夜操劳,甚至在弟弟带信来说母亲病重的情况下,也未能抽出时间来看一看,只是让弟弟孙晴川和妹妹多关心一点母亲。

其实,拉斐德路与赵家宅并不太远,过来一次也不需要多少时间。 但是,这段时间,孙津川的事情太多了,而且都是迫在眉睫的大事。 在吴淞机厂,孙津川是有名的大孝子,这么长的时间未能探望母亲确实是不得已而为之。

3月下旬的一天，冒着霏霏细雨，孙津川带着毛毛和妻子一同来到赵家宅。

"姆妈！儿子来看您啦！"刚到门前，孙津川就迫不及待叫了起来。

"是津川啊，娘可想死你了！"已年近六旬的孙华氏从屋内迈着小脚迎到门旁。

自从孙津川搬到拉斐德路后，因孙氏兄弟均忙于武装起义，她多数时间和孙晴川、孙方素住在赵家宅。看到孙津川峻瘦的脸，孙华氏心痛地说："黑了，瘦了许多！"又拉过毛毛小手说，"哟，毛毛可真的长胖了，长高了。"

"周先生可好？汪寿华委员长可好？警东搬哪儿去了？干臣怎么样？还有……仗要打完了？"她一连串地问了许多问题。

"好，好，大家都好！"孙津川笑着回答，"不过仗倒没有打完，北洋政府还在江南称王称霸，欺压劳动大众。"

见到孙津川回来了，几名工友赶了过来，问长问短。

一位老工人听说孙津川马上要到苏州、南京铁路工会开会，不解地问："孙传芳的军队已经垮了，干嘛还要成立工会？"

孙津川说："工会不是专门闹罢工的，复工后资本家也不可能会自动改善工人地位和生活待遇的，我们就是代表工友们向路局提要求。"

"好，好！有工会撑腰就不怕当局和工头了。"几位工友齐声说。

一位工友挤到孙津川跟前关切地问："孙委员长，听说革命军蒋总司令不赞成新成立的市政府？"

"不怕的。上海光复是我们工人流血牺牲换来的，政府也是大家选出来的，报纸上都登出了，他一个人反对没有什么作用。大不了，我们再与他斗争吧！"

孙津川用朴素的语言，向围过来的工友和街坊们又介绍起苏维埃政权的建立。他说："在苏联，那里没有剥削，没有压迫，完全是工人阶级当家做主，工人和劳动大众都已解放，上海新政府也将会带领我们过上那样的好日子。"

孙华氏端着漂着两个荷包蛋的碗，望着儿子充满信心、慷慨激昂的演说，满意地笑了。听说儿子马上要回去，她急急忙忙地说："等一下，把周先生走时留下的衣裳带走。"

不一会，她从后屋捧着个包袱走了出来。原来是几件洗得干干净净的衬衣和千针万线纳成的鞋垫。

在周恩来居住在赵家宅的日子里，无论是孙华氏熟悉还是不熟悉的领导，只要是津川的客人，她都像对待自己孩子一样，千方百计地问寒问暖，主动承包生活上的杂事。因而，事过多年后，大家见了面仍然都亲切地叫她"孙妈妈"。

孙津川接过包袱说："又让您操心了，这些毛毛妈都能做的。"

"不碍事。你跟着他们是做大事的，做这点小事也算是对革命的支持。"听到"革命"二字从母亲嘴中说出，孙津川开心地笑了。在场的人都笑了。

## 48

正当在北伐战争顺利发展，各地工农运动的风起云涌。国民党内以蒋介石为代表的右派集团加紧了与帝国主义和大资产阶级勾结。

"打倒列强，打倒军阀"的口号响彻街头，对躲在租界和外交公馆列强的代理人而言是那么地刺耳。他们纷纷暗地磋商对策，挑选新的代理人，加快在革命阵营中物色对象，积极制造革命阵营的分裂，试图掉换在中国的代理人，并以此来破坏中国的革命。

列强各国仇视中国革命，但是从自身利益出发，分别采取了不同的方式。

自从北伐军占领了武汉、江西，收复了汉口、九江租界，英帝国主义者感到他们的利益受到了明显的威胁。1927年1月29日，英国外相张伯伦发表演时，声称北伐军收复租界，"实为一种暴乱不正当之袭击"，上海英侨众多，"因是之故，吾人必须派遣军队，以防危险。而军队必有充分力量，乃能应付有余"。随即，英国政府决定出兵上海，从本土和印度等地调遣两万军队前往中国，英国士兵更是在上海马路上横冲直撞，向中国人挑衅示威。

3月24日，由程潜任总指挥的北伐军攻克了南京。当天下午，英、美军舰以"暴民侵害"领事馆和"保护侨民"为借口，悍然炮击南京城，造成了大量民众死伤的"南京事件"。炮轰南京是英美实行武力干涉方针的一个步骤。早在3月7日，停泊在南京的英、美军舰指挥官就邀请日本第二十四驱逐舰队司令开会，秘密制定了三国联合干涉北伐军占领南京的"联合警备计划"。3月23日那天下午，驻守南京的直鲁联军被北伐军击溃后，仓皇准备渡江逃往浦口，官兵争渡发生火并。未及撤退的溃军回窜南京城里，大肆抢劫，波及外国侨民和日、英、美领事馆。其中，刚刚从孙传芳军队中归顺北伐军的三个支队官兵也趁乱参加了抢劫。在这场兵乱中，死伤外国人六人，其中英人三名，美、意、法各一人。英、美以此为借口，下令停在长江南京江面的军舰向城内开炮，自下午三时三十分起，英、美三艘军舰猛烈轰击南京城达一个多小时，造成两千多人伤亡，是为"南京事件"。

3月25日中午，蒋介石抵达南京。他马上派第六军第十七师师长杨杰到日本驻南京的领事馆，妄图勾结日本，嫁祸于共产党，诬陷共产党制造南京抢劫事件，并函告日本领事馆，已采取措施下令解散了南京共产党支部。

《日本外务省档案》收藏的南京领事森冈正平给外相的电报这样叙述：

蒋介石本日到达。下午二时顷，第六军第十七师师长杨杰来馆。杨氏当着全体避难国民面前，用日语对下官说此次事件实为遗憾。这决非党军领导人之意，而是军队内部不良分子和南京共产党支部成员共同策划蓄意制造的。无论如何请你们宽恕。对（共产党）党支部，已经下令解散。善后措施愿以诚意交涉。请日本方面无论如何以宽大态度处理这一事件。

　　日本外相获悉后，认为国共分裂已迫在眉睫。迅即向英、美通报，希望统一步调，支持和促进蒋介石的分裂、"清共"的行动，并告诫英、美，采取强硬手段"只会有助于蒋介石的敌人"。

　　在上海，日本总领事矢田七太郎会晤了蒋介石先期派到上海"密为布置"的黄郛，要黄郛转告蒋：蒋介石的命运已到重要关头，决定命运的关键在于他本人的决心；中国如以国民运动为借口，猖狂排外，将危害东方和平与日中关系的前途；为"南京事件"列强准备提出四项条件——道歉、赔偿、惩办责任者及保证今后不再发生此类事件，希望蒋"应采取主动"，发表声明，并威胁说，如果蒋不能维持秩序和"镇压暴行"，就意味着蒋和北伐军末日的到来。

　　黄郛竭力表明：蒋介石的诚意无可怀疑，蒋已经将"火速解决南京事件"和"解除上海工人武装"列为"需要断然采取行动的紧急任务"，而"解除上海工人武装"的做法与时机正在慎重考虑。黄郛表示，当前存在两个问题亟待解决——"实施能力"和"担心汉口共产党的攻击"，希望列强向武汉政府提出正式抗议照会并派军舰集结汉口施加武力威胁。

　　工人运动的蓬勃高涨，同样引起了上海资产阶级的恐慌，给城乡土豪劣绅和众多的大小资本家带来严重的不安，他们也急切希望在国民革命军内部找到靠山，维护自身利益，平息日益频繁的劳资纠纷。

　　上海一些大资本家也将目光和希望寄托在新军阀蒋介石身上。

　　一手制造"中山舰事件"和"整理党务案"的北伐军总司令蒋介石，早在窥测方向，希望能与帝国主义势力和大资本家联手，镇压蓬勃兴起的工人运动。不过，当时蒋介石还没有太大的政治资本，羽翼未丰，力量不足。为了在北伐中借助工农力量，他不得不继续打着拥护孙中山三大政策的旗帜。作为得益者，蒋介石一面警惕共产党和工农群众力量的发展壮大，一方面又十分警惕国民党内部各派系的斗争，试图牢牢控制革命军的实权。1927年2月中旬召开的国民党二届三中全会，在提高党权、反对蒋介石实行个人军事独裁方面通过了重要决议，取消了蒋介石的国民党中常委主席、军人部长等职务，只保留了蒋介石总司令一职，使蒋介石下定决心，准备孤注一掷。

3月26日，蒋介石从南京抵达上海。

在上海，一下船，蒋介石就感到眼前的形势对他不利：中国共产党控制着政权——上海临时政府，而且掌握着数千人的工人纠察队；驻沪军队不稳，第一师师长和第二十一师师长很左倾；而英、美列强态度强硬，不时发出武装干涉上海事务的威胁。

在向列强频频暗送秋波，讨得帝国主义欢心的同时，蒋介石分批召集吴稚晖、张静江、邵元冲、虞洽卿、王晓籁、黄金荣、杜月笙、周凤岐等国民党政客、资产阶级、青红帮头子、原军阀倒过来的军官，商议"清共"大计，拉拢上海资产阶级为其筹措经费。

3月29日，上海特别市政府举行就职典礼。

原定由选举产生的十九名市政府委员进行就职宣誓，但有六名委员缺席。虞洽卿以"体力衰弱，精力不济"为由，要求辞去临时政府委员之职；杨杏佛则以"家母病复垂危，不得不归侍汤药"而向市政府提出辞职。白崇禧也派人送来一信，信中不承认自己是市政府委员，并称"奉蒋总司令谕，要市政府自动取消"。

就职会议进行中，蒋介石派人送来信函。信函以充满着威胁的口气说："查上海市之政治建设，实为当今要图，欲谋市政之建设，在此军事期内。一切行政处处与军事政治统系攸关，若不审慎于先，难免纠纷于后。"下令"暂缓办公"。

在罗亦农、汪寿华的鼓励下，主持人将信函搁置一边，宣读了武汉国民政府关于正式批准上海特别市政府的文件，继续开会，并当场宣告上海特别市政府成立。

汪寿华等十三名上海市府委员庄严宣誓："恪守总理遗嘱，信守民众意志，努力于革命的建设。"

得知蒋介石不赞成上海新生的政权，盼望在国民革命军内部找到靠山的上海资产阶级欢呼雀跃，奔走相告。

3月31日，上海大小报纸公布了专门为蒋介石筹集军饷而成立的"江苏省兼上海市财政委员会"的委员名单，由上海头面人物陈光甫、虞洽卿、钱新之领衔。4月1日，上海银行公会和钱业公会的老板们筹集三百万元送蒋介石作"见面礼"。

为了对付上海工人纠察队，蒋介石与其青帮流氓师父、师兄弟取得联系，帮助他们重建"中华共进会"，准备作为打手派用场。指派流氓、兵痞"着手组织上海工界联合总会，以对抗目前上海总工会之活动，其组成分子皆系蒋介石之党徒"。该"上海工界联合总会"在各报刊登启事，宣称"业于4月3日北浙江路华兴坊海道尹公署旧址开始办公"。

4月8日，蒋介石指派吴稚晖、钮永建、白崇禧等人组成"上海临时政治委员会"，行使市政府职权，并且规定该委员会"得以会议方式决定上海市一切军事政治财政之权，并指挥当地党务"。

为了控制舆论阵地，配合反革命政变，蒋介石下令取缔查封了国民革命军总政治部邓演达为主任的上海总政治部和总政治部驻沪机关，抓走十九位办事职员，并发出布告，恶毒污蔑国民革命军总政治部"几为少数跨党分子及投机少年所独占"，邓演达等"援引私人，充塞部曲，其宣传训练等工作，显图破坏国民革命之战线，分散国民革命之力量"。同时，命令实行新闻检查制度，对武汉方面发来的消息实行全面封锁。

# 第十四章
# 奋不顾身,遭国民党第一次逮捕

历史每时都在积蓄精华
诗歌的肋骨,以弓的形式
交出速度,一些优秀的钉子
默默地支撑着信仰
——张国凡《理性之外》

**49**

4月初,上海政治风云更加险恶了。

在得到帝国主义列强和江浙大资产阶级在经济上和政治上的支持后,蒋介石加紧进行反共的秘密策划。4月2日下午,蒋介石、李宗仁、白崇禧、何应钦、吴稚晖等,同特地从广西悄悄赶来的李济深、黄绍竑，在东路军前敌总指挥部召开秘密会议，决定"早日清党反共"。在这次秘密会议上，蒋介石声称："（民国）十三年（1924年）国共合作，共产党加入国民党的时候，他们（指共产党）就不怀好意，他们的组织仍然保存，并且在我们党内发展组织。自（民国）十五年（1926年）三月二十日中山舰事变以后，这种阴谋日益暴露。北伐军到了武汉，中央某机关和某些人受了分化或者受了劫持，把武汉同南昌对立起来。因此，现在如果不清党，不把中央移到南京、建都南京，国民党就要被共产党所'篡夺'，国民革命军就不能继续北伐，国民革命就不能完成。"

在蒋介石的策划、组织下，国民党右派邓泽如、吴稚晖、张静江、古应芬、陈果夫、李宗仁、蔡元培等八人盗用国民党中央监委的名义，发出"护党救国"通电，提出对"共产党首要危险分子，经党部举发者就近知照公安局或军警暂分别看管或监视"，并将鲍罗廷、陈独秀等一百九十七人列入通缉名单。

老奸巨猾的蒋介石深知第一师、第二师受革命影响很深，许多下层官兵也对工人表示支持，而要想解除上海工人纠察队的武装，光靠一帮流氓是不行的。于是他来了个釜底抽薪，下令将第一师、第二师全数调走，由刚投降过来的军阀部队二十六军周凤岐部接防，任命白崇禧、周凤岐为上海戒严司令部正、副司令。

以蒋介石为首的国民党反动派公开叛变革命的政治准备完成了最后一道手续，下手的"时机"已经完全成熟。

锣鼓越敲越紧，上海已是一片"黑云压城城欲摧"的肃杀景象了。

就在这时，中共中央总书记陈独秀仍教条般的执行共产国际负责人布哈林的指示，醉心于妥协，以为这样便可以避免国共之间的破裂。

3月30日，布哈林专就中国形势作报告，提出对形势的估计和对蒋介石、国民党的方针。在报告中，布哈林说："目前的局势很紧张。

正在酝酿一次对城内中国地区的进攻，不排除帝国主义列强的军队参战。无疑这将导致各种冲突。美国已将其亚洲全部驻军调往上海并正在派遣航空分队。这表明大规模的武装干涉已经开始。"对于蒋介石，布哈林说："尽管他有反对革命的倾向，尽管他是变得越来越反对革命的资产阶级代表，但客观上他还是在进行解放战争……蒋介石属于具有反革命倾向的派别。这是对的。但如果我们只看到这一点，那么这个论断就是肤浅的。我们还看到，他领导反帝斗争，起的是进步作用。"在收到30日电报之前，中共中央接连收到来自联共（布）中央政治局的电报。

在3月28日电报中，联共（布）中央明确、严厉地提出：请你们务必千方百计避免与上海国民军及其长官发生冲突。

收到电报，陈独秀立即写了封短信给罗亦农。因此，罗亦农在3月28日的上海区委主席团会议上说："接老先生（指陈独秀）来函，大意：目前我们表面上要缓和反蒋，实际准备武装组织，上总除力争保持纠察队外，要少说政治。对蒋要求我们的问题，差不多都可以答应，但要他积极反英。罢工问题，老先生说第一先决条件要得国民党及老蒋同意，现在上总及党要发一通告，说罢工要待命令，目前暂做宣传及准备的工作。"

根据联共（布）中央政治局的电报精神，4月5日，陈独秀同刚由国外归来的汪精卫发表了一个联合宣言，说："国民党最高党部最近全体会议之议决，已昭示全世界，决无有驱逐友党摧残工会之事。上海军事当局，表示服从中央，即或有些意见与误会，亦未必终不可解释。"

但是，蒋介石反共的决心已下。这篇宣言，客观上只能帮助掩盖蒋介石的真实面目，但对上海工人阶级起了解除精神武装的恶劣作用。

4月11日深夜到12日凌晨，蓄谋已久的反动派终于下毒手了！

**50**

国民党右派是富有政治经验的。

当时，总工会的纠察队总数共有两千七百人，分驻闸北、吴淞、浦东、南市四地。刘峙部第二师调驻闸北时，同工人纠察队的关系相当紧张，大有一触即发之势。而新调来的二十六军周凤岐部却改变了姿态，对工人表示绝无恶意，表面上局势仿佛松弛下来。

上海滩的青帮流氓十分惧怕上海总工会委员长汪寿华在工人群众中的威信和他在工人运动中的组织指挥能力。他们暗设计谋，准备先除去汪寿华，然后进攻工人纠察队，使其群龙无首，失去统一指挥。

4月11日下午，上海大流氓头子杜月笙发出请帖，邀请汪寿华于当晚八时到杜公馆"赴宴"共商机密大事。当晚八时，汪寿华准时只身到达杜公馆。早已做好准备的流氓，毫不掩饰地威胁汪寿华把工人纠察队交出来，理所当然地遭到汪寿华的拒绝。杜月笙当即指使打手们对汪寿华拳打脚踢，直到汪寿华昏死过去。随即，这伙歹徒用汽车将汪寿华拉到枫林桥的荒地上，残忍地秘密杀害。

12日凌晨二时半，反动军队和大批青红帮武装流氓在租界帝国主义当局的配合下，臂缠白布黑"工"字标志，手持盒子炮等乘上卡车，兵分两路：一路朝南奔向南市区的三山会馆和华商电车公司，另一路朝北扑向闸北区湖州会馆上海总工会会所和商务印书馆俱乐部工人纠察队总指挥处。

凌晨四时，黄浦江上的军舰上升起信号，中华共进会会员和流氓们同时发起攻击，南市、闸北枪声大作，袭击工人纠察队的行动开始了。

南市区工人纠察队主要集中在华商电气公司和三山会馆，是反革命分子进攻的主要目标。11日傍晚，二十六军的兵士就分散包围了华商电车公司和三山会馆。

12日凌晨，约二百五十名流氓，乘卡车从法租界南洋桥冲入华界，分三路包围了华商电车公司。正在放哨的工纠队员发现敌情，马上鸣枪报警，电车公司内一百多名纠察队员奋起抵抗。激烈的战斗一直打到四时半，流氓们仍未能攻入。这时，二十六军一师一营的士兵在营长的指挥下参战了，凌晨六点终于攻入华商电车公司大门，工纠队被迫缴械。

进攻南市工人纠察队指挥部的是二十六军一师二团一营。战斗从凌晨三点半开始，在步枪、机枪、迫击炮的猛烈攻击下，凌晨六时三山会馆被占领。

军队撤离时，在墙上贴出了戒严司令部的布告："查电气事业系关公用，不容一日间断，现华商电气公司工人因故分散，应即立时复工，以免阻碍地方安宁秩序。本总指挥部本保障工人利益之首，对于捣乱分子自应严于取缔，对于纯良工友则当力予保护。为此布告周知，望毋轻信谣传，其各安心任事，切切此布。"这证明了攻打工纠队完全是白崇禧的预谋。

湖州会馆是上海总工会会址，也是上海工人纠察队总指挥部，沪宁、沪杭甬铁路总工会成立大会曾在这里召开。由于汪寿华被敌人骗走迟迟未归，工纠队队员们已做好应付突发事变的准备。

青红帮全副武装流氓遭到湖州会馆工人纠察队顽强抵抗，久攻不下。

正在这时，二十六军二师五团团长率大批士兵开到，他们口中喊道："请你们不要还击，我们来为你们缴他们的械。"说完，士兵们先将门前攻打总工会的流氓完全缴械，有的并用绳索捆绑。工人纠察队看到这种情形，不再怀疑，开门将二十六军迎入。谁知军队一进门，领队军官就变了脸色，说："他们的枪械已经缴了，你们的枪械也应该缴下才好。"猝不及防的工人纠察队被迫缴械，工纠队员及办事人员被强行赶出。

商务印书馆是工人纠察队总指挥部所在地，因此，是敌人进攻中的重点。

周恩来原来住在商务印书馆俱乐部，领导工人纠察队和进行教育工作。 国民党右派动手前的11日晚上，先由二十六军第二师师长斯烈出面，装作没事似的邀请周恩来到师部去商议一些事情。 周恩来考虑到要做二十六军的工作，就去了。 在二十六军二师师部，斯烈装着很客气的样子，让座、倒茶忙个不停，态度十分客气，但就是拖着不让他们再离开。 同时，暗地布置手下对商务印书馆工人纠察队动手。 后来，周恩来在回顾这次教训时说：

"敌人是怎样骗我们的呢？ 一个驻在闸北的国民党师长叫斯烈，他的弟弟斯励是黄埔军校出来的，是我的学生。 斯烈就利用这个关系和我们谈判。 我们就迷糊了，认为可以利用他。 我们认为他不会对我们动手。 其实我们这时重点放错了，重点应该放在保持武装。 当时斯烈写了一封信给我，要我去谈一谈，我就被骗去了。 当时我的副指挥也去了。"

罗亦农得知周恩来被扣的消息后，紧急通知与二十六军党代表赵舒保持联络的共产党员黄澄镜出面营救。 黄澄镜在回忆中说："我们到了宝山路天主堂第二师司令部。 我看到周总指挥双眼怒视斯烈，抗议他们的反动行为。 这时，房间里的桌椅已被推翻在地，茶杯、花瓶散碎在地上。 我听到周总指挥义正词严地对着斯烈谴责道：'你还是总理的信徒呢。 你们公然叛变革命的三民主义和三大政策，反对共产党、反对人民，你们这样是得不到好下场的。'斯烈在周总指挥愤怒的训斥下，不得不低着头说：'我也是奉命的。'""经过赵舒同斯烈个别谈话，斯烈开始改变主意，向周总指挥表示事情'已过去了，请您来谈谈，并无其他意思'。 多次声明是误会，表示道歉。 周总指挥根本不理睬他，转头同我一起坐上汽车，冲过重重关口，回到了北四川路东四卡子桥附近罗亦农同志办公所在地。"

与周恩来被扣二十六军二师的同时，两三百名全副武装的流氓向商务印书馆俱乐部发动进攻。 工人纠察队副队长杨凤山与其讲理，当场被流氓开枪打死。 流氓的进攻，遭遇工人纠察队顽强抵抗。 上午八时，二十六军二师五团团长赶到，故技重演，在骗取工人纠察队的信任后，缴了工人纠察队的枪。

新军阀发动的这次反革命政变，调动军队和流氓武装共一千五百多人，缴获工纠队步枪三千余支，机枪二十挺，手枪六百余把，长矛、斧头、匕首若干。三千余名工纠队队员被强行解散，一百二十余人牺牲，一百八十余人负伤。

这就是4月12日的反革命政变。

多年以后，周恩来还痛心地谈到这件事。他说：那时我们年轻，经验还不足，被骗到二师师部后，"商务印书馆因为没有人指挥，就松动了，一下子被缴去了"。当然，"不出去也要失败，但不至于一下子就失败"，"这是一个教训"。他后来又说："青年人革命热情很高，但我们那时好像认为天下大事就那么容易，青年稍微有一点成功就容易骄傲，至少是头脑发昏，结果给敌人骗了。"

疯狂的搜捕和屠杀立刻开始了！

盟友突然变成冷酷凶残的刽子手。

## 51

"四一二"反革命政变激起上海工人的强烈愤慨，也是一个无声的动员令。

为了抗议蒋介石的反革命暴行，第二天闸北和南市的群众分别召开有数万人参加的市民大会，要求立即恢复工人武装，保护上海总工会，取缔青红帮和反动团体。

上午十时，抗议"四一二"反革命政变大会在闸北青云路广场召开，六万人云集在广场周围。沪宁甬的铁路工人，在孙津川的率领下参加这次大会。大会由时任小沙渡部委书记、上海总工会主要领导人之一的佘立亚主持，周恩来、孙津川等参加了会议。会上，佘立亚慷慨激昂地向全体到会者揭露了新军阀和帝国主义者收缴工人纠察队枪械并屠杀工人的罪恶事实，沉痛宣布总工会委员长汪寿华已遭反动派暗害。许多工人听了国民党反动军队屠杀工人群众，失声痛哭，纷纷表示要为死难烈士复仇。

下午一时大会结束后，参加这次大会的群众整队前往宝山路二十六军二师师部司令部请愿。

游行示威的队伍足足有一公里多长。工人群众一路高喊着："还我武装！""打倒新军阀！"

孙津川率领吴淞机厂等铁路部门的铁路工人作为"火车头"，走在游行队伍的最前面。他知道反动派是一定会破坏阻挠的，事先就做好了牺牲的准备。出发前，便交代工友们要做些准备，并告诉工会发给大家铁棍、木棒，预防不测。

果然，当游行队伍行进到宝山路三德里附近时，埋伏在里弄内的二十六军士兵突然涌出向游行人群开枪。接着，又用机关枪向密集在宝山路上的群众扫射，前后达十五六分钟。

游行队伍突遭袭击，相互拥挤，群众无法退避，混乱中当场被打死的有一百多人，伤者不计其数。一些躲藏在街巷的工人，也被拉出来杀死，其状惨不忍睹。

其时大雨滂沱，宝山路上顿时血流成河。

这就是惨绝人寰的宝山路血案。

当残暴的敌人开枪时，铁路工人队伍已走过宝山路三德里，只有少数工人受伤。

亲历了"四一二"反革命政变，又目睹了这次惨不忍睹的场面，孙津川和众工友们对蒋介石这种灭绝人性的血腥屠杀表示无比愤怒。

13日下午，上海总工会会所被封闭。

14日下午，上海特别市临时市政府被强行解散。

为了抗议蒋介石的反革命暴行，4月13日下午，上海总工会决定全市各产业立即开始总罢工。接到命令，全市工人再次举行总同盟罢工。

孙津川也以沪宁、沪杭甬两路铁路总工会的名义，向全国发表通电，强烈抗议国民党右派收缴工人纠察队枪支、屠杀工人的反动罪行。

## 52

白色恐怖重新笼罩上海，中共中央不少同志陆续前往武汉，周恩来仍留在上海应付非常局面，处理善后事宜。在蒋介石公布通缉革命者的黑名单上，第一个就是周恩来，出价八万元大洋买他的头颅。

商务印书馆周恩来已不能再去，原军委办事处也不宜前往。吴淞机厂旁张华浜赵家宅孙津川家成为比较安全的秘密机关。

14日晚上，在徐梅坤的陪同和掩护下，周恩来来到张华浜赵家宅孙津川家暂避。这里远离市区，荒凉偏僻，房屋破旧，附近居住的大多是吴淞机器厂的工人，暂时还比较安全。

此时，孙津川一家也从辣斐德路搬回了赵家宅。

看到周恩来眼睛布满了血丝，一身疲乏的样子，孙津川连忙叫妻子快点端盆热水来给他擦把脸，关切地说："到这就安全了，周围全是我们的工友。"

"这里情况怎么样？罢工的工人们情绪还稳定吧？"

孙津川忍住悲痛的心情，连忙向周恩来简单汇报了有关情况。

孙华氏送来了热气腾腾的饭菜，周恩来摇摇头说："谢谢伯母，连累老人家也跟我们受苦了。"他望着孙华氏，又说，"上海工人们受到这样的迫害，受到这么大的牺牲，哪能吃下去呀！"

在小木楼昏暗的煤油灯下，他们三人小声地交谈起应变的紧急措施。

凌晨时，徐梅坤离开了赵家宅，周恩来谆谆交代说："要设法赶紧通知中共上海区委和中央军委、上总纠察队委员会成员，做好善后工作，工人纠察队要全部转为秘密状态，告诉同志们先把枪支弹药隐藏起来，也可以到江浙农村去，坚持开展地下斗争。"

徐梅坤离开后，孙津川和家人不忍再多说什么，赶紧离开想让周恩来早点休息。

在赵家宅孙津川的小阁楼上，周恩来慢慢地踱步，为死难的兄弟、战友、同志痛心，思考如何整顿组织、隐蔽精干，如何撤离已暴露的人员,如何开展新的地下斗争! 三十年后的1957年,他在与当年共同参加第三次武装起义的战友们,谈起"四一二"事变前后的教训时说:

如果不犯这些错误,城市是否会大发展?也不会的。因为必然是这么一个规律,因为我们革命运动是先从城市起来,集合了很多工人、学生(就是革命知识分子),然后派到农村里去,同农民结合起来。然后做一些军事运动、军队运动,工、农、兵、知识分子结合起来,把革命高潮搞起来以后,说是能够一下子一帆风顺了,武汉就取得全国政权,共产党的领导权就确立了。这也是不大容易的。尽管我们不犯路线错误,恐怕也还要受一些挫折,因为终究全党缺乏经验,不是一个人缺乏经验。少数有深刻的思想的人,也还要有群众才行。个人离不开群众,群众的觉悟还没有那么深刻,所以免不了要犯些错误,受些挫折。俄国革命经过一九〇五年的锻炼,中国的一九二四年至一九二七(年)这个阶段完全成功也比较难。但是不犯这个错误也可能收获更大一些,保留更多一点。

这一夜,周恩来几乎没有闭上眼。

天刚亮,周恩来就吩咐孙津川立即赶到市里,尽快与没有被捕的同志取得联系,处理好善后工作,告诉他们,党的全部工作转为秘密状态,在起义中暴露的同志要尽快转移到安全地区,要设法找到彭干臣同志,落实新的秘密机关。

临出门时,孙津川喊醒弟弟晴川,要他注意周围的安全,做好保卫工作。

巷前的行人多了,周恩来急着就要出门。孙晴川说:"这就要走?不多睡一会儿?"

"不知道还会有什么新情况,"见孙晴川神色有点紧张的样子,周恩来又说,"白色恐怖没什么可怕的,我们要继续坚持斗争!"

孙华氏翻找出一套铁路工人服装给周恩来穿上,又顺手在他的脸上抹了一把灰。二个人搀扶着如同一家人一样离开了张华浜。

穿过几个弄堂，周恩来告别了孙华氏。在一个居住僻静的工友家中，周恩来与彭干臣再次见面，投入了更为紧张、急迫的工作。

徐梅坤在《九旬忆旧》中说："四一二"反革命政变后，"周恩来转移到江湾孙津川家的阁楼上面。不久，聂荣臻、陈延年由武汉赶到上海，传达中央指示'隐蔽力量，准备再干'。这一天，我也来到江湾赵家宅，与周恩来见了面，他对江浙一带地下武装斗争作了指示后，并指示孙津川外出联系地下交通线……"

## 53

"四一二"后，上海市所有的革命机关、团体陆续被反动派查封、解散，稍有进步气息的团体也概遭取缔。在这股反革命的黑浪中，两路铁路总工会也遭到摧残。

4月15日下午，沪宁、沪杭甬铁路总工会会所——闸北恒通路梅园里1号，遭二十六军查抄。反动士兵解除门岗纠察队的武器，然后闯进储藏室缴去枪械七十余支，子弹、炸弹若干箱，并将正在会所开会的沪宁铁路总工会常委蔡景海、郑文斐和吴淞机厂工会十九名办事人员捕去。

孙津川因外出开会，幸免被捕。

孙津川赶到恒通路会所时，见会所被封，人员被捕，对于蒋介石和反动势力的罪行，他更是咬牙切齿，义愤填膺。

站在被反动军警捣毁的两路总工会客厅，同来的几位工友有的大发雷霆，有的垂头丧气，孙津川没有说话。

沉思了片刻，想到周恩来在他家的交代，为了尽可能地掩护工友免遭敌人的进一步屠杀，争取两路总工会继续合法存在下去，他喃喃地说："需要发表一个声明，尽快在报上登出！"

说写就写，字斟句酌，一气呵成。

这个以孙津川和丁继曾名义撰写的两路铁路总工会的《郑重声明》，发表在16日的《申报》上，《郑重声明》说：

敬启者，现值军事时期，交通工作关系，前方后方军事运输非常重要，我沪宁沪杭甬两路总工会，纯粹为两路同人所组织，完全拥护国民革命军，努力交通工作，以期完成革命事业，其性质既与地方各工会不同，亦不能与地方各工会一致行动，诚恐各界未悉本会之宗旨，对此郑重声明，伏希公鉴。

　　《郑重声明》试图以两路工人为北伐军占领上海所做的贡献，博取国民党内部官兵的同情，为两路总工会辩护。

　　《郑重声明》送出后，孙津川准备亲自去二十六军二师司令部提出抗议。 在场的工友们都劝他不要去，不要自投罗网。

　　"不，我是工会负责人，我不能看着十几位同志被捕而无动于衷。"孙津川坚定地说，"从当选委员长那天起，我的生命就交给工会，交给了革命！ 死都不怕，还怕什么逮捕，我一定要向他们当面提出抗议！"

　　但是，一心要剿灭革命力量的反动势力怎能放过他，孙津川一走进二十六军司令部，马上就被凶神恶煞一样的士兵逮捕。

## 54

　　南京铁路分会、杭州铁路分会在两路总工会被封闭后，也被反动派封闭。 其中杭州铁路分会的沈干城、薛暮桥等也被捕入狱。

　　孙津川与蔡景海、郑文斐等战友在拘留所重逢。 三人坐在一起，悄悄商量起对策。 他们知道，国民党右派虽然利用武力控制了政权，但一定希望尽快恢复社会秩序和交通，这是国民党右派的软肋，也是工人群众的力量所在。 要想办法通告外面的同志，组织铁路工人包围铁路局，要求保释被捕人员，否则再次举行大罢工，中断铁路交通。

　　利用被捕家属来监探视之机，孙津川传出了他们的计划。

　　为了表示同仇敌忾的决心和对敌人的蔑视，孙津川对蔡景海说："我们来段'四郎探母'好不好？"

未等孙津川落音，蔡景海先唱道："失落番邦十五年，雁过衡阳各一天。 高堂老母难得见，怎不叫人泪涟涟。"

孙津川接着唱："杨延辉坐宫院自思自叹，想起了当年事好不惨然！ 我好比笼中鸟有翅难展，我好比虎离山受了孤单，我好比南来雁失群飞散，我好比浅水龙被困在沙滩。"

郑文斐："想当年沙滩会一场血战，只杀得血成河尸骨堆山；只杀得杨家将东逃西散；只杀得众儿郎滚下马鞍。 我有心出关去见母一面，怎奈我身在番远隔天边。 思老母不由人肝肠痛断，想老娘不由人泪洒在胸前……"

三个人有声有色，字正腔圆，抑扬顿错的京腔，引来阵阵喝彩。

吴淞机厂和上海地区的铁路工人听说铁路总工会会址也被抄封，抓走了十九名工会负责人和工作人员，连孙津川也被逮捕，非常气愤，纷纷前去二十六军临时拘留所探望。 利用这个机会，孙津川再次传出了他们的决定。

第二天一早，一千多名铁路工人迅速在两路总局的办公大楼前聚集。

愤怒的示威工人向两路局局长孙鹤皋提出要启封总工会，保释被捕人员和赔偿损失等要求。 孙鹤皋看到包围在路局四周黑压压的人群和一个个愤恨的目光，担心风头会越闹越大，影响铁道运输，不得不走出办公室，表示同意前往二十六军司令部进行交涉，保释被捕人员。

当天下午，孙鹤皋坐了汽车到二十六军司令部去保释被捕铁路工人。

这天深夜，除了孙津川，十余名被捕铁路工人被武装军队押送到宝山路铁路栏门边释放。

周恩来知悉孙津川被捕焦急万分，立即指示铁路产业总工会和党组织利用铁路运输对军事、经济的特殊重要性，发动工人全力营救孙津川出狱。

在反动新军阀释放十几名工人后,铁路工人依然不依不饶,继续向两路总局施加压力。

为争取路局再次出面,在中共上海区委的领导下,工人们改变了斗争策略。

经过动员,吴淞机厂全厂七百余名工人自当日起举行了罢工。

工人代表当面向英国厂长毛尔维递上请愿书,提出"一日不放孙津川出来,一日不开工",并要毛尔维亲自出面保释孙津川。 同时,党还在两路上海地区工人中发动了签名营救孙津川,向孙鹤皋局长上书。

在长长的请愿书上,密密麻麻地落下了近四千人的签名。

在请愿书里,工人们警告孙鹤皋:"如果再不把孙津川放出来,我们车站、行车、运输、机厂全体工友就要再次举行大罢工!"

接到吴淞机厂和上海铁路工人的请愿书,毛尔维和孙鹤皋也很担心工潮再起,一发不可收拾,不得不出面带上工人的请愿书和贿赂官兵的红包,再赴二十六军司令部别动队交涉。

4月22日,孙津川被释放出狱。

这天下午,党组织把事先得到的消息立即通知蔡景海等人,要求他们组织铁路工人夹道欢迎,以庆祝铁路工人与新军阀展开斗争的胜利。

孙津川在工人群众的前呼后拥下离开了二十六军司令部看守所。不少工人还特地买来鞭炮,从孙津川离开看守所时就开始燃放,到达吴淞机厂大门时,工人们又拉响了气笛,兴高采烈自发地举行了一个欢迎大会。

孙津川站在一辆平车上激动地向欢迎人群脱帽致意,并说:"各位弟兄们,谢谢大家的热情相助! 谢谢大家对总工会的支持和热爱! 这样的迎接,我真的担待不起! 反动派对铁路总工会的无理镇压,是不得人心的! 我们要继承团结起来与他们作斗争! 希望大家继续支持我们的工作,胜利一定属于我们的。"

获悉孙津川被营救出狱，周恩来也非常高兴。但他知道，孙津川在出狱后的讲话很快就会传到国民党新军阀的耳中，他们一定不会轻易罢休的，为防止国民党的迫害，他立即让彭干臣通知孙津川准备离沪，赴武汉接受新的任务。

# 第十五章
# 新的征程,参与全国铁总工作

是谁抓起一把岸上的细沙
又慢慢地倾泻
坠落的回旋,遮蔽远了的背影
　　　　——张国凡《理性之外》

## 55

这天晚上,在上海党组织的精心安排下,孙津川穿上长袍,戴着墨镜,化装成跑单帮的商贩,和妻子、妹妹分头登上去武汉的英国太古号轮船。

大轮缓缓驶离吴淞,他找到了妻子和女儿,安排她们在铺位上坐下后,迫不及待来到后甲板。眺望着夜色中不断远去的外滩,他久久不愿合起疲倦的双眼。在他的眼前,不断地浮现一幅幅难以忘怀的画面:与工友们朝夕相处的日日夜夜,在周恩来、汪寿华率领下攻占北站的场面,宝山路上血流成河的情形……

一泻千里的长江,是大地构造断裂的一脉长疤,还是伸向喜马拉雅雪山的手臂? 望着滚滚而下的长江,夜幕中不断逝去的黑黝黝的两岸,孙津川在沉思,连几番走近身边的彭干臣都不觉晓。

自上海第三次工人武装起义起,为千千万万劳苦人民的解放,为实现共产主义伟大理想,与反动势力作最坚决斗争,已在孙津川的脑海里深深扎下了根。

天色慢慢放明,新的一天开始了。

"朝辞白帝彩云间,千里江陵一日还。两岸猿声啼不住,轻舟已过万重山。"孙津川不禁轻声诵道。

"天门中断楚江开,碧水东流至此回。两岸青山相对出,孤帆一片日边来。"彭干臣走到孙津川身旁,接着道,"相对李白的诗,我更喜欢读白居易的'日出江花红胜火,春来江水绿如蓝',一种绚丽而美丽的心情,一双生机而张扬的眼睛。"

受彭干臣的情绪影响,孙津川说:"李白的'两岸青山相对出,孤帆一片日边来'有点愁绪,不像苏东坡的'大江东去,浪淘尽,千古风流人物'给人以怀念而激扬。"

5月的春风,吹拂着麦浪似的水波,往来穿梭的小船点缀着浩如烟海的长江,郁郁葱葱缓缓退去的村庄,昭示着生命的顽强。

轮船过了马鞍山、采石矶快到安庆港,这里距他的家乡不远了。

孙津川的心境也逐步从纷乱的回忆中调整过来。

他从杨晨华手中牵过毛毛的手,对她说:"快过来看看,这是你的老家。"

家乡的一草一木对他是那么地亲切,连上船乘客的乡音听起来也是那么悦耳。 从光绪三十一年(1905年)到民国十六年(1927年),

已经过去了整整二十二年,因为生活所迫,交通不便,也由于工作繁忙,他一次也没有回来过,乡愁在心中油然而起。

"乡音未改鬓毛衰"。 通过与一位乡亲的交谈,他知道家乡这么多年几乎没有什么变化。 他猛然想到,邻居的老婆婆可能还在为一碗白米饭而焦心;他的一名同窗可能还在为家庭的正义而奔波;今年雨水比较大,家乡可能又遭遇洪灾了……想得更多的,是当年在楚相祠和孙家祠堂立下的誓言。 如今,他找到了实现这一抱负的道路,加入了中国共产党。 通过参加上海工人武装起义的斗争,他清楚地知道,实现这一抱负的道路肯定是不平坦的,还会经历许多波澜和曲折,但是为了实现这个美好理想,他甘愿献出自己的一切,甚至生命!

到了武汉,彭干臣按照周恩来的嘱咐,与孙津川道别后找到中共中央驻汉口的机关,投入南昌起义的准备工作。 孙津川则来到武汉四成里83号,全国铁路总工会临时所在地暂居。

蒋介石发动"四一二"反革命政变后,大肆屠杀共产党人和革命群众,大革命遭到了局部的严重失败。 此后,全国形成了三个政权,即原来的北京军阀政府、南京的蒋介石反革命政权和武汉国民政府。 面对错综复杂的矛盾和尖锐激烈的斗争,需要中国共产党对形势有清醒的认识并采取果断行动,才能挽救革命。 在这种非常状态下,作为中华民族的优秀分子,全国共产党员迫切地需要党正确判断当前局势,回答大家最为关注的如何从危急中挽救革命的问题。

4月27日至5月9日,中国共产党第五次代表大会在武昌第一小学召开。

出席大会的代表有:陈独秀、蔡和森、瞿秋白、毛泽东、任弼时、刘少奇、邓中夏、罗亦农、罗章龙、王荷波等八十多人,代表着五万七千九百多名党员。 共产国际代表罗易、鲍罗廷、维经斯基等出席了大会。

陈独秀代表第四届中央执行委员会向大会作了《政治与组织的报

告》，共产国际代表团团长罗易作了题为《中国革命问题和无产阶级的作用》的讲话。 许多代表结合大革命失败的教训，对陈独秀的错误进行了批评。 针对陈独秀、彭述之等的机会主义理论和政策，瞿秋白把他会前撰写的《中国革命中之争论问题》一书发给大家，并作了系统发言。 随后举行的五届一中全会选举陈独秀、张国焘、蔡和森为中央政治局常务委员会委员，陈独秀为总书记。

党的五大虽然批评了陈独秀的错误，但对无产阶级如何争取领导权，如何领导农民进行土地革命，如何对待武汉国民政府和国民党，特别是如何建立党的革命武装等迫在眉睫的重大问题，都未能做出切实可行的回答。 但是，会议提出了指导中国革命的一系列原则，为党的思想理论建设做出积极贡献，并初步提出健全党的领导体制和组织体系的一系列措施；诞生了中国共产党第一个中央纪律检查机构——中央监察委员会，对维护和促进党的思想、组织、作风纯洁等意义深远。

会议召开期间，孙津川已来到武汉，耳闻目睹党内的政治生活、组织纪律和党员干部的革命作风，深受教育。 他如饥似渴地找来大会的报告和有关文件，认真学习并记下大量笔记。

在武汉四成里，孙津川与赵世炎、李泊之、顾顺章、郑覆他一起组成上海区委驻汉代表团，不断地应邀前往各有关单位和组织，有时单独成行，有时与其他领导一道到各处宣讲，揭露蒋介石背叛革命、残杀、压迫工友的罪行，号召各地工友和人民群众与蒋介石集团斗争到底，将革命进行到底。

## 56

"打倒列强！ 打倒列强！ 除军阀，除军阀！ 努力国民革命，努力国民革命！ 齐欢唱，齐欢唱！ ……"歌曲仍在武汉街头传唱。

此时，武汉国民政府的首脑人物汪精卫，为获取反蒋势力的支持，仍竭力把自己打扮成"左派领袖"。 4月间，他到武汉的第二天给

《中央副刊》写了题词："中国国民革命到了一个严重的时期了，革命的往左边来，不革命的快走开去。"在4月5日的《时事新报》《民国日报》等报刊上，陈独秀和汪精卫发表的《国共两党领袖联合宣言——告两党同志书》登在显著位置。《宣言》称："国民党、共产党同志们！此时我们的国民革命，虽然得到了胜利，我们的敌人，不但仍然大部分存在，并且还正在那里伺察我们的弱点，想乘机进攻，推翻我们的胜利，所以我们的团结，是时更非常必需。中国共产党坚决承认，中国国民党及国民党的三民主义，在中国革命中毫无疑义的需要，只有不愿意中国革命进展的人，才想打倒国民党，才想打倒三民主义……""四一二"反革命政变后，汪精卫又发电痛斥蒋"丧心病狂，自绝于党"。

不久，受组织委托，孙津川参与了全国铁总的领导工作，他的妹妹孙方素则帮助总工会做机要工作。

6月8日，孙津川代表全国铁路总工会与张之甫、曹振华等人，在全国铁路总工会会所，会见全俄铁路工会秘书安德列斯克与全俄五金工会秘书布梯义克。孙津川向苏联同志详细介绍了国民党右派的代表蒋介石背叛革命，残杀、压迫工友的罪行，以及中国铁路、工会组织、工人人数、成分、待遇、生活状况和宣传教育等等情况，双方会谈了两天，交流了工会工作经验。

这期间，受党组织委托，他还不停地往返奔走于武汉、九江、上海等地，代表全国铁路总工会接待和安置苏、浙、皖、赣等省的流亡同志，整顿和恢复各地铁路工会，想方设法安排他们到汉口后的工作和生活起居。

## 57

彩旗飘扬，锣鼓喧天。

6月19日，中国第四次全国劳动大会在汉口中央人民俱乐部开幕。

到会代表二百七十三人，代表全国两百八十万有组织的工人。大会由李立三致开幕词，中共中央向大会发了贺信，明确这次大会的任务是：工人阶级要领导农民阶级和小资产阶级向共同的敌人作战，团结各阶层人民，反对帝国主义的破坏革命和蒋介石的叛变，挽救革命。

6月23日下午，刘少奇代表中华全国总工会向大会作会务报告。第三次全国劳动大会时，全国有组织的工人为一百二十万，到第四次全国劳动大会召开时，已增加到二百八十万。报告认为，中华全国总工会第三届执委会能够认清革命的环境与时机，对于全国工人阶级政治的、经济的斗争，有适当的指导。如组织工人支援北伐战争；领导省港大罢工；领导上海工人两次武装起义；领导全国工人举行一小时总罢工；指示各地工会通过斗争不断改善工人生活等，取得了很大成绩。报告指出，尽管工作做出了一定成绩，但由于全国总工会的负责人兼职过多，不能集中力量主持全总工作，因此使全总的工作不能统一起来，工作还不够活跃，希望第四次全国劳动大会能够选出优秀的同志，集中统一领导全国的工人运动。与会代表对于中华全国总工会过去一年多的工作表示满意，顺利通过了《中华全国总工会会务报告的决议案》。2013年5月3日，新华社网报道了《第四次全国劳动大会特刊〈中国工人〉被发现》，披露了当年劳动大会的有关情况。

赤色职工国际代表及苏、英、法、美、日等国家和地区的代表与会。

孙津川代表沪宁、沪杭两路工会出席了这次大会。由于他有一定的文化基础，长期从事工运工作，特别是在上海三次工人武装起义中积累了丰富的工会工作经验，又与刘少奇比较熟悉，因而应邀参与了《中华全国总工会会务报告的决议案》的起草，并担任了以刘少奇为主任的产业工会决议审查委员会委员及各地产业工会决议审查委员会审查委员。有幸，而又必然地接触了全国许多工会组织负责人、著名工人领袖，特别是参与了一些工会决议案的起草和讨论，理论水平和政治觉悟进一步提高。

针对全国各地工会组织虽大量建立，但普遍存在散漫、混乱的状况，经会议认真严肃地讨论，通过了《工会组织问题案》。决议案指出：大部分工会仍未在群众中建立稳固的基础，必须集中工会组织，使工会在群众中建立巩固的基础。决议案强调，中国工人运动的发展，已由单纯的经济斗争发展成为政治的武装斗争，与工人阶级的敌人短兵相接，因而工人的武装组织更为重要。

工运领袖罗章龙也参加这次会议。1981年11月6日，他在接受南京雨花台革命烈士陵园纪念馆采访人员时说："（孙津川）有文化，也能干，群众威信很高。在大革命时期1927年，他也来武汉，我见过他，可能是开第四次劳动大会，他是沪宁、沪杭的工会代表，并担任过委员（会议是在天津召开的），后在全国铁路总工会工作，任全国铁路工会委员。"

第四次全国劳动大会于当年6月29日闭幕。次日，执委会召开第一次全体会议，选出以苏兆征为首的委员会，苏兆征、向忠发、李立三、王荷波、邓中夏等九人为常务委员，刘少奇、董锄平等五人为候补常务委员。

会议结束后，孙津川代表全国铁路总工会，参加了京粤两路职工调查会。

在到处都有国民党特务盯梢的情况下，他从九江一路顺水回到上海。在赵家宅的家中，组织召开了中共吴淞特支会议，根据全国劳动大会的精神，在吴淞地区迅速建立组织党领导的"灰色工会"，开展合法斗争，积蓄革命力量。

任务完成后不久，他又回到武汉，继续在铁路总工会的工作。

在武汉期间，孙津川做了大量工作，其社会活动才干和能力得到了充分的显示，也得到刘少奇和党的其他领导人的充分肯定。

## 58

汉口与重庆、南京素有三大火炉之称。但是，意想不到的是政治气候在1927年也随着气候的升温而逐步升高。

进入7月，武汉政府的反共态度急转直下地明朗起来。曾把自己打扮成坚定"左派"、与陈独秀发表联合声明的汪精卫，反动倾向越来越明显地暴露出来。

早在1927年4月底，本来就反对孙中山三大政策，对两湖工农运动深怀仇恨的第三十五军军长何键，在蒋介石的唆使下，就在汉口召集了一次高级将领会议，邀集了一批反动军官，密商反共清党，举行军事叛变，企图推翻武汉国民政府。5月17日，独立十四师师长夏斗寅公开叛变革命，何键立即响应，率领他的部队，在湖南各地屠杀共产党员、革命群众，占领了益阳县工会、农民协会等革命机关，缴了农民自卫军和工人纠察队的枪，残害了临湘农民协会委员长和常德近郊农民协会委员长。5月21日夜，驻长沙的何键部下第三十三团团长许克祥，率兵一千多人，对革命党和工农群众进行突然袭击，向国民党省党部、省、市总工会，农民自卫军总部，省党校，特别法庭等机关、团体以及工人纠察队发起进攻，放走了关押在监狱里的土豪劣绅等犯罪分子，撕毁了"拥护武汉国民政府""打倒蒋介石""铲除土豪劣绅"的标语。大批共产党、工农群众以及青年学生倒在血泊中。这伙叛匪，在长沙戒严司令部集会，成立了所谓"中国国民党湖南省临时救党委员会"，作为反革命叛变的公开指挥机关。因为事变这天中文电报用韵母"马"字代表21日，所以称这一事件为"马日事变"。

"马日事变"后，白色恐怖遍及湖南。反动派一边杀人，一边嫁祸于共产党。他们造谣说：此次事变，全是共产党发号施令的结果，是"军民冲突"，是"工农围攻三十三团团部，抢劫枪支"所引起的。武汉国民党反动分子也大肆造谣说，假若没有工农运动，夏斗寅、许克祥是不会叛变的。

7月14日晚间，汪精卫在武汉召开秘密会议，确定了分共计划。7月15日，又召集分共会议，并公布《统一本党政策案》，正式宣布同共产党决裂，公开背叛革命。

昔日的盟友成为不共戴天的敌人，在"宁肯枉杀千人，决不放过一人"的口号声中，被称为红都的汉口成为汪精卫杀害共产党人的屠场。

轰轰烈烈的大革命失败了！

为了挽救革命，中国共产党在共产国际的支持和帮助下，采取了一系列紧急措施。7月12日，根据共产国际改组中共中央领导的训令，在鲍罗廷的主持下，中共中央在汉口召开了没有陈独秀参加的临时政治局会议，决定让陈独秀去共产国际讨论中国革命问题。会议通过了共产党退出武汉政府的声明，并根据共产国际的指示，成立了中央临时政治局常务委员会代行中央政治局职权，成员有张国焘、周恩来、李维汉、李立三、张太雷。从此，陈独秀离开了中央领导岗位，结束了右倾机会主义在全党的统治。

这次改组虽然晚了一点，但仍然是一个重要的转折。经过这个改组，主张武装反抗国民党屠杀政策的力量在中央占领导的地位，从而为南昌起义、秋收起义的发动和八七会议的召开开辟了道路。

7月13日，中共中央发表了《中国共产党中央委员会对政局宣言》，宣布撤回参加国民政府的共产党人。

《宣言》指出："最近几月的政局，使中国一切革命人民大大地失望"，"国民党的许多领袖消极动摇犹豫得不堪言状"，"其结果，使反革命在武汉首都，也筑下巩固的基础。近日已在公开地准备政变，以反对中国人民极大多数的利益及孙中山先生之根本主义与政策"，"因此一切，中国共产党中央委员会决定撤回参加国民政府的共产党员"。

国民党左派邓演达公开发表宣言，强烈谴责汪精卫一伙"向蒋图谋妥协，并与共产党相分离，而残杀农工"的行为；孙中山夫人宋庆龄也发表声明，坚决抗议武汉国民党中央违背孙中山的革命原则和革命政策，推行反革命的所谓"新政策"，严肃地公开宣布"对于本党新政策的执行，我将不再参加"。

为了准备应付突然事变的到来，需要从国民党内和国民党统治区紧急地撤退大批共产党员，把大革命时期处在公开状态的共产党组织迅速转入地下。这是一项极其繁重而艰巨的组织工作。在五人组成的临时中央内，李立三、张太雷已去九江，李维汉刚从湖南来武汉，张国焘又是一个爱说大话、少干实事的人。这副重担自然地落到周恩来肩上。尽管时间匆促，人心浮动，环境险恶，但周恩来始终沉着、有条不紊地工作。

按照组织安排，孙津川赴苏联开会学习。

孙津川这次赴苏联学习是在武汉环境不断险恶，周恩来的精心安排下成行的。但是，同行几人，准确出行时间及行程未见史料记载，惜散见于其母孙华氏的回忆及有关纪念文章的只言片语。根据史料分析，其赴"苏联开会学习"仅三个月左右，虽然时间较短，但对孙津川的人生观、价值观的最终形成发生了重要作用，以至于在以后的革命斗争中，立场更加坚定，斗争更加坚决，矢志不移。

值得孙津川欣慰和高兴的是，在他赴苏联期间，党的八七会议在武汉召开，不久又爆发了南昌起义。

为了总结大革命失败的经验教训，纠正陈独秀的右倾投降主义错误，确定党在新时期的斗争方针和任务，在共产国际的帮助下，1927年8月7日，中共中央在汉口原俄租界三教街41号（现为鄱阳街139号），召开了中央紧急会议，因出席的中央委员不到半数，既不是中央全会，也不是中央政治局会议，故称为中央紧急会议，即八七会议。由于时局紧张，交通不便，只有在武汉的中央委员、中央候补委员、中央监察委员、共青团中央委员和湖南、湖北的负责人参加了会议。

共产国际代表罗米那兹及另外两位俄国同志参加了会议。

由于白色恐怖，形势紧迫，会议仅开了一天。会议共三项议程：1. 共产国际代表作报告；2. 中央常委代表瞿秋白作报告；3. 改选临时中央政治局。

共产国际代表罗米那兹作了关于《党的过去错误及新的路线》报

告后，会议代表就《中国共产党中央执行委员会告全党党员书》草案的主要内容作了发言。毛泽东、邓中夏、蔡和森、罗亦农、任弼时等在先后的发言中，尖锐地批判了陈独秀右倾投降主义的错误。毛泽东在发言中批评了陈独秀在农民、军事等问题上的错误，强调军事工作的极端重要性，明确指出"政权是由枪杆子中取得的"，第一次提出了"枪杆子里面出政权"的思想。接着，瞿秋白代表中央常委就党的任务和工作方向问题作了报告。会议通过了《中共"八七"会议告全党党员书》《最近农民斗争议决案》《最近职工运动议决案》《党的组织问题议决案》等。

这次会议，坚决纠正和结束了陈独秀的右倾投降主义错误，撤销了他的总书记职务，确定以土地革命和以武装反抗国民党反动派的屠杀政策为党在新时期的总方针，并把发动农民举行秋收起义作为党在当时的最主要任务。会议选举了新的临时中央政治局，临时中央政治局常委由瞿秋白、李维汉、苏兆征组成，瞿秋白主持中央工作。临时中央政治局决定设立中共中央北方局、南方局和长江局，决定王荷波任北方局书记，蔡和森为秘书；张太雷赴南方局，任广东省委书记；罗亦农赴长江局工作；毛泽东去湖南领导秋收起义。

八七会议在共产党的历史上是一个转折点。它给正处在思想混乱和组织涣散中的中国共产党指明了新的出路，为挽救党和革命做出了巨大贡献。实现中国革命由大革命失败到土地革命战争兴起的历史性转变。但是，八七会议在反对右倾错误的时候，没有注意防止"左"的思想的出现，使"左"倾情绪在党内滋长起来，给后来重新兴起的中国革命造成很大的危害，也使孙津川的革命生涯增添了诸多变数。

11月中旬，孙津川从苏联到上海后，中共江苏省委为加强南京地区职工运动的领导，特派孙津川来到几经破坏、国民党反动统治的中心南京工作，任中共南京市委职工运动委员。

三十二岁的孙津川临危受命，再次踏上光荣而艰巨的斗争道路。

# 第十六章 临危受命，致力于重建南京党组织

> 水滴中的浆泥
> 坚定不屈的沙子,正直的路
> 掘进,血的奔腾
> 灼痛,喷洒,拒绝复制……
> ——张国凡《理性之外》

## 59

1927年11月中旬的一天，受江苏省委的委派，孙津川携夫人杨晨华从上海乘火车来到南京。

在火车上，他回忆起江苏省委代理书记王若飞向他介绍来南京后将面临的情况和任务，虽然他在南

京工作多年，南京可以称上他的第二故乡，但王若飞的介绍仍像放电影一样一幕幕地出现在眼前。

上海"四一二"和武汉"七一五"反革命政变后，经过"清党"和"分共"，国民党从工人、农民、小资产阶级和资产阶级的革命联盟演变为地主、买办资产阶级的反革命政党。蒋介石集团控制的国民党，依靠国共合作的成果，从人民的血泊中取得了政权。南京国民政府虽然扛着孙中山三民主义的大旗，实际上已与旧军阀一样，成为投靠帝国主义镇压革命力量，残酷剥削和压迫人民的反动力量。

由于连续不断的"剿共"，国民政府军费猛增，用于战争的经费占整个财政支出的一半以上，国民政府进一步加紧了对人民的搜刮。南京特别市政府每月开支要十二万元，而正常收入只有三万多元。江苏省政府也是入不敷出，原答应津贴六万元，但并不能按时到位，于是市政府就增加捐税，强行摊派公债，以维持运转。其征收的营业税较往年增加了好几倍，又增加马路捐、商店捐、北伐捐、船夫捐、大贩捐、小贩捐……市政府还下令，所有官吏、军人等以每人一个月的薪金购二五库券。于是，官吏各谋发财之道，有的敲诈勒索，有的贪污受贿。市民中流传着这样的话："走了一个祸国殃民的孙传芳，来了一个苛捐杂税的国民党。"

火车叮叮咚咚地开了一天，方在下关火车站停下来。

下了火车，孙津川拎着简单的行李，来到距下关火车站不远的仪凤门，找到原上海吴淞机厂的周长福。周长福是1927年6月为躲避国民党反动派的迫害，在其嗣父周阿宝的帮助下，从上海来到南京龙头房工作的。因有一技之长，到南京后周长福仍从事机车修理。在离开上海时，孙津川曾与周长福话别说，工友们的血是不会白流的，革命最终一定会胜利，希望周长福在坚持与国民党反动派作斗争的同时，要注意团结一些思想进步的工人，注意发展工会积极分子。

通过熟人关系，周长福租下了这处房子。房主为北洋政府海军部高官，在南京有多处居处，其太太便将这处房屋出租，补贴生活开销。

平房共两进，进屋后有个不大的天井，房子后面还有一个小天井。周长福就住在厢房里。

孙津川一家到来时，周长福刚好下班进屋。对孙津川的到来，他有点喜出望外，他不停地说："早晨听到喜鹊叫，我就猜到会有贵人到，果然不错。"望着孙夫人的大肚子，他又说，"一路辛苦，快临产了吧？"

孙津川道谢说："快了，快了。想在你这里住几天，方便吧？"

"方便，我现在是孤家寡人，老婆讲来还没有来。你们不嫌弃，住多久都方便得很！"周长福忙不停地说，"我去斩半只鸭子，今晚好好喝一盅。"

## 60

孙津川的到来，使南京市委的核心力量得到了加强。

在下关大马路街头的一处小餐馆，时任中共南京市委书记的吴雨铭与孙津川见了面。这两位曾经并肩参加上海工人第三次武装起义的战友，互叙了分别后的情况。

吴雨铭将蒋介石叛变革命后，南京地下党惨遭破坏的情况简要地告诉了孙津川。当年3月24日，北伐军第二、第六军光复南京。中共南京地委、国民党南京市党部由秘密转为公开，直接领导革命斗争。革命运动的迅猛发展，引起了大地主、大资产阶级、国民党右派等反动势力的极端仇恨。反革命两面派蒋介石于4月9日从上海到达南京，密令安清帮头子、特务陈葆元和国民党右派市党部头子达剑峰，指挥百余名流氓捣毁革命的国民党（左派）省、市党部和南京市总工会。10日那天，国民党特务又对革命群众大打出手，大肆搜捕革命党人。当日晚十一时，中共南京地委在大纱帽巷开会，研究应变策略。由于事机不密，会场被敌人发觉。凌晨二时，公安局侦缉队五十多名武装特务包围了会场，除刘少猷一人越墙脱险外，侯绍裘、谢文锦、刘重民、文化震、钟天樾、梁永等十位同志被捕。几天后，侯绍裘等人被蒋介石秘密杀害，尸体被割成数段装入麻袋，用汽车运至通济门外九龙桥，抛进了秦淮河中。 河水殷红，惨不忍睹。

"四一〇"事变后，南京党团组织遭受严重破坏，白色恐怖笼罩南京。

为恢复党团组织，带领人民坚持革命斗争，中共江浙区委陆续派人到南京来。 1927年4月中旬，刘少猷任中共南京地委书记，努力恢复党的组织，开展反蒋斗争。 5月初，因身份暴露，化装离开南京。中共江浙区委派万益来宁主持地委工作，因无法立足，不久即离开。6月初，区委又派黄国材为中共南京地委书记，恢复了浦镇机厂、金陵机器制造局、和记洋行、造币厂、徐州铁道队及部分大中学校的党团组织。 当月，因团地委机关遭到破坏，国民党特务获得了中共南京地委机关所在地地址，致使黄国材、姚家让、谢德生以及地委交通员车道明等五人被捕。 此后，又有十余名党员被捕，中共南京党组织的领导机关再次遭到破坏。 吴雨铭是在当年7月来南京的，较孙津川早三个多月的时间。

架着眼镜、有点谢顶、穿着蓝布长袍的吴雨铭，又名汝铭、雨溟，1898年出生于湖南长沙，中共早期党员之一。 作为五四运动"火烧赵家楼，痛殴章宗祥"的核心人物，他在北大校长蔡元培的支持下与他的十八个好友一起在《北大日刊》上发表了马克思学说研究会启事，开始接受马克思主义的革命思想。 后来从事工人运动，在任京汉铁路总工会党团成员时，曾两次被捕，幸被营救出狱。 1930年时又遭被国民党当局逮捕，叛变革命，晚节不保。 当然，在与孙津川这次见面时，吴雨铭仍旧是一副革命领导者的模样。

吴雨铭告诉孙津川，在省委的领导下，11月初宜兴打响了江南秋收暴动的第一枪，省委要求南京数日内响应，如不能即刻暴动，也要破坏铁路，断绝交通，以示声援。 南京市委通过市总工会、市学联发出了《告全市工人书》《告南京同学书》传单，揭露国民党新军阀争权夺利、屠杀人民的内幕，号召广大群众与反动派作坚决斗争。 为响应省委关于组织全省暴动的决议，南京党团组织原打算近日进行暴动，并布置党团员到浦口轮渡所、东葛、花旗营、滁县等地，破坏津浦路及沪宁路交通。不料，暴动传单被国民党军警发现，立即宣布戒严，断绝下关与城内交通，致使暴动计划落空。经过组织清理，市委已开始恢复工作。全市党员主要分布在铁道车队、铁路支部及兵工厂、和记洋行，农民、学生、军政机关中，约两百名，共青团组织也逐步恢复，全市有七个支部，一百多名团员。

吴雨铭接着说："现在我们的主要任务是尽快整顿和恢复党组织，清理被国民党破坏的组织关系，重新建立与基层党组织的联系，开展党员登记。对一些革命意志消极的党员一是要教育，二是要帮助，振奋起他们的革命精神，对有变节行为的党员要切断与他们的任何关系，以保证组织的纯洁和安全。"

"基础工作很重要，只有尽快把这些工作做好了，才能完成中央和省委布置的其他任务。"

分手时，吴雨铭对孙津川说："我要顾及全省党团组织的重建工作，手头的事情比较多，南京党团的恢复你要多负些责任。好在你对南京情况比较熟悉，又有工运工作的经验，不要着急。先把住处落实下来后，然后可以到浦镇机厂和你原先工作过的老厂子金陵兵工厂去，做些群众的发动工作。"

孙津川说："这两个厂我都熟悉，基础不错，相信不久就能打开局面！"

## 61

浦镇机厂即今天的中车浦镇公司，坐落在有着一千三百多年历史的浦镇。

浦镇地处南京长江北岸，扼水陆之要冲，是重要的南北交通枢纽。

浦镇机厂与吴淞机厂在性质上有些类似，建于1908年。当时，英国人从清朝政府强行获得津浦铁路南段筑路权,就在津浦铁路南段的终点浦子城,开始筹建铁路机车修理厂,为津浦铁路客货运列车提供维修和服务。

浦镇机厂一直走在南京反帝反封建革命斗争的前列。

1921年3月,在中国早期工人运动领袖王荷波的领导下,浦镇机厂创建"中华工会",反抗工厂当局的残酷剥削和压迫,与英国监工进行勇敢斗争。 1922年秋,浦镇机厂诞生了南京最早的中共组织——浦口党小组。 1923年2月,在两浦铁路工人声援京汉铁路工人的罢工斗争中,王荷波和机厂工人纠察队员,面对荷枪实弹的军警毫无惧色,以血肉之躯卧于铁轨,阻碍铁路运输,直到取得胜利。 为防止当局的迫害,王荷波于1923年离开南京。 浦镇机厂的工会被军阀当局封闭,共产党员、共青团员横遭搜捕。 但是,留下的地下党员们在险恶环境中,坚持斗争。 在五卅反帝爱国运动中,五百多名浦厂工人在党支部书记买雨田的率领下,跨过长江到南京示威游行,禁止当地奸商贩卖英、日货和卖大米给日本兵舰,打击了帝国主义势力。 在国民革命军对南京形成包围之势时,蚁集城内及近郊的军阀部队十几万直鲁联军准备渡江北窜。 根据中共南京地委的指示,机厂党员吕占先和陈兆春乘夜把标语贴到浦口宪兵队部门口,买雨田和许立双等人秘密拆毁了沪宁铁路龙潭车站、津浦铁路洋北门附近的铁轨,割断了铁路通讯线路,阻止军阀的北逃和军事运输。 国民革命军攻克南京后,买雨田又率浦厂纠察队员,用缴获的枪支打击军阀部队,有力支援了国民革命军占领南京。

从中山码头乘小火轮过江后,孙津川独自前往浦镇机厂。

在浦口龙头房,他见到了曾在大革命见过面的杜秀山。 杜秀山又名杜堃,天津人,1924年前后参加中国共产党,时为浦口铁路支部的负责人。 他原在浦镇机厂当工人,后来浦口龙头房干机修。 杜秀山年龄与孙津川相仿,在孙津川担任沪宁铁路总工会委员长时他们就多有联系。

孙津川找到他时，杜秀山正在与工友围在一辆待修的火车头前忙乎着。见到孙津川，他十分高兴，忙放下手中的活计迎了过来。听孙津川说要到浦镇机厂，他又与工友打个招呼："伙计，家里有点事，帮我照应点，我先回走了。"

浦镇机厂与浦口相距不远，三四公里。他们边说边走，步行前往。

路上，杜秀山向孙津川介绍，"四一二"反革命政变后浦口地区的党组织遭受严重破坏。党支部书记买雨田被调到北伐军铁道队任一分队三排排长。但是去后不久，铁道队大队长叛变，他的身份暴露，壮烈牺牲。国民政府成立后，反动当局不仅在工厂设置特务机构，还建立黄色工会。在白色恐怖下，不少地下党员被迫向当局自首登记，有的工作消极，但许多没有暴露的共产党员像火种一样燃烧，坚持地下斗争。

孙津川向杜秀山传达了江苏省委的指示后，两人不约而同地说："我们要团结工友们，起来继续斗争！"

孙津川也曾来过浦镇机厂，对这里的地理还有印象。在龙虎巷机厂大门前，他们巧遇了满身沾满油漆的机厂工人陈兆春和许立双。陈兆春又名陈绍春，南京江浦县人，时年三十四岁，1925年入党；许立双，江苏江都人，时年二十岁，1927年春加入中国共产党，后任浦镇机厂党支部书记、中共南京市委常委兼组织委员。陈兆春和许立双同为浦镇机厂油漆工，机厂党小组成员。

在许立双浴堂街破旧的老房子里，四位党员像老朋友一样叙谈起来。

在国民党新军阀统治下，许多工会积极分子被开除，工人群众处于政治上毫无权利，经济上毫无保障的地位。工人劳动时间延长，工资下降。"二七"罢工和大革命时期，浦镇机厂工人争取来的待遇和福利，在国民党执政后被全部被取消。国民党军官随意打骂工人，反动军警随时可以进厂抓人。工厂又恢复了工头领工派工制度，自大革命前至今工人有八个月的欠薪，到现在也未能发放。大革命前答应每年加薪一次，至今一次也没有兑现。工友们热烈地期盼着回到大革命时期，期盼共产党回到机厂，重新建立红色工会，领导工人与当局作斗争。

鉴于国民党当局对红色工会的绞杀，并在浦镇机厂建立了御用黄色工会拉拢工人，四人议定先以开办工人夜校和工人俱乐部的形式，团结教育工人，待条件成熟时再成立秘密红色工会。

说干就干。当晚在孙津川的支持下，浦镇机厂夜校和工人俱乐部成立方案确定下来。地址选定机厂对面、铁路东面的洋桥口的浦镇老街，教员就聘用当地有一定文化基础的工人来担任。

工人夜校和工人俱乐部，成为党团结教育工人的可靠阵地。

## 62

就在此时，孙津川和周长福的居处发生了变故。

周长福有固定工作，每天早出晚归，而孙津川则没有固定工作，还经常有人来找。来找他的人，有时还与孙津川挤在一起住，又一起吃饭，不免引起房东和邻居的怀疑。

一次房东太太来催收房租时，见周长福家又是人来人往，随即不停地问这问哪。周长福连忙解释说，来的人都是穷亲戚，过一天就走。

由于孙津川在上海时担任过沪宁、沪杭甬铁路总工会委员长，在武汉又参与过全国铁总的工作，接待过全国各地，特别是江苏、浙江、安徽、上海等地因受迫害而流亡的共产党员，熟悉他的人较多。当时，仪凤门是下关进城的要道口，车水马龙，有时一些从事地下工作的同志在外面没有饭吃，也闻讯赶到这里来吃饭。

孙津川知道个人的安危事小，作为据点出了事，就会涉及江苏乃至全党。经过大革命锻炼的孙津川决定必须分头居住，建立一个新据点。他亲自与周长福一道到下关一带去挑选地点，后来选中了仪凤门外、狮子山后的一块空地。 这里距南京车站和龙头房很近，中间只隔了座狮子山。 好在当年荒地较多，房屋建筑也不像今天那样复杂，几根毛竹和稻草搭起来，只要能安顿下来能住人即可。 但毛竹、稻草、木材等材料也必须用钱才能买来。 而当时党的活动费用也十分困难，为了建筑这个简易的房子，他只好与妻子杨晨华商量，把她心爱的结婚戒指送到下关的一家当铺，典当了一笔钱，又让周长福找到龙头房一位工友，合伙盖了两间草房。 一间周长福使用，一间那位工友使用。

新房落成后，未待完全干燥，周长福就搬了过去。 不久，他的未婚妻杨阿会也从上海来到南京，在新房举行了简单的婚礼。

在亲友的帮助下，孙津川也顺利找到了一个新的居处。

新居在北祖师庵49号，邻街小院的一间厢房。 这里离周长福的新居不远，穿过下关至燕子矶的马路，沿田埂小路不多远即到。 北祖师庵位于江南水师学堂南侧至仪凤门之间，紧靠明城墙，南接盐仓桥西街，背靠驴子巷、黄土山，东行不远是横穿南京老城区的京市小铁道，过了马路即是今天的狮子山风景区。

狮子山之所以著名，与中华民族历史上的两个重大事件有密切关联。

这里曾是郑和下西洋的始发地，也是近代中国史上第一个丧权辱国的不平等条约的签约地。

郑和下西洋是中华民族发展史上一件划时代的大事，也是在地方史上具有重大意义的事件。 在明永乐三年，即1405年以后不到二十五年的日子里，三宝太监郑和率领两百多艘海船、两万多人从狮子山下的龙江口出发，远航西太平洋和印度洋，拜访了三十多个的国家和地区。 他先后七下西洋，最远曾抵达非洲东部的红海、麦加。 郑和下西洋，是中国古代规模最大、船只最多、海员最多、时间最久的海上航行，比欧洲多个国家的航海时间早几十年。 郑和的航行之举，远远超过将近一个世纪的葡萄牙、西班牙等国的航海家，如麦哲伦、哥伦布、达伽玛等人，更早迪亚士五十七年远赴非洲。近代学者们在议论到郑和下西洋的历史意义时都认为，郑和时代的中国，真正承担了一个文明大国的责任：强大却不称霸，播仁爱于友邦，宣昭颁赏，厚往薄来。为褒奖郑和航海的功德，同时为供奉郑和从异域带回的罗汉画像、佛牙、玉玩等物品，明成祖朱棣在狮子山下敕建静海寺，并赐名"静海"，寓意"四海平静，天下太平"。

静海寺记载着中国古代对外交往史上的荣耀和辉煌，也记载着衰落和耻辱。

清道光二十二年，即 1842 年，腐败的清政府就是在这里与英国侵略者进行了有关《南京条约》的谈判，订立了中国近代史上第一个丧权辱国的不平等条约。鸦片战争前，中国是一个独立自主的封建国家，英国殖民者为保护肮脏的鸦片走私，对中国发动了侵略战争。道光二十二年，即 1842 年 6 月，英军从浙江沿海北犯，由英国全权公使亨利·璞鼎查和海军司令巴加率领的万余名侵略军，乘坐七十余艘舰船，自吴淞口溯长江西上，于是年 8 月 4 日驶抵南京下关江面，炮口对准南京城。在英国侵略者的武力威逼下，道光皇帝委任耆英、伊里布为钦差大臣，前来南京谈判。因英方提出天气炎热，船上地方窄狭，改在狮子山静海寺内继续会谈。后在停泊在下关江面的英军"康华丽"号军舰上，签订了割地赔款、丧权辱国的《南京条约》。

如今，随着全面建设小康社会的步伐，这一带已建成山、水、城、林、寺融为一体，风景秀丽的风景区。恢复重建的静海寺成为《南京条约》历史陈列馆，得名于明太祖朱元璋、立基于狮子山主峰、雄踞长江北岸的阅江楼，成为响誉中外的全国十大文化名楼，与武汉黄鹤楼、岳阳岳阳楼、南昌滕王阁合称江南四大名楼。然而，当年狮子山一带却到处是破墙残瓦，杂草丛生，污水纵横，一片狼藉。

北祖师庵 49 号的房东姓施，孙津川的姨父王学海曾经在这里住过，因找到了新的住处便搬走了。这是一个邻街的砖混平房，进门有一个院子，院子中间一个门，左侧有一间凸出院内的厢房。房东住在门脸和迎街的大房子里，孙津川夫妇住在院子西南角的一间平房，房屋面积不大，仅一二十平方米，"屋内除了一张床，一张小桌子，两张破椅子外，其他别无他物"。好在房东也是穷苦人家出身，来往的客人不多，倒也安全。

南京文物普查单位的有关同志曾于1983年寻访过孙津川旧居。当年出租给孙津川的老人施文龙说："三十年前，烈士（指孙津川）确实住过我的厢房，和他的妻子女儿三人居住的。烈士之姨父王学海曾住过这里，烈士的母弟杨天寿与我们很熟，所以来住时未写租约。烈士当时在下关龙头房当机匠，人非常好，温和沉静，那年4月我结婚，他还来打麻将的。"

可能是南京的文化遗存太多，多得来不及立项保护就毁损了。虽然有学者多次建议，作为革命文化的见证地，孙津川故居应该保留，但有人说这个砖木结构的老房子没有文物价值，也有人说孙津川在此生活前后不到一年，时间短，该建筑物又与狮子山风景区风格迥异，在20世纪90年代，孙津川居住过的房子还是被拆了。如今，北祖师庵空留下一个街名，49号变成一幢多层的高楼。

但是，谁都不会忘记，就在这个普通的平房里，曾经经常集合着一批年轻的革命志士，他们热烈地讨论着中国革命向何处去，讨论并实践着如何摆脱国民党反动派的压迫和奴役，工人阶级的地位如何改善……

# 第十七章
# 勇于担当，主持南京首届党代会

行走没有速度,只有积累
脚印也在积累
脚是人类的触地点
小的结合,为了向上的努力
——张国凡《理性之外》

**63**

在孙津川的努力下,南京工人运动逐步得以恢复,党组织也得到初步整顿。

这期间,国内革命形势也发生了积极的变化。

宁汉合流后,蒋介石、汪精卫集团为了实现"合作清党""统一党务"，双方进行了一系列酝酿和接触，达成了妥协。但是，由于权力分配和长期存在派系斗争，原来与蒋介石一道积极反共、镇压工人运动的桂系李宗仁、白崇禧对蒋介石排斥异己的做法不满，不再积极支持蒋介石。加之，蒋介石因亲自指挥的津浦线上战事的失败，而陷入困境。蒋介石感到自己的地位还不巩固，随即采取以退为进的策略，辞去了国民革命军总司令职务，回到浙江奉化。不久，东渡日本，与宋家联姻。

蒋介石的下野，加快了宁汉合流的步伐。

9月15日，国民党中央执行委员、中央监察委员临时联席会议在南京召开，会议决定成立国民党中央特别委员会，推定汪精卫、蒋介石、胡汉民等三十二人为中央特别委员会委员，并决定劝蒋、汪迅速来南京就职。次日，国民党中央特别委员会在南京正式成立，并举行第一次会议。

随即，作为宁汉合流的成果——南京国民政府宣告成立，并发表成立宣言，宣称："本政府今后誓当竭智尽能，肃清共党，以拯同胞永脱布尔什维克恐怖之祸，而保持国民革命势力之统一。"

但好景不长，宁汉合流很快又为新的分裂所代替，出现了国民党新军阀混战的局面。10月下旬，爆发了国民党新军阀李宗仁与唐生智之间的宁汉战争。

桂系和粤系军阀在广西、广东等地努力发展；已参加国民党的阎锡山割据山西；冯玉祥则占据陕西、河南和陇海铁路；奉系张作霖仍旧盘踞东北和华北地区，依附于他的张宗昌盘踞山东，继续与国民党政权对抗。四川、贵州、云南也被大大小小的军阀割据。

与南京国民政府成立的同时，年轻的中国共产党实现了斗争形式的转变，展开了轰轰烈烈的武装起义和武装斗争。但是，在国民党新军阀和英、美、日、法帝国主义的的绞杀下，南昌起义、秋收起义不久都失败了。由于党组织的年轻、幼稚，时任中共中央的领导人并没有认识到革命形势已经转入低潮,而是错误地估计新军阀混战的形势,盲目地要求一些地区举行武装起义或暴动。从而,党内的"左"倾盲动情绪逐步滋长起来。

10月23日,中共中央发出《中国共产党、中国共产主义青年团反对军阀战争宣言》。宣言认为当前革命潮流是高涨的,中国革命的客观条件已经具备,党应当汇合各种暴动发展成为总暴动,提出:"我们应当使这种军阀战争变成劳动民众反对一切军阀地主豪绅资产阶级的革命战争,变成反对一切压迫剥削以及帝国主义的战争。我们要一下子消灭一切军阀的战争。"11月1日,中共中央又发出《中央通告第十五号——关于全国军阀混战局面和党的暴动政策》。通告认为,在全国混战的局面下,广东、湖北、湖南、江西、江苏、浙江、山东及北方的工人和农民群众"仍然急遽的革命化","客观上有一触即发,起来推翻一切豪绅军阀政权的趋势"。通告要求,各级党的组织在现时的政策就是发动工农武装暴动,推翻一切军阀统治,建立工农兵士贫民代表会议苏维埃的政权。

孙津川来南京的当月,中共中央临时政治局扩大会议在上海召开。

会议由瞿秋白主持,共产国际代表罗米那兹参加。会议通过罗米那兹起草的《中国现状与党的任务决议案》以及组织问题、政治纪律问题等决议。全盘接受了接受罗米那兹的"左"倾观点,规定了一系列过左的政策,主张没收中外大资本家的企业,"工厂归工人管";农村要组织农民暴动,"极端严厉绝无顾惜地杀尽豪绅反革命派"等。同时,对八七会议后各地武装起义所遭受的失败和挫折不作具体分析,片面地指责起义领导人"犹豫动摇""违背中央政策",犯了"机会主义"的错误,并决定给予南昌起义和湘赣边界秋收起义的领导人及有关省委的负责人周恩来、谭平山、毛泽东等以不同的政治纪律处分。

这期间,为贯彻执行中央临时政治局扩大会议的精神,各地方均不同程度地发生了强迫工人罢工、农民暴动和盲目烧杀等情况,致使党在这些地区一度严重脱离群众。农村的武装起义只有少数取得一定的胜利，多数没有成功，或者根本没有发动起来。包括南京、武汉、长沙、上海等大城市中少数工人和积极分子举行的罢工，也很快被镇压下去。

## 64

11月底的一天下午，在北祖师庵49号孙津川的新居，南京市委召开了第十一次常务会议。会议由吴雨铭的主持，会议主题为贯彻江苏省委整顿党组织的决议，研究如何"在各级指导机关中都必须尽量充实工农分子"，"自下而上全面改造党的组织"，组织发动城市暴动。

不大的堂屋的桌上，摆放着一副竹片麻将牌，杨晨华挺着大肚子带着毛毛坐在门旁，密切关注着四周动静。作为孙津川得力助手的周长福，十分警惕地环北祖师庵周围巡视，做好会议的警戒保卫工作。

参加会议的还有与吴雨铭一道来南京恢复党的工作的罗世藩、苏爱吾及杜秀山等。罗世藩早年参加革命，后与加入"托派"，脱党；苏爱吾原名苏幼农，又名项鼎，四川邻水人，1925年在上海大学加入中国共产党，参加了上海工人三次武装起义，时在江苏省军委负责保卫工作，后被调到四川后，从事工人运动。

吴雨铭首先传达了中共中央临时政治局有关会议的精神，重点传达了《中国现状与党的任务决议案》。他介绍说，党的八七会议以后，革命形势发生了很大变化。蒋介石已经下台，汪精卫在武汉迟迟没有到南京就任，新军阀李宗仁与唐生智之间正在进行宁汉之战，老军阀冯玉祥则占据陕西、河南和陇海铁路；张作霖盘踞东北和华北地区与盘踞山东依附于他的张宗昌，继续与国民党政权对抗。有鉴于此，他说："中央认为，国民党新军阀的统治已经临近总崩溃的边缘，革命形势高潮正在全国掀起。我们的任务和口号是：以城市暴动为中心，反对帝国主义、反对封建主义、反对资产阶级，尽快形成城乡的武装总暴动，直到造成一省或几省的革命胜利的局面。"

孙津川接过话题道:"我来南京前就得到消息说,近来全国各地的武装起义不断,南昌、广州和湖南、湖北、湘赣边界等地都陆续发生了我们党领导的武装起义。我们要根据中央和省委的要求,乘军阀混战之机发动武装起义,争取像俄国十月革命那样,推翻国民党政权,建立全国苏维埃政权。"

"为了实现这一目标,江苏省委最近做出了党的组织问题、政治纪律问题的决议,要求我们迅速开展自下而上的整顿,在党内坚决清除意志不坚定的分子,建立强有力的南京党团组织,领导人民起来与国民党反动派作最后斗争,迎接革命的新高潮!"吴雨铭接着又说,"如何贯彻中央和省委的决议,组织南京暴动,请大家都来发表意见。"

由于前不久市委组织的南京暴动,因为国民党发觉而告失败,罗世藩、苏爱吾都认为,再组织暴动条件不够成熟。

杜秀山汇报了浦口铁路党支部和浦镇机厂的情况,他说:"浦口党支部自津川同志到厂发动以后,工人革命运动逐步得到开展。大革命失败后,有不少党员向当局申明退党,一部分党员虽然没有退党,但动摇、怕事,不大参加活动。当然还有一些坚定分子,愿意继续革命,如许立双、陈兆春、吕占先等工友,通过夜校教育,还有一部分工友积极向党靠拢,现在已恢复了机厂党小组,党员陈兆春为组长。所以,我认为开展组织整顿很必要。但是马上组织罢工,或者说武装起义有些困难。"

与会同志结合南京党团组织的现实情况,围绕南京暴动的组织发动、人员武器、目标后果进行了细致分析,形成了积极工作,创造条件,做好武装起义准备的统一意见。

贸然组织南京暴动,势必会给正在恢复重建党组织带来极大的破坏和影响。

吴雨铭也表示,目前在南京组织城市暴动的条件暂时不具备。

对于不能贯彻执行中央关于组织南京暴动的号召,孙津川感到十分内疚和自责,感到肩负担子的沉重。他说:"为了调动党员的工作热情,发展工人运动,实现城市暴动的任务,建议在进行党员重新登记的同时,适时建立健全市委的组织机构,召开党员大会。"作为一名成熟的革命家,孙津川又说:"请雨铭同志即时向省委报告,使我们的各项工作得到省委的支持。"

经过讨论,会议在分析南京党组织状况的基础上,决定本日起至12月3日,为市委以下各支部的改组时间,12月4日为"改组市委日",改组的时间服从问题的解决进度,争取有效克服和解决登记的党员革命斗志衰退及党员干部中普遍存在急躁情绪和右倾投降思想的问题,清除党的不良分子,纯洁党的队伍,产生新的支部领导人。

在江苏档案馆卷宗中,一份成稿于1927年12月5日的发黄的《南京来信》详细介绍了会议的情况。《南京来信》中说道:

我们在这两月来的恢复南京党的组织(过程中),是要使领导同志(们)工作起来,使整个党行动起来,但我们实际所得的(情况)确实完全失望。……就以上种种(情况)看出南京的党,是刻板的死的党,是少数人包办的党,不是整个行动的党,南京党的同志都是光杆的,没有群众的不工作的党……不改组而如此下去,南京的党只有一天天堕落下去,终至于销(消)灭没有。

信的末尾,还有若干名出席会议代表的签名。由此看来,通过孙津川缜密的调查研究发现,当时南京的党团组织的确存在不少问题,在一些重大问题上党内存在着分歧,孙津川是不满意的。特别是"南京的党,是刻板的死的党,是少数人包办的党",明显带有针对性,指的是谁? 是否就是当时南京市委的负责人——吴雨铭? 很难判断。但是,从来信和日后的工作中不难看出,孙津川强烈的责任意识、大局意识、政治意识,以及为恢复和发展南京市委工作的强烈的担当意识。

会议讨论正在热烈之时,突然杨晨华让毛毛跑进屋内,叫道:"周叔叔,有人找你!"会场立马紧张起来,响起哗啦哗啦的麻将声音。

周长福连忙从绑腿布里拔出匕首,走了出来。

原来虚惊一场,是他的夫人杨阿会来告诉他一个上海工友在家里等待了许久,让他早点回去。

市委常务会后,全市各个支部按照市委的布置,迅速开展了党员登记工作。 为帮助基层准确领会市委工作会议的精神,孙津川亲自来到浦口和金陵制造局,与所在地党支部共同商量开展工作。

两浦(浦镇、浦口)地区是大革命以来中共组织的活跃地区之一,一直发展比较快。 1927年初有6个支部,党员近百人,支部和党员数占中共南京地方党组织的一半左右。"四一〇"遭受国民党破坏后,支部萎缩到2个,其中一个为流动的铁道队支部,一个为津浦铁路支部。

"为了便于开展工作,"孙津川与杜秀山商量说,"不计较党员人数,铁路支部分为3个支部如何? 浦镇机厂工运基础较好,专门成立一个支部,浦口轮渡码头成立一个支部。"

杜秀山立刻说:"可以。 虽然轮渡所、浦口车站与浦镇机厂同属于铁路系统,但联系不太方便。 浦镇机厂党员人数较多,单独成立一个支部,有利于机厂工运的发动。"

"各支部的党员要重新审查,对表现不坚定的分子,不必再征求意见,不登记就可以了。 要保证登记党员的质量,宁可少一些,防止意外事件的发生。"

"好,"杜秀山答道,"我再分别找几个骨干商量一下。"

金陵制造局是孙津川做童工的地方。

国民政府定都南京后,制造局与上海兵工厂合并,改为上海兵工厂南京分厂,简称南京兵工厂。 大革命时期,在中共南京地委的领导下,浦镇机厂共产党员梁文志来工厂开展工人运动,建立了制造局党支部和红色工会,经过斗争,工人的工资福利得到改善。 在迎接北伐革命军的日子里，工人们还成立了工人纠察队，参加全市集会，各项工作蓬勃开展。"四一〇"惨案以后，国民党制造白色恐怖，工厂工人运动同样遭到了镇压，许多共产党人遭到捕杀，梁文志和没有暴露的党团员相继被迫离厂。

当孙津川通过关系找到工厂党支部书记梁文志家时，梁文志因营养不良，操劳过度，正伤寒染身，卧床不起。

梁文志强忍着病痛，撑起身子，招呼妻子给孙津川让坐。

看到梁文志羸弱的身体，一贫如洗的家境，孙津川心痛不已，从口袋里掏出仅有的一元钱塞给梁文志，转身又问同去的苏爱吾："带钱没有？"

苏爱吾好不容易翻出了几张中国银行的纸币说："就这么多了。"

"好，一齐给他吧。"孙津川又掏出随身带来的两本小册子，让梁文志在养病期间阅读，嘱他安心休养，有困难再找他。

见孙津川为兵工厂的工作着急，梁文志赶紧说："兵工厂的工作，你们可以找何正泉商量一下。 早先我在工厂时他是共青团员，是姚佐唐年前发展的新党员，年轻、政治热情高，也是刚从铁道队回来的。"停了一下，他又说，"他家与孙家的老宅子相邻，在兵工厂南面的南宝塔根一带。"

梁文志提到的铁道队，是北伐时期由中共党团组织建立的武装组织，队员都是铁路工人，既会开火车、修火车、修铁道，又会打仗埋地雷，主要在浦口至徐州一带活动。 铁道队名义上直属国民革命军总司令部，实际上受南京地委领导，全队有党员七十多人，团员数十人，分属于不同的组织体系。 因而，在该队队长王润生叛变，买雨田等党、团员被敌人捕杀后，梁文志、何正泉等没有暴露，伺机逃回南京，梁文志改名唐艮海，何正泉化名滕炳炎，进了兵工厂。

孙津川找到何正泉家时，天色已晚，何正泉一家正准备吃饭。

见到孙津川一行，何正泉十分高兴，忙对他的父亲说："这是我铁道队的同事，想办法添个菜，再打壶酒。"

何父见到孙津川似曾相识的面孔说:"好像很面熟嘛!"

得知何父也是兵工厂的老工人,与孙多儒认识,何正泉也曾在兵工厂做过童工,孙津川十分高兴地说:"这么说来我们都是老同事,这杯叙旧酒该喝!"

在何正泉家,四个人边吃边聊。

行前,孙津川简要地向何正泉传达了日前召开市委工作会议的精神,他说:"为了开展工作,市委打算将南京划分为东、南、西、北、中五个区,由城南区兼管兵工厂的工作。因老梁身体不好,建议由你担任城南区的临时党支部书记,抓紧进行党员登记,不知道你有困难没有?"

何正泉说:"感谢组织上的信任,我一定按照市委的要求开展工作。"

## 65

野火烧不尽,春风吹又生。

12月4日晚,在浦镇机厂西门对面的一个山坳里,南京市委召开了党的代表大会。

由于特定的历史条件,此前南京党组织的负责人均为上级党委委派或指派。在这次党代会前,吴雨铭与孙津川一起,根据江苏省委的要求,克服困难,发扬党内民主,认真制定了会议程序和主题,并报省委批准。

为吸取"四一〇"惨案由于事机不密、遭国民党破坏的教训,这次会议特地选择在远离市区浦镇的一个山坳里召开。天刚擦黑,分布在全市各系统的二十五名出席会议的地下党员,在交通员的引导下来到鸽子山附近。鸽子山实际是一个丘陵山包,绿树成荫,山南散聚着浦镇机厂的工人,山北人烟稀少,远离当局的视线,大革命时期浦口党组织多次在这里召集会议。原定开会时间到了,但江苏省委的代表迟迟没有赶来。"可能遇到特殊情况,我们开始吧。"吴雨铭对孙津川说。

正式开会前,经民主议定,孙津川为临时会议主席,主持会议。

一块略显平整的大块片石自然地成为会场的中心。

没有主席台,也没有座椅、板凳,没有茶水,更没有水果茶点。参加会议的代表有的依靠在小树旁,有的蹲在片石旁,一盏忽明忽暗的煤油马灯在寂静黑暗的山坳里,显得格外耀眼。

孙津川宣布了会议的议题,正式开会后,全体代表自动起立,脱帽,为缅怀在"四一〇""四一二"事件和大革命中被国民党反动派杀害的死难烈士,静默五分钟。

静谧中,孙津川带头轻声唱起《国际歌》:

起来,饥寒交迫的奴隶!起来,全世界受苦的人!满腔的热血已经沸腾,要为真理而斗争,旧世界打个落花流水!奴隶们起来,起来,不要说我们一无所有,我们要做天下主人,这是最后的斗争,团结起来到明天,英特纳雄纳尔就一定要实现!这是最后的斗争,团结起来到明天……

浑厚、低沉但充满力量的歌声在旷野中激荡。

会议第三项议程是共青团代表致辞。 刚刚参与市委工作并领导宜兴农民军起义的史砚芬代表团市委向中共南京市代表大会致贺辞。

史砚芬,化名严文,江苏省宜兴人,时年二十五岁,1927年春加入了中国共产主义青年团,大革命中转为中国共产党党员,并任共青团宜兴县委书记。 大革命失败后,史砚芬仍以满腔的热情,忘我工作,先后参与了宜兴县委发动的"教师索薪""反对农民掏粪捐""双十节驱逐国民党县长"等活动。 同年11月,震撼大江南北的宜兴农民暴动打响,作为这次暴动的副总指挥,史砚芬参与组织和领导了这次农民暴动。 暴动失败后,史砚芬开始在共青团江苏省委工作,并任宁沪线巡视员。

共青团代表致辞后,吴雨铭宣读并传达了中共中央临时政治局关于《中国现状与共产党任务决议案》。

会议代表围绕《中国现状与共产党任务决议案》和江苏省委的决议展开热烈的讨论。有代表当场对此提出异议,认为现在主观力量太弱,立即暴动是做不到的;有人认为,现在的首要任务是加强组织建设,广泛发动和动员群众,提高人们对革命的认识;有人说,国民党像一潭污泥浊水,旧的不去,新的不来,只要鼓足勇气搞暴动,才有夺取政权才有幸福可能;还有人激动地说,暴动可能会有失败,可能会有牺牲,但只有这样才能动摇国民党统治的基础,才有可能推翻反动政权,只要一些城市或一些地区胜利,就是革命的胜利,表示完成赞成中央的决议。

由于多数代表存在着对国民党白色恐怖的极端仇恨,产生浓厚的"左"倾急躁情绪。所以,会议最后议决:"完全接受中央的决议。"

会议的另一个主要议题是选举。

经过讨论,与会者一致通过吴雨铭、孙津川、史砚芬、王澄、滕炳炎(何正泉)、杜秀山、陈凤彩、路大奎、杨明清、罗世藩、丁发武、苏爱吾(苏幼农)、王崇典、周长福、周长植、李鸿彦、宋震寰等十七人当选为市委委员。其中工人八人,农民一人,知识分子八人。市委分工:书记吴雨铭,组织委员罗世藩,职工委员孙津川,农民委员宋震寰,军委委员苏爱吾。

会议围绕大家关心的其他问题进行了热议。

1984年5月,中共南京市代表大会即将召开之际,南京市委收到了江苏省委办公厅《关于同意将新中国成立前后召开的中共南京市代表大会连续计算届次》的函件。这样,按照党的章程和有关规定,由民主选举产生代表,于1927年12月4日召开的代表会被定为南京首届党代会。

党代会结束后不久的次年初,由于工作消极,意见不合,吴雨铭被调任省委任巡视员,经省委批准,孙津川任南京市委书记。根据省委关于"艰难困苦地集聚无产阶级的力量""发展工农日常斗争"的策略，南京市委领导广大党员和群众骨干，紧紧抓住与人民群众紧密相关的生产生活问题，开展了以经济斗争为主的群众运动。

在孙津川的领导下，周长福与龙头房工友王德保、严阿寿、杨天寿等人建立了兄弟般的友谊，经过考察，不久分别加入党的组织。后来又陆续发展了陆祥生、王德坤等加入党的组织。市委将他们与从上海吴淞机器厂转来的工人党员编成一个小组，由市委委员周长福当组长。由于他们都在铁路系统工作，在火车站和沪宁线上有诸多关系，而江苏省委机关当时还在上海，党小组承担了转送上海、南京间党的机密信件的传递工作，成为江苏省委与南京的重要管道。

江苏省委从上海让交通员带来的信函、物品先放在周长福家里，然后由周长福或杨阿会递送给孙津川。为了动员市民的反抗精神，开展革命宣传，根据孙津川的指示，周长福买来一架油印机，在他的住处悄悄油印起传单，然后分发给党小组成员。这些地下党员利用铁路工人身份，在车站上进出方便的条件，穿着职工制服，经常在车站、客车厢里、货车厢上秘密地散发和张贴传单。有时，甚至连当局大员乘坐的专车里也被塞进一些传单，使党的声音广泛传阅，鼓舞人民群众与国民党反动派斗争的信心。

不久，他们还成立了两路工会京（宁）沪铁路工人分会，领导铁路工人开展经济斗争。如，向当局"要饭钱"和"要皮鞋钱"的斗争。

孙津川和有关同志经常来到浦镇机厂工人夜校，亲自给工人们上课，传播革命知识。有时，市委联系的学生党员和进步青年也到校给工人们上课。党支部乘势积极开展工作，加强在工人中的宣传教育，带领群众同国民党当局作斗争。不久发展了张学堂、袁德鸣、袁德昌等人加入党的队伍，浦镇机厂的工人运动得以重新开展。党支部以"西披"（CP）、"西外"（CY）作为同志之间的接头暗号，经常在浦镇三元庵、点将台等地进行地下活动。"钓鱼"也是党支部集会的行动暗号，他们经常以钓鱼作掩护，在乡间水塘边、僻静河岸旁交换厂里斗争情况，讨论斗争策略，接受党支部交给的任务。

1928年2月24日《江苏省委华字通告第一号》档案记载，受到极大摧残的南京工农群众运动，从此开始复苏。中共南京市委给江苏省委的报告上，对以上情况作了分析，认为只要党的策略正确，革命是有希望的。

事实说明，大革命失败后南京共产党组织虽然受到极大的摧残，但是共产党人和人民群众并没有被敌人的残暴所吓倒，他们揩干净身上的血迹，掩埋好同伴的尸体，又继续战斗了。

# 第十八章
## 克勤克俭,战友情深

> 是谁把握着这场小雪
> 又是谁在这场小雪里
> 和醒着的灵魂悄然对话
> 当他置身于这场小雪之中的时候
> 双眼写满了宁静的绿和洁白的碑
> ——张国凡《理性之外》

### 66

1928年初,又一个龙年的春节就要到了,这是大革命失败后的第一个春节。

1月23日是农历戊辰年正月初一,南京街头仍丝毫看不出一点节日的气氛,只有一些小商小贩沿街叫卖着冰糖球、五香干。

孙津川带着周长福冒着刺骨的寒风,迎着漫天飘洒的雪花,从下关沿着秦淮河向南急行,不一会儿他们的头上、脸上就沾满了雪花。昨晚,他们得到消息说他们的老上级、著名工运领导人、八七会议后担任中共中央北方局书记的王荷波在北京被军阀张作霖杀害了。

孙津川和周长福对王荷波非常敬仰,这不仅因为他们都是出身于铁路系统,更重要的是在组织和领导上海工人第三次武装起义时结下的友谊。 而王荷波的弟弟王警东又是孙津川的入党介绍人之一,更加深了他们之间的情谊。 早在1923年6月,在王荷波任中共上海区执行委员会委员长和全国铁路总工会的总干事、委员长后,孙津川就与他多次交往,相互仰慕。 在武汉召开的中共第五次全国代表大会上,王荷波当选为中央监察委员会委员,后又出席了中共中央在汉口召开的紧急会议,并当选为临时中央政治局委员。 此间,由于各自繁忙于工作,很少碰面。 1927年10月18日因叛徒出卖,王荷波在北京遭军阀张作霖逮捕,狱中受尽酷刑,坚贞不屈,次月11日深夜,被杀于北京安定门外。

得到王荷波遇难的消息后,孙津川难过之极,悲愤难忍。 在上海,他就听王警东说过,为躲避军阀当局的追捕,1923年王荷波一家就从浦镇南门搬迁到南京,开始住在定淮门一带,后又随王荷波去上海,大革命失败后,王荷波在武汉、天津、北京等地四处奔波,其夫人来到武定门东的娘家暂住,家中还有尚未成年的2女1子。

"不知大嫂知道王大哥牺牲没有,家搬了没有? 他的孩子怎么样了?"一路上,孙津川与周长福不停地议论。 当年,不像现在烈士的家属都由政府承担,树碑立传,给予抚恤,那时一旦牺牲,除了亲友们相互关心和慰问,主要就靠自救。

靠一名船工的指点,孙津川终于在武定门东小心桥旁找到了王荷波妻儿居住的茅屋。

茅屋位于武定门明城墙的脚下,屋后就是横穿南京老城区的秦淮河，茅屋前后只有两间，周围是高低错落的平房，多数都是草房。王荷波的妻子高一德和两个女儿都戴着重孝，围坐在前屋写有"先夫王荷波之灵"的小桌旁。

孙津川知道，他们已得知荷波遇难的消息了，进门就跪倒在小桌前。

"可怜的人呵，到现在还不知道他的尸骨在哪里……"高一德哭泣着对孙津川说。

孙津川呜咽着说："大嫂，不要太难过了，大哥是为革命而牺牲的，是为普天下受苦受难的工友们牺牲的，他的死是值得的。"

周长福说："血债总要血来还，我们一定要为大哥报仇！"

"革命成功后，我们一定要为大哥和众多死难烈士们修建一个纪念馆！眼下的困难，会过去的，还有我们众兄弟和南京市委。"

孙津川抓着只有五六岁的王球珍的小手，关切地问："怎么不见侄儿，大概有十岁了吧？"

高夫人说："荷波离开南京时就送到福州老家去了。我也三四年没有见到了。"

交谈，勾起了高一德心底的伤痛和思念，她几番言语想回福建老家看看儿子，但是又顾虑重重。

孙津川当即承诺一定给予协助，尽快实现她的这一愿望。

离开高一德家时，孙津川留下了众工友募捐而来的几十元钱，谆谆教导王球珍和王球珠不要忘记今天的一切，要坚强地长大成人，继承父亲的遗愿。

时隔不久，他专门抽出时间亲自送上火车票，并将她送到下关火车站。周长福将高一德送上火车，特意找到一名熟悉的列车员，嘱他一路给予照顾，让高一德顺利返回福州。

值得追叙的是，无论是战争年代，还是和平时期，王荷波的后代都始终牢记父亲和孙津川的嘱托，低调做人，勤勉工作，清廉自持。其长子王夏荣长大后承继父志，抗日战争初期就在共产党领导下勇敢地参加抗日救亡工作。 南京沦陷时，在家养伤的王夏荣被日寇逮捕，捆绑在灯柱上烧死，殉难时年仅十九岁。 全面抗战爆发后，王荷波的弟弟王警东根据周恩来的嘱咐，将王荷波的一双女儿送到革命圣地延安，在党的培养教育下成长起来，两姐妹先后入党，在平凡的岗位上恪尽职守，不给党添任何麻烦，不搞特殊化，不打革命烈士的旗号，直至退休。 大女儿王球珍后更名王晓珍，中华人民共和国成立后与王荷波夫人住在南京，任职于南京中国银行做一名普通干部。 二女儿王球珠后更名王修竹，中华人民共和国成立后，在北京邮票厂工作，至离休也还是普通干部。

　　回来的路上，孙津川又交代周长福有空时常来看望一下王荷波的家人，在可能时多关心一些生活有困难的地下党员。 他不无感慨地对周长福说："最近一断时间，我时常想起宋代诗人文天祥的《过零丁洋》，'辛苦遭逢起一经，干戈寥落四周星。 山河破碎风飘絮，身世浮沉雨打萍。 惶恐滩头说惶恐，零丁洋里叹零丁。 人生自古谁无死？留取丹心照汗青。' 假若我哪天不在了，请多关心一下毛毛，教育她长大后要继续革命，告诉晨华早点嫁人，但要嫁给自己人。"

　　周长福笑着说："你怎么一下伤感起来了，忘了晨华嫂肚子里的孩子啦，这可是个男孩儿哟！"

　　孙津川也想起他家邻居阿婆说过的戏言，高兴地说："对，晨华是快生了。 连孩子的名字都想好了。"

　　"什么名字？"

　　"名字叫'安雷'，我们就像是埋在国统区的炸弹，安在国民党脚下的炸弹！ 一旦他发现，就炸他个人仰马翻！"孙津川爽朗地大声笑着说。

## 67

　　孙津川对同志关怀备至，但自己的生活却非常俭朴，对自己、对家庭关心甚少。 实际上，孙津川十分疼爱孩子和妻子的，每次出门都要抱抱孩子,教导前妻留下的孩子要称呼杨晨华为妈妈,要听妈妈的话,不要惹妈妈不高兴。 由于经费困难,他们在生活上克勤克俭,经常饥一顿饱一顿。 吃饭时,总是先孩子、再妻子,最后才是自己。 在外工作,有时实在太饿了,就随便买个桃子或黄瓜充饥,连烧饼都舍不得买,以致大人孩子都显得面黄饥瘦。

春节前的一天,他顾不上家里怀孕待产的妻子和年幼的孩子,又应约到和记洋行开辟工作,回到家时天色已近深夜。

女儿毛毛还蹲在北祖师庵的家门前,四处张望。

见到父亲回来,毛毛三步并两步地奔过来,边跑边说:"妈妈生宝宝了!"

幸好,早在几天前,孙津川已嘱咐杨阿会没事的时候来帮助照顾一下。 如果不是杨阿会,杨晨华今天真不知怎么办是好。

在杨阿会的张罗下,杨晨华顺利生产,果然是个小子。

对于小安雷的出生,孙津川十分开心,特地在街上买来平常舍不得买而晨华爱吃的小鱼小虾和筒子骨,熬制成可口的浓汤,端到晨华的床头,看着她一口口吃下。 每次出门,都要再和小家伙亲热一下才出门。

杨晨华虽然没有文化,不懂得多少革命的道理,但自从结婚后,在孙津川的帮助下,她逐步理解了孙津川从事的工作是帮助天下穷人求得解放的,是为谋得人类进步的大事业,于是无怨无悔力所能及地做些辅助工作,从不让津川为生活上的事和孩子操心。 她竭尽所能地做好家务,变着花样将普通蔬菜做成孙津川爱吃的可口菜肴。 她是南方人,知道孙津川爱吃辣,没有辣椒就吃不下饭,上街买菜时,篮子里总少不了辣椒,自己也学着吃起辣来。

虽然他们搬到新居,但周围环境依然十分险恶,街头巷尾到处都是国民党的便衣侦探。 她知道,孙津川的工作是当局和便衣侦探的死对头,随时有掉脑袋的可能,每当她家周围出现一些不三不四的人,她就把这种现象同孙津川的工作联系起来,时常因丈夫的安全受到威胁而不安。

听了妻子的提醒,孙津川总是乐呵呵地对她说:"保持警惕是需要的。但是坏人总是少数,我们脸上没有写上'共产党'三个字。普天下受苦受难的老百姓都是我们的朋友。为了在中国建立苏维埃政权,现在我们吃点苦,受点难,哪怕流血牺牲也是应该的。"

为排解妻子的忧惧和担心,每当说到这时,孙津川就搂着毛毛唱起他拿手的京剧《苏三起解》:"苏三离了洪洞县,将身来在大街前。未曾开言心好惨,过往的君子听我言。哪一位去往南京转,与我那三郎把信传……"

听到女儿唱的《城门城门几丈高》儿歌,他灵机一动以《打倒列强》的曲调填词编了一首《烧饼歌》教会了女儿:"烧饼油条,烧饼油条,脆麻花,脆麻花,两个铜板一个,两个铜板一个,真公道,真公道……"这首歌,很快在街坊的小朋友们流传开来。

一天傍晚,孙津川和市委的几位领导在家中议事,讨论如何贯彻省委文件的精神。他的爱人杨晨华像往常一样,把尚未满月的儿子被窝掖好,连忙又赶到门外望风。

她全神贯注地观察着会场周围的动静,一刻也不敢大意,又要忙着给大家准备晚餐,待孙津川提醒她去看看孩子时,谁料被子压到了小安雷的脸上,因没有及时发现,捂的时间过长,以致窒息而亡。

望着安雷没有血色的小脸,杨晨华心痛不已,搂着安雷的尸体久久不肯放下,痛哭流涕,悲伤欲绝。

接连好几天,她一口饭也吃不下,大病一场。

为了减轻爱人的心理压力,孙津川宽慰杨晨华说:"不要太难过了,可能他是不该这时出生的人,今后我们可以再生一个。但这笔账要算在国民党反动派的头上!"

后来,迫不得已,孙津川又将母亲孙华氏从上海请来南京住在一起,以便相互照顾。

面对儿子的早逝,孙津川也十分难过和惋惜,但他强忍心头的痛苦,每天像往常一样,夜以继日地拼命工作,借以减轻心中的苦痛。

一次,隔壁又搬来一户在国民政府做事的人家,细心的杨晨华又担心起来,心疼地望着孙津川凹陷的眼窝、消瘦的面颊,不时地提醒他:"注意身体,早点回家,出门要四处望一下,当心国民党特务。"

## 68

金陵机器制造局改为上海兵工厂南京分厂后,国民政府任命蒋介石的亲信张群为兵工厂厂长,陈钦为南京分厂厂长。陈钦是镇压工人运动的老手,到任后立即解散了工厂红色工会,组织起黄色职工自治会,并玩弄阴谋诡计诱捕了原工会负责人。当局在制造白色恐怖,捕杀共产党人的同时,还想方设法克扣工人工资,欺压工人为他们卖命。人民群众怨声载道,逐渐认清了蒋介石的反革命真面目,认识到只有共产党才是人民的救星。当时,工人中流传着这样一首歌谣:

祸国殃民孙传芳,横行霸道张宗昌,

革命叛贼蒋介石,唯一救星共产党。

在南京市第一次党代会上,何正泉被选为市委委员,分工负责包括兵工厂在内的城南区工作。在市委领导下,城南区党支部的工作重点放在兵工厂,动员工厂的党团员振作精神积极开展工作,团结群众,筹组工会,为改善劳动条件和生活待遇开展斗争,在斗争中逐步发现和培养工人骨干,审慎地发展地下党员。

为推动工运发展,孙津川经常抽出时间,来到兵工厂工人和家属中调查研究,开辟工作,鼓励他们团结起来与统治阶级作斗争。

一次,城南区党支部在老君庙召开党员和工人积极分子座谈会,孙津川也参加了。看到不少新面孔到场,他非常高兴,不停地与大家打着招呼。针对一些工友认为自己命不好才今世受苦受累的问题,善于动脑筋的孙津川有备而来。

"今天我教大家认识两个字。"说着,他从口袋里拿出了硬纸板做的字型，左手拿一个"工"字，右手拿一个"人"字。他又说："这是'工'字，这是'人'字，两个字拼在一起就是个'天'字，说明什么？ 这就告诉我们一个道理，只要工人们兄弟团结起来，力量就比天大，什么事都能干成！ 什么困难也不怕，谁敢反对我们，我们就有力量消灭谁！"

孙津川生动的演绎和朴素的语言，调动了现场的气氛，鼓舞了与会者的热情。 他又说："工人为什么受苦，主要是我们没有团结起来，只要我们团结起来，什么力量也抵挡不住。 大家知道，大革命时我们浦镇机厂、和记洋行的工人团结起来与当局作斗争，这才争取了工资增长，改善了福利。 兵工厂在张宗昌当政时，也是由于工人依靠工会，团结斗争，争取了工人的一些胜利，像这样的例子举不胜举。"

听了孙津川的讲话，大家异口同声地说："说得对，就应该这么办！"

在城南区党支部的努力下，1928年初秘密成立了兵工厂赤色工会。 成立之时，孙津川代表南京市委会上讲话，鼓励工友们进一步团结起来，继续进行合理合法的斗争，争取为工人群众谋取更大利益！

赤色工会成立不久，根据工人要求，组织和领导一场反对厂方挪用工资的斗争。

孙津川十分重视兵工厂赤色工会领导的第一次斗争，亲自参加了研究和部署。 他说："工会刚成立，为了调动会员的积极性，这次斗争只能成功不能失败！ 由于工会的力量还不足，工人大罢工的条件还不足，但只要目标明确、具体，取得斗争胜利的可能还是很大的。"

"斗争的目标就提补发前三个月的欠薪，容易得到工人们的响应！"何正泉斩钉截铁地说。

"工人拿不到薪水，没有饭吃，当局悖理，他没有理由不答应！"

"选两名会说话的积极分子领头，工人跟在后面。"

"行，就这么定下来！"

第二天，数百名工人在乔盛亮、鲁纪亮等人的带领下，来到工厂办公室门前，提交了要求补发欠薪的呈文。文后，密密麻麻地写满众工友的签名或画押。

黄色工会的头头匆匆赶到现场，在工人们的呼喊声中，也不得不和工人代表站在一道与当局交涉。

在愤怒的工人面前，兵工厂厂长陈钦不得不派财务总监出面安抚，当面承诺尽快足额发放欠薪。

由于讲究斗争策略，这次补发欠薪的斗争最后取得胜利。

按照市委的要求，城南区党支部还动员党员和工运骨干积极搜集兵工厂的制造、运输情报，积极参与全市性的红色宣传，贴标语、撒传单，开展了一系列的活动。随着兵工厂的工人运动不断发展，党员队伍不断扩大，除乔盛亮、鲁纪亮等人外，新增加的党员有何正仁、萱传宝、陈德有、戴长福、夏长林等人。党支部还在厂里组织了一支足球队，吸引了一批进步青年和足球爱好者参加。每到踢球休息时，党员骨干就有意识地宣传团结斗争的道理，利用多种形式教育工人。

## 69

在孙津川的关心支持下，和记工厂和浦镇机厂于1928年初也分别建立了秘密的赤色工会，并成立了党支部。

和记洋行位于下关宝塔桥，是英商韦斯特兄弟在下关开埠开办的第一家外国工厂，是当时南京乃至全国最大、最现代化的食品加工厂。清代末年，他们在汉口和记蛋厂获取了巨额的利润后，为在中国牟取更大的利益，在此兴建和记洋行，金川河以西为办公区、加工区，金川河以东为养殖区的格局。每到生产旺季，和记洋行日屠宰生猪达三千头左右，加工鸡鸭两万余只，蛋制品产量一百余吨，最高达三百吨，年产量五万吨，雇佣中国工人达四五千人，最多的时候达万余人。因而，南京党组织一直把和记洋行作为反帝反封建的前沿，十分重视在这里开展斗争。

五卅惨案发生后，在中共党员宛希俨、曹壮父等人的领导下，和记洋行成立了罢工委员会和各界救济罢工委员会。罢工委员会在和记洋行厂门口贴出布告，宣布全厂总罢工。全厂五千多工人编成十个大队走上街头，举行游行示威。公开向厂方提出组织工会、废除包工制、合理发放工资、职工劳保福利保障等十三条要求，作为谈判复工的条件。英商拒不接受工人的要求，动用武力相威胁，并让停泊在和记洋行码头的英军舰上的水兵进驻工厂，威吓工人。罢工开始后，洋行码头、货栈的货物因无人打理，在烈日的暴晒下，腐烂变质，臭气弥散；冷库里上万吨的肉蛋由于无人发电开始化冻变质；栏内的鸡、鸭、猪也无人喂养，损失惨重。直到7月中旬，在南京商会、下关商会的调停下，和记洋行被迫接受了大部分复工要求，并由和记洋行正式签章发文。这次大罢工，共坚持了四十二天并取得了胜利。

大革命失败后，和记洋行的党团组织也遭到破坏，工人运动处于停滞状态。经孙津川的调查和组织整理，指定刚从上海调来不久的邓定海为书记，支部成员共七人。

邓定海，湖北黄陂人，从小随父母流落南京，十一岁就进和记洋行当童工，1922年因仗义怒斥英国监工辱侮工友被开除，后在上海日商同兴纱厂做工，在五卅高潮中加入共产党。1928年春，因领导工人组织"杀狗队"，打死了封建把头，调来南京。和记党支部建立后，通过组织兄弟会、姊妹团、赤色工会，领导工人开展了一场反对黄色工会强收会费的斗争，联络和团结了一批积极分子，使工人运动得以开展，获得抵制黄色工会的胜利，发展了徐云禄、宋如海、周汉卿等一批新党员。

为防止敌人的破坏，促进工人运动的发展，在浦镇机厂、和记洋行、城南党支部重建后，孙津川多次前往各级支部，告诫市委委员和支部负责人，在工作中要注意团结教育工人群众，利用秘密成立的赤色工会，揭露黄色工会破坏工人团结、出卖工人利益、充当资产阶级御用工具的卑鄙行为，不断壮大革命力量。

工人运动由恢复组织逐步转向发动斗争的新时期。

南京黄包车夫、码头、电话、轮船、人力车夫、店员、泥瓦匠、手工业者等工人集中的地方，以经济斗争为主的革命运动迅速发展。

当年2月，在机厂党支部的领导下，浦镇工厂再次举行工人罢工。

在此之前，工厂曾两次与厂方交涉补发欠资及加薪，都被厂方搪塞过去，这次罢工开始后，工人推派十二名代表持联名公函，再次提出补发欠资及加薪要求。

黄色工会头头赶到现场，威胁罢工工人说："你们不要闹。再闹，部队就要来抓人了！"

群众理直气壮地回答说："军阀时代都照例加薪，现在挂了青天白日旗，我们要求还欠、要求加薪不犯法！"

那位自称代表工人利益的黄色工会头头只好说："有什么要求，我们可以代为转告。"在动员起来的工人群众面前，当局被迫答应一周内将给予答复。

为防止厂方耍弄新花样，揭露厂方延宕的阴谋，孙津川随即与工厂党支部成员共同分析形势，通过成立"机厂工人加薪委员会"，召开新闻发布会，函请社会各界同情等方式，加强谈判力量，防止工贼的破坏。

"加薪委员会"由年龄较大、群众威信较高的党支部成员李兆春出面召集，同时印发了机厂加薪的宣传单，广而散发，扩大宣传，并将谈判的每一点进展随时告诉群众。由于坚持有理有力地斗争，最后迫使厂方补发了工人的欠资，取得了预定的罢工成果。

# 第十九章
## 深入农村，领导与"黄枪会"的斗争

> 完全是为了旋律
> 为了旋律的组织，为了旋律的光芒
> 希望挣脱黑暗
> 把苦难托起
> 使历史与土地结伴而行
> ——张国凡《理性之外》

### 70

春节刚过的一天早晨，一名穿着短衣小袄的年轻人突然来到北祖师庵49号。

"报告一个好消息，"来人迫不及待悄悄告诉孙津川，"今晚我们准备在九袱洲主持新党员入党仪式,并打算建立九袱洲党支部。"

孙津川十分高兴,连连称赞说:"干得好,不愧为市委农运委员!"并当场表示,亲自参加新党员入党报告宣誓仪式。

这位年轻人叫宋震寰,原东南大学学生,1927年1月在武汉入党,不久被组织派遣到湖北大冶一带从事农民运动,后来又率暴动农民参加八一南昌起义。起义胜利后,因所在部队在战斗中被国民党部队打散,为接上组织关系而返回南京。在北祖师庵,孙津川接待了地下交通员带来的穿着破旧棉袍、手持雨伞、风尘仆仆的宋震寰。

郊区党的工作和农民运动,一直是南京市委的薄弱环节。得知宋震寰是东南大学学生,从事过农运工作,又参加过南昌起义,孙津川十分高兴地说:"来得真是时候,市委正缺少像你这样有知识、懂军事的农运干部!"望着他穿着的旧棉袍,又说,"不过,这身长袍可要脱下了,不然农民是不会与你交朋友的。"

宋震寰当场就脱下棉袍,在孙津川家换上短衣短衫。在1927年12月召开的党代会上,宋震寰当选为市委农运委员。

党代会后,根据江苏省委发出的各县暴动计划和市委的安排,宋震寰穿上当地农民常见的蓝衣黑袄,扎根郊区农村积极组织和发展农民运动。

在浦口码头,宋震寰带着两名共青团员与地下党员李鸿雁接上了头。李鸿雁又领着他们找到地下党员胥光亮。

"这是市委农运干部,配合你们到九袱洲开展农运工作。"

胥光亮高兴地说:"欢迎,欢迎!"

胥光亮是浦口支部地下党员,因参加工人运动被工厂裁员正失业在家。他家住在九袱洲,在浦口郊区有不少农村关系和工作基础。在胥光亮的引见下,宋震寰很快在九袱洲的贫雇农中站稳脚跟,经过走家串户的联系,结交了多名农民朋友,打开了局面。

浦口镇九袱洲,今为九步洲,现属浦口区顶山乡大新村,如今成为南京的重要苗木基地。

说到就要做到,这是寿县人,也是孙津川长期身体力行的作风。当天下午,孙津川早早动身,乘轮渡小船过江,准时赶到了九袱洲的一位农户家中,亲自主持了新党员的入党宣誓仪式。

昏暗的煤油灯点亮了漆黑的夜晚,小桌上摆放着一本印有马克思、恩格斯的头像和镰刀斧头样式的小册子。在孙津川的带领下,新党员杨明清和另一位青年农民庄严地举起右手。

"我志愿加入中国共产党,遵守党的章程,听从党的指挥,服从党的纪律……"

宣誓后,孙津川、宋震寰分别与新党员紧密握手,互表祝贺。

他们又一起来到贫雇农的家中,坐在一条板凳上,拉家常,用算账对比等方法,传播革命知识,宣传革命道理,进一步启发他们的阶级觉悟,号召他们组织起来抗租抗税,打土豪、分田地。

经南京市委批准,南京地区第一个农村党支部——九袱洲秘密党支部正式成立,对外称农民协会。农民协会的建立受到农民的热情爱戴,成立不久就有五十多名农民参加。农协成立后,不断地通过组织农民扫盲识字和唱歌等活动,与地主和反动势力作斗争。农民兄弟亲切地称呼孙津川、宋震寰是"城里来的先生"。根据孙津川要在贫雇农中大力发展党员的要求,九袱洲党支部成立不久,就在当地农民中发展了杨明清等四十多名共产党员。其中,宋震寰与胥光亮各发展了十多名新党员。

农民协会的建立,引起了当地土豪劣绅的注意和恐慌。反动地主黄二勾结帮会组织"黄枪会",妄图打压农民协会。"黄枪会"的头子是江浦县知事,在九袱洲设了堂子,对外散布"黄枪会"是保护农民利益、农民财产的,要求当地农民必须都要入会,还欺骗说入会的人可以刀枪不入,能赶走附身的鬼魁。凡有耕牛的农民都要出大洋一元或两元作为入会费,年收十石粮食的农民要出大洋两元,各家农户至少要交一元入会费。

"黄枪会"的欺骗、勒索行为,当然受到觉悟了的农民的坚决反对。

农会骨干地下党员孟庆江、陈凤鸣带领村民进行了坚决的斗争。在一次"黄枪会"上门催缴会费时,他们让黄二当面表演"刀枪不入""捉拿附身鬼魁",拆穿了黄二的"西洋景"。黄二恼羞成怒,勾结反动当局找个借口将带头反抗的孟庆江、陈凤鸣逮捕入狱。

得知这一消息,孙津川立即来到九袱洲,与支部成员策划和发动农民与"黄枪会"斗争。在多次警告不起作用的情况下,农民协会被迫采取"红色恐怖"手段将黄二处死,最终将"黄枪会"从九袱洲赶走。

## 71

在南京市委的领导下,各基层组织也十分重视农民和农村工作。

市委委员、共青团南京市委书记史砚芬根据孙津川的安排,深入安徽滁县,以共青团滁县特支为基础,开展农民运动,并组织起滁县店员工会、箴行工会,发展会员一百多人。

1928年2月,城南区党支部通过深入开展工作,在四面临江的江心洲发展了两名党员。江心洲由长江冲积而成,原为一片芦苇滩地,清代时,曾为南京城内一些达官贵人的避暑之地。江心洲地势平缓,遇长江水位上升,就成为一片汪洋。后随滩地的开发,许多安徽无为一带因生活所迫的农民,也来到洲上砍芦开田。每季收获按三七分成,三分归己,七分交纳当地地主。不仅如此,富家又以各种诡计盘剥农民,麦收时,以三石麦换一石稻;而秋季稻收时,富家又以一石稻换一石麦,这样富家越来越富,而穷苦农民则是雪上加霜,生活艰难。洲上长期流传一首辛酸的民谣:"江心洲,江心洲,十年九不收。"遇到灾年,颗粒无收,农民只得流落它乡,乞讨要饭。但是,没有文化知识的农民都以为是自己的命不好,没有田,没有地,才受苦挨饿的。地下党员王定宇深入农民群众中,宣传革命道理,使这些农民逐步明白了世代受苦挨饿,不是什么命里注定,而是封建土豪劣绅剥削造成的,只有团结起来与地主斗争,减租减息,农民才能得到劳动者应有的收入,才能有饭吃,有衣穿。

这年入夏时节,江心洲的农民群众在中共党员王定宇的领导下,爆发了一场以减租减息为中心的抗租斗争。

几十名租地农民冒着大雨一道来到一名姓张的大地主家,要求修改往年签订的租约。头一次见到这么多租地农民拥入,这个地主慌了神地说:"都是乡亲,有话好说,好说。"

一位农民说:"东家,我们一家五六口人都指望年成能好一点,你也看到今年雨水特别大,如果按照三七缴租,可能一口粮也留不住了。"

王定宇没待地主言语,接着说:"今天就是来要求减租的,如果不答应四六减租,地就由你来自己种,大家都退租!"

"好说,好说! 四六就四六吧,四分归你,六分归我,按你们的要求办。"

"好,你好说,大家也都好说。"

减租斗争取得胜利的消息很快在江心洲传开,其他农民纷纷也找到这个地主交涉,最后也修改了租约。部分农民也找到他们的东家,与地主、富农进行交涉,最终大多获得租约的修改,增加了农民收入。

江心洲农民第一次开展与当地地主的斗争,并获得斗争的胜利,在江心洲的历史上留下了光辉的印记。

## 72

如何创造性地开展群众运动是孙津川到南京后经常思考的问题。在市委的工作会议和日常工作中,他经常告诫大家,要顺势而为,抓住群众最关心、最迫切需要解决的问题,因势利导地开展各项活动。他时而化装成教书先生,时而化装成工人、店员,深入群众,坚持斗争,积极为党的事业和人民的利益而奔波。

国立第四中山大学，即今天的东南大学，由东南大学、河海工程专门学校等九所学校合并改建而来。1928年2月，该校改名为国立江苏大学，5月又改名为国立中央大学。该校一直是中共党组织活动比较活跃的地方，在白色恐怖笼罩下，虽然学校中的党组织屡遭破坏，但学校中的革命活动一直没有停止。在南京首届党代会上，原任支部书记王崇典当选市委委员，由学生党员齐国庆任支部书记。

王崇典，1903年生，安徽涡阳人，幼时天资聪颖。小学毕业后，在芜湖芜关中学就读，1925年赴上海入大夏大学预科，翌年9月转入南京东南大学法学院。王崇典与齐国庆同是中山大学的学友，安徽老乡，更是志同道合的战友。齐国庆1903年生，安徽太和人，十五岁就读省立第六中学，十九岁考入南京河海工程专门学校，后考入东南大学物理系，经学友曹赞卿介绍，1927年初加入中国共产党。在南京市委的领导下，他们利用学生思想活跃、求知欲强的特点，积极组织读书会、报告会、化装舞会、集体郊游等活动，传播党的知识和革命理论。同时组织进步学生和地下党员在市区散发传单、张贴标语、宣传主义。

新一年寒假结束，许多学生在报到时因生活困难，不仅交不出学杂费、买不起课本，连吃饭问题都犯愁。在市委的一次会议上，孙津川敏感地发现这是发动学生运动的好机会，旗帜鲜明地动员和支持中山大学党支部，迅速开展一场要求当局免收学杂费的运动。

1928年2月底，在市委宣传推动下，中山大学党支部率先组织学生罢课游行，并发表罢课宣言，呼吁社会各界给予支持。在教育部楼下，师生挨个席地而坐，高呼口号，要求当局减免部分学杂费、撤换教务长。

一位院长模样的人赶来教育部集会场地，劝导同学说："青年是国家的未来，应该好好读书，闹风潮不好，国家花了好多钱来培养你们……"

王崇典立即痛斥说："哪里是什么花钱培养我们？明明是我们交学费养活了你们这些老爷。"

"国家现在也有困难,交纳学费是办校的惯例……"

"谁都知道,大炮一响,黄金万两,少打一仗钱就有了!"

学生们你一言我一语轮番提问,驳得那位院长无话可说。

"不达目的誓不罢休!"

"我们要上课,我们要吃饭!"……

现场口号声、呐喊声不绝于耳,迫使当局不得不出面允诺减免部分学杂费。

这场斗争告一段落后,中山大学学生会又通过决议,开展驱逐主持该校工作的高等教育部部长胡刚复的斗争,也取得了胜利。

国立第四中山大学学潮很快在全市产生连锁反映。

当月,安徽公学团支部发动学生清查学校的伙食账目,掀起了反对校方克扣伙食的斗争。

3月19日,全市四十八所市立小学一千三百余名教职员,为抗议当局长期欠款而总罢教。教员们组织了清理积欠委员会,发表辞职宣言,提出教育经费独立、发还欠薪等要求,并派代表到教育局坐索欠薪。在舆论界的有力声援下,当月24日,当局被迫答应分期发给欠薪,并决定将铺房税、屠宰税专拨作教育经费,斗争取得了完全的胜利。

# 第二十章
# 因势利导，展开五月的行动

凿一朵燃烧，分析火的组合
发现或者认识
是一种献身……
————张国凡《理性之外》

**73**

5月，是多彩的季节，花儿在春的催促下，绽放出五彩缤纷；5月，是收获的季节，经春雨滋润，江南小麦进入收割的时候。

5月，是革命者值得纪念的日子。

1889年7月，由恩格斯领导的第二国际在巴黎举行代表大会，通过决议将 5 月 1 日这一天定为国际劳动节。

1919 年 5 月，中国爱国学生痛打章宗祥，火烧曹宅，"火烧赵家楼"，掀起了反帝爱国的五四运动。

为纪念五一国际劳动节，江苏省委下发了《红五月行动纲领》。

4 月下旬的一天下午，天空下着小雨，南京市委在浦镇机厂的后山洼里，召开了一次有近百人参加的党团活动分子会议，布置开展"红五月行动"。

会议由孙津川主持，组织部长罗世藩作纪念"五一"意义的报告。在介绍了五一劳动节的由来后，罗世藩又传达了中共江苏省委的指示。他慷慨激昂地说："五一国际劳动节是我们劳动者的节日，无产阶级争取解放的节日。除了出卖劳动、拼死拼活地工作，我们一无所有。根据中央和省委的通知，红五月里，我们要努力宣传工农革命，宣传只有共产党才能救中国，揭穿国民党反动派、新军阀的罪行，反对帝国主义瓜分中国，以革命的暴动粉碎国民党的统治，争取革命的胜利！高扬五一鲜红的旗帜，团结一心，拥抱辉煌灿烂的明天。"

围绕如何在困难条件下坚持斗争的问题作重点发言，孙津川说："在党的领导下，革命的形势在全国发展很快，江西弋阳、横峰的工农革命武装，实行土地革命，已经创建了赣东北革命根据地。撤离南昌的起义队伍由广东进入湘南地区，在宜章、耒阳、永兴、资兴等地举行了年关起义，革命武装进一步扩大。湖北洪湖、湘鄂边工农革命军攻占了桑植县城，成立了工农革命军第四军。以宁冈为中心的井冈山革命根据地初具规模，并建立了工农兵政府，湘赣边界工农武装割据局面形成。省内，泰兴、如皋、靖江、南通等地农民在中共江苏省委和江北特委的领导下，也先后发动起义。"

会议代表立刻响起阵阵掌声，孙津川停顿了一下又说："自去年蒋介石叛变革命后，中国就处在新旧军阀的混战时期，日前蒋介石重新出任北伐军总司令，在英、美帝国主义的支持下，月初又誓师北伐，出兵攻打奉系军阀张作霖，他的对手可能还有阎锡山、冯玉祥等。目前,蒋介石的大部分兵力都抽去北方,南京城余兵不多,省委要求我们乘国民党顾头顾不了腚之机,开展红五月行动,造就革命高潮,争取南京暴动的成功!"

孙津川富有激情的讲话,感染了每一个与会的同志。

共青团市委书记史砚芬也在会上讲话:"八年前的5月4日,北京爱国学生痛打章宗祥、火烧赵家楼,掀开了中国反帝爱国的高潮,今天我们要发扬五四精神,以纪念五四为契机,在各个大中学校组织纪念会、报告会,成立行动委员会,迎接革命高潮的到来,迎接红色苏维埃在南京早日诞生!"

许多年轻的共产党员和青年团员纷纷表示,要把传单、标语贴到国民政府的大门上,要在夫子庙、珠江路举行飞行集会,以振奋工农大众。

孙津川最后指出:"各党团支部要迅速召集会议,由市委派员报告纪念红五月的意义及行动大纲;各支部成立行动委员会,散传单,贴标语,工厂、铁路、车夫支部尽可能召集飞行集会及停车纪念。 同时,每个党团员在红五月中争取发展一人新成员。"

章养吾、章师培都参加了这次会议,三十年后他们还清楚地记得在这次会议快结束时大伙在孙津川的带领下高唱国际歌、呼喊革命口号的情景。 1976年12月17日,章养吾在接待雨花台烈士纪念馆有关同志的采访时,回忆起这次会议,仍历历在目,他说:"孙津川在浦镇(召集会议)我参加的,当时我是学校支部书记(安徽公学团支部),在浦镇山下开会,是党团联席扩大会议,由孙津川主持的,贺瑞麟也参加的。"

散会后,出席会议的代表纷纷走上前去,分头卷起中共南京市委和共青团南京市委联合印制发出的《告民众书》、市总工会的《告工友书》,有的拿了十余份,有的拿了几十份,三三两两地分头离去。

正当"红五月行动"刚刚拉开,一起令国人愤怒的"济南惨案"发生了。

　　蒋介石重新登台后,国民党政府于当年4月在南京誓师北伐。 北伐军兵分三路,相继攻占了台儿庄、临城、临沂,直逼济南。 而支持张作霖的日本帝国主义害怕英、美势力向北方发展,侵犯它的利益,就借口保护侨民,把军队开进了济南,阻挠蒋介石的军队北上。 为此,蒋介石特别知会日本驻上海领事,北伐军将保护战地的外国侨民。 但是日本政府置之不理,再次向山东增兵。 为了抢先控制济南,日军驻天津三个步兵中队于4月20日侵入济南,借口北伐军对城内的日本侨民进行抢劫、强奸、屠杀,蓄意屠杀中国军人与民众六千余人。 其中,国民党战地政务委员会派遣济南的外交处处长兼国民政府外交部特派山东交涉员蔡公时及署内职员十七人也被日军虐杀。 惨案发生后,日方矢口否认日军屠杀中国军民,反而要南京国民政府道歉、赔偿、惩凶,并攻占济南。 世界红十字会济南分会事后查明:"济案"死亡6123人,伤1700余人,财产损失2957元。

　　消息传来,全市民众群情激愤。

　　孙津川立即通知市委委员到大江街58号的姚佐唐家召开市委紧急会议,布置示威游行和展开暴动。

　　姚佐唐的公开身份是国民党军事委员会铁道队大队副,直接联系数十名地下党员和团员,属南京党组织领导。 姚佐唐也是一名老资格的共产党人,他于1898年出生,安徽桐城人,其先祖为清中叶中国文坛上著名散文流派"桐城派"的代表人物姚鼐。 1916年在上海扶轮中学毕业后,在徐州火车站从事工人运动,1922年加入中国共产党,后经李大钊、罗章龙推荐,在中国劳动组合书记部北方部工作。 在攻打武昌的北伐战争中负伤,失去一条腿。 南京"四一〇"事件和铁道队大队长王润生叛变时,由于组织严密,姚佐唐领导的支部数十名党员没有暴露。 这是大革命失败后,南京较完整保存下来的唯一的党组织。

　　这段时间,姚佐唐刚好回到南京。 他家是一间普通的平屋,门前就是一片开阔的农田,一条弯弯曲曲的土路从他家连着马路,每逢阴天下雨一片泥,故又称作"黄泥滩"。周围住的是一些小贩、店员和贫民,环境比较僻静。因姚佐唐、孙津川两人都在铁路上工作,又都长期从事工运工作,有着一种非常亲密的同志情谊。由于姚佐唐的地位、身份很高,不容易引起军警特务的注意,因此,黄泥滩姚宅便成了南京市委的一个重要地下联络和开会地点。孙津川和其他市委同志常在姚家碰头,以喝茶、打麻将作掩护,讨论工作,布置任务。

参加会议的有史砚芬、姚佐唐、苏爱吾、王崇典等人。

坐定后,孙津川开门见山地说:"想必大家都已知道了济南战事的进展,国民政府外交部特派员蔡公时等职员十七人,六千多济南市民和军人在济南被日军虐杀,我们要乘机行动起来,动员各界民众声讨济南惨案,反对日本帝国主义,乘国民党军队在南京驻军多数北调,防务空虚之机,组织南京暴动。"

"济南惨案发生后,江苏大学师生早被鼓动起来,准备明天就开始上街游行,我们想再进一步发动一下,争取更多的学校参与。"王崇典说。

史砚芬也说:"争取大中学校都能行动起来,会后我立即再去安徽公学、教会中学一次,发动教职员一齐参与。"

姚佐唐扶着桌子站起来说:"这是组织暴动的绝好机会,可惜铁道队刚被国民党破坏,武装力量都散了!"

孙津川转过脸来对苏爱吾说:"伤兵工作现在进展得怎么样? 能拉几十人率先占领国民政府机关吗?"

苏爱吾犹豫一下说:"前一阵子,枪支弄到一部分,但是能打仗的伤兵已按蒋介石的命令开赴前线了,留下的多为不能参战的中下级士兵。"

"这是个问题了。"孙津川遗憾地说。

根据省委的指示,年初市委就建立了"反革命军队运动委员会"(简称"军委"),开展士兵运动。当时,在南京的伤兵开始有两千多人，由于当局不闻不问，生活艰苦，各医院经常有伤兵闹事，向政府索要衣服、津贴。军委成立伤兵善后委员会，由苏爱吾负责，在伤兵中发展党员，联络伤兵，要求发清欠饷、抚恤金，拒绝赴前线，必要时准备士兵哗变参加暴动。为此，军委委员苏爱吾等人负责联络全市伤兵，发动伤兵开展了要"发清欠饷，按照抚恤条例办事"的活动，迫使当局发放一些津贴，并设法弄到了一批枪支。但是，国民党北伐誓师后，在兵痞、军官的胁迫下，基本痊愈的伤兵几乎都重新归队了。留下的部分伤兵，虽然有反正意向，但多不能参战。

"我有一个远房亲戚在小营驻军当连长，去争取一下怎么样？"史砚芬犹豫一下说。

"可以去试试，即使不能成功，也会造成国民党军的极大震动！"孙津川说，"就请你和懂军事的姚佐唐一齐去，做出最大的努力。学校的发动请王崇典同学串联一下。"

## 74

第二天早晨，即5月5日，一场群众示威活动在全市展开。

这是自去年"四一〇"以来，规模最大、群众参与面最广的示威抗议活动。

江苏大学率先行动，一千多名大学生和教职工集中在学校的大操场上召开反日出兵大会。五彩缤纷的小旗在会场是舞动，"反对日本帝国主义""反对国民政府对日妥协"的口号震荡在校园上空。在齐国庆等人的提议下，会议一致通过成立"南京市各界日货清理委员会"和到国民政府请愿示威的议案。

会后，大学生们排着整齐的队伍，呼喊着口号绕道鼓楼、新街口，沿中山路奔向国民政府请愿，沿途宣传队员们不停地向群众分发着花花绿绿的传单。

几名青年学生还在他人的协助下，爬上高高的电线杆，呼喊口号，分撒传单。

正在金陵大学礼堂集会的南京各学生团体，听说江苏大学的游行队伍已经出发，立即整队高呼着"公理所在，誓死必争""强烈要求政府对日抗议"口号，走出校园，加入游行的行列。

全市各大、中学校也行动起来，为声讨济南惨案、反对日本帝国主义侵略罪行而相继罢课。"反对日本帝国主义""反对国民政府对日妥协"的标语、传单撒遍了南京城。

接到江苏大学游行队伍离开校园的电话，蒋介石雷霆大怒，立即叫来卫戍司令和警察局局长，他举着几张红色的传单说："共产党的屠杀令都发到我这里了，你们这些警察、侦缉队是干什么吃的！？难道要坐等着共产党暴动成功吗？"

卫戍司令和警察局局长面面相觑，不敢言语。

蒋介石站起来大声说："娘西匹，要严查！搞清楚这个屠杀令从何而来！全市要戒严，逮捕上街闹事的为首分子，防止共党乘机造反！告诉这些毛头学生，在校好好读书，抗议是政府的事，不要给政府外交添乱！"

胖胖的卫戍司令和警察局局长连声说："是，是！"

一队队荷枪实弹的军队士兵如临大敌似的迅速从明故宫、黄埔路拥向交通要道。"禁止游行，戒严！戒严啦！"

国民政府的警察和士兵舞动着枪械，呐喊着冲向已到珠江路的游行队伍。

游行队伍与国民党军警对峙在长江路、珠江路上。面对凶神恶魔一样的国民党军警，游行队伍毫不退让，纷纷席地而坐，不停地呼喊着口号。

临晚时，孙津川来到队伍中间，与齐国庆悄悄商量。孙津川说："我们的目的已经达到，现在大家回校休整一下。回去时队伍要一起走，千万注意，防止遭到敌人的迫害。"

当晚，国民政府发出布告：即日起，全城戒严，并通令严禁进行反日宣传和游行示威，严禁检查日货。

一群群国民党军警来到街头，将张贴在街头的反日标语、传单全部撕掉。

当天晚上，一件意想不到的事情发生了。

按照孙津川的布置，齐国庆和参加游行的同学们顺利地回到第四中山大学，正当他与八名党团员在学校第二宿舍筹划"红五月"新计划时，一队国民党警察突然破门而入，八名学生奋起反抗，很快被恶狼一样的军警制伏而逮捕。

原来，当天晚间时，团市委召集第四中山大学、安徽公学团支部在台城开会筹划开展"红五月"的斗争，散会后，分组到附近张贴标语。当他们来到明城墙下，拿出"打倒蒋介石！""打倒新军阀！"标语正在张贴时，被与中共地下组织曾有联系的军校学生龙俊发现，告发给了正在附近的国民党巡逻队。史砚芬及团市委组织部长王亦铭、团市委学委王汇伯等均被反动军警扣留。

王汇伯被捕后，未待国民党军警上刑就吓得叛变投敌。

由于王汇伯叛变，八名第四中山大学的党团员遭到逮捕，第四中山大学团支部和党在浦口的某小学接头机关很快也遭破坏。江苏大学、安徽公学和浦口等处党团组织的活动都陷于停顿。

得到王汇伯叛变，党团组织遭到破坏的消息，孙津川和市委其他成员个个义愤填膺。在大江街姚佐唐家，孙津川与姚佐唐说："看来被捕的党员多数挺住了，史砚芬、王亦铭对我们的情况是知道的。"

姚佐唐点点头表示赞成，孙津川咬牙切齿地又说："但是，必须做好防止被敌人进一步破坏的准备，隐蔽组织，尽快撤退可能暴露的党员！"

由于党在小营驻军中的力量薄弱，史砚芬和姚佐唐与中央大学党员王澄策划兵变之计划，最终没能发动起来，暴动夭折。

其实，对于遭到重大挫折的"五月行动"，孙津川也有自己的想法，并做出了较为深刻的反省。在孙津川起草的给江苏省委的《南京五月份工作报告》中说："红色的五月，我们开了一次大中（学校）联席活动分子会议，计330人（参加），决定行动大纲……出了大中（学校）告民众书300份，工总（总工会）告工友书300份。军委出杀令100份，此文字未经市委通过，由黄（？）单独发出，表语空而吹杀。红色五月宣传、散发结果，引起反动势力之注意，戒严加紧，致中校在台城支部会为反动察觉，捕获3人及（中大）同志8人。"又据吴雨铭介绍："在（19）27—（19）28年5月间，南京地下组织有南京市委和团市委，政治工作上悉受南京市委领导的。此外是南京军委工作，是由党中央直接派人领导的，在组织上与市委没有联系。"

由此可见，孙津川对当时省委、中央的"左"倾盲动行为并不完全赞成，并采取了一定的修复措施。

碰头会上，孙津川代表市委做出加紧内部的清理和排查，暂停组织活动，发现内奸立即严肃处理的决定。会上，有同志汇报说，由于王汇伯叛变，中央大学的学生党员吴剑华在被捕后又出卖了好几位同志。

得知这个中央大学的叛党分子为了领赏，还在下关一带为侦缉队搜集情报，孙津川斩钉截铁地说："必须立即铲除掉这个毒瘤！"

过后不几天，机会终于来了。根据可靠消息，这个叛徒进了下关车站附近的一家舞厅，可能要待一会儿才出来。

孙津川取出许久不用的手枪，让周长福与何正泉一道急忙赶到下关。

正巧这个叛徒与他的同伴勾肩搭背地从舞厅出来，他们不慌不忙地跟了上去。在一个路人较少灯光昏暗的巷口，何正泉掏出手枪……处决了这个叛党分子。

## 75

1928年5月中旬的一个晚上，市委召开了南京第二次党代会。

这是南京市委再次遭到重大破坏后,在白色恐怖下召开的一次重要会议。

会议在距浦口轮渡码头不远的江边,一个芦苇滩上秘密举行。

依然是没有桌椅、没有茶水、没有鲜花,只有涛涛江水,阵阵带有泥土气息的初夏的微风。出席会议的十二名代表,代表着全市二百四十名党员,表情严肃而认真地坐在潮湿的地上。

孙津川宣布会议开始后,席地而坐的代表们自动地起身、脱帽,按照会议议程和惯例,向大革命以来英勇牺牲的烈士致哀,五分钟。想到前几天刚刚被捕可能还在受刑的同志们,代表们又齐声唱起了国际歌……

孙津川代表上届市委向会议作了工作报告,提出了下一阶段的工作打算。

针对少数党员意志不坚定,造成不少党团员被捕,党组织遭到破坏的情况,会议重点研究了在党团组织遭到重大破坏的紧急状况下如何坚持继续斗争的问题。

讨论时,孙津川动情地说出了自己的点点想法。他说:"我们从事的是前无古人、后有来者的无产阶级革命,为了普天下受苦受难的老百姓求解放的革命,我们的使命是光荣的、神圣的!工农苏维埃政权必将在我们的手中诞生!要革命就会有牺牲,就不能怕牺牲,没有前赴后继的牺牲,共产主义、苏维埃政权是来不了的。"

孙津川的一番肺腑之言,有力地提振了与会党员的斗争精神。

会议审议并通过了孙津川所作的简短的工作报告,为尽快恢复市委正常工作,在听取了罗世藩关于新一届市委委员调整的说明后,选举了孙津川、罗世藩、叶守信等十三人组成的新一届南京市委委员。市委书记仍由孙津川担任。由于历史久远,资料散失,现已无法准确考证出其他委员的姓名和职务。但据有关资料分析,新的市委委员应该还有浦口铁路党支部、浦镇机厂、和记洋行、兵工厂的负责同志和周长福等人。

新一届市委委员通过后,孙津川饱含深情地说:"我们要坚定革命必胜的信心,努力开展工作,严守党的秘密,时刻提高警惕。市委委员们更要加倍努力,不负党组织和同志们的信任。"

会议快结束时,突然一名代表说:"有几个可疑人员提着马灯向这边走来,后边好像还有人!"

孙津川当机立断,拔出手枪对大家说:"会议结束!分头散开走,我来掩护!"

周长福说:"你先走,我来掩护!"

"快点离开,这是命令!别担心,我会游泳!"

周长福和同志们立刻分成三四个小组,鱼贯离开会场。

直到同志们消失在漆黑的夜幕中后,孙津川才跳入长江,在茫茫夜色中摸索着游到一处安全的地方上岸。

这次会议开的时间虽短,议题也少,但程序规范,符合党的章程,后被作为民主革命时期南京仅有的两次党代会之一,延续下来。在《南京政党志》上,虽然只有短短两行记录,但字里行间中依然可以看出孙津川一丝不苟的工作作风,严肃认真的工作态度。

在孙津川的带领下,南京各方面的工作逐步发展,地下组织进一步壮大,党支部战斗力也有所提高。到1928年6月初,全市党员发展到近三百人,基层组织有中央大学、沪宁铁路、浦口码头、浦口车站、浦镇大厂、九步洲农村、伤兵、军官学校、黄包车夫、和记蛋厂等十个支部,四十一个小组。

当年6月18日至7月11日,中国共产党第六次全国代表大会召开。会议系统地总结大革命以来的经验教训,批判了右倾机会主义和"左"倾盲动主义的错误,明确新时期革命的性质和任务。由于当时严重的白色恐怖,在国内召开这样的大会是有困难的。因此,在共产国际的帮助下,大会的会址安排在莫斯科近郊兹维尼果罗德镇的塞列布若耶乡间别墅。

这次大会也是在秘密状态下召开的。出席大会的代表,由国内秘密地分批到达莫斯科。出席这次大会的正式代表八十四人,以五届中央委员身份出席大会者四人,指定与约请参加的代表五十四人,代表全国共产党员四万多人。

瞿秋白以第五届中央名义向大会致开幕词,他说:蒋介石和汪精卫相继叛变革命,使中国革命"转变到一个很严重的危急时期","可是中国共产党,始终是领导中国工农群众,团结于自己的周围。与国际帝国主义及一切的反革命作坚决的斗争。这一点含有很伟大的历史意义的"。他要求大会追认八七会议,并"希望大会全体同志能充分地发表意见,使党得以纠正一切错误。"共产国际代表、意大利共产党代表、苏联共产党代表、少共国际代表、中国少共中央代表关向应和中华全国总工会代表,分别向大会祝词。会议期间,瞿秋白代表第五届中央委员会向大会作了《中国革命与共产党》的政治报告,周恩来作组织问题和军事问题报告;刘伯承作军事问题的补充报告;李立三作农民土地问题报告;邓中夏作党的章程草案报告;苏兆征作苏维埃问题报告;向忠发作职工运动报告;蔡和森作宣传问题报告等。大会选举了新的中央委员会,选举正式中央委员二十三人,同时还选举了中央审查委员会正式委员三人。

周恩来是大会主席团成员及大会秘书长,主持大会日常工作。由于孙津川参加革命以来,特别是在上海工人三次武装起义中,表现出的勇敢、坚定和睿智,以及对党的事业的无限忠诚和卓越的组织、领导才能,受到党的许多领导同志和出席六大的代表们所高度赞赏。虽然他未能出席大会,仍当选为中央审查委员会的三名委员之一,书记为刘少奇。需要说明的是,近年来,一些文史学者看到孙津川在党的六大上被选为中央审查委员会委员,想当然地以为孙津川也出席了党的六大,这显然不是事实。

就在中共六大结束后的1928年7月上旬,由于叛徒出卖,南京市党组织又一次遭到严重破坏,孙津川不幸被国民党军警逮捕。

## 第二十一章
## 铁臂钢筋，英雄身陷黄泥滩

> 抵押一个许诺
> 组织大的契约,为未来的事物
> 做出定义
> 甚至为每一缕阳光命名……
> ——张国凡《理性之外》

### 76

1928年7月的一个夜晚，孙津川像往常一样，搭乘一辆上海开往南京的火车头回到南京，草草吃过晚饭，按约定时间赶到下关大江街58号开会。

"在家好好听妈的话，看看给你买的新书，过两天就要送你上学了。"孙津川摸着女儿的头说。

"爸爸，再给我买一个铅笔盒，要有红花的！"女儿说。

"好，明天就给你去买。"

"小心一点，办完事早点回来。"妻子杨晨华关切地把他送到门旁。

就在这个晚上，杨晨华担心的事真的发生了，允诺女儿的铅笔盒孙津川再也无法兑现。

这天，黄泥滩的姚佐唐家又拉开桌子，摆上麻将，泡好茶水，准备接待孙津川等人在这里召开会议。未料，由于叛徒的出卖，国民党的追查，姚佐唐身份暴露。此时，他家的周围已被敌人团团包围，并设下了埋伏。

参加会议的许多同志可能都先到了，按常规最后一个到会的是孙津川。穿过一条弄堂后，就看到了黄泥滩的姚宅。孙津川抬头一看，不由得大吃了一惊。因为按照规定，平安无事时，门窗应该敞开，而且门外还应该坐着一个人。但今天门虽然开着，门口也坐着人，而窗户却紧闭着。孙津川立即意识到可能会场出了问题。长期从事地下工作养成的高度警惕，使他不假思索就向另一个方向走去。他突然想到身上带有的一份党的机密文件，连忙假装系鞋带，蹲下身子，急忙将它掏出来握成一团，拈起身旁的小石块，裹在一起，随手投入近处的水井。然后，不慌不忙地站起来准备继续前行。就在这时，有条黑影将手一挥，霎时从暗处窜出四五个手持短枪的国民党特务，前后左右地包围上来。他被逮捕了。

国民党特务动手前，姚佐唐恰巧去"老虎灶"打开水，特务们以为他是帮忙的佣人，侥幸逃脱。他连夜到了上海，但因已被叛徒出卖，不久，他在上海的一家旅馆亦遭逮捕。

在狱中，面对凶神恶煞般的狱警，孙津川机智地坚决不承认自己的身份，一口咬定是路过的工人。

"我看你不像工人，是共产党！"

"你不信，跟我到工厂，我开机器给你看。"
"你周围有多少共产党？"
"不知道！"

"左"倾盲动主义的错误，使南京刚刚积聚起来的一点革命力量又遭惨重损失，这是中共南京党组织遭受的第三次重大破坏。

几天后，中共南京市委的许多同志都先后被捕。在狱中，经被捕入狱的同志互相查证，才知这次市委遭到破坏的起因仍是叛徒王汇伯告密。狡诈的敌人在搜捕孙津川的同时，也假意将王汇伯逮捕，妄图利用这个叛徒在狱中的监视，侦查和诱降被捕的同志。

## 77

在王汇伯的指认下，孙津川的身份暴露。

审讯中，孙津川破口大骂：

"你这个无耻的叛徒、工贼，你的双手沾满人民鲜血！"

"人民的罪人，最终都不会有好下场！"

他义正词严，不停痛斥着敌人。

一名军官模样的国民党警察知道孙津川承认了自己的身份，狞笑着走进刑讯间，站在五花大绑被吊在屋中央的孙津川面前说："我早就知道你是一个不一般的人物，老实交代你的上级，交出共党名单，免得再受皮肉之苦！到了这里，你想不说也不可能了！"

"休想，我不是王汇伯！要杀要剐随你们便！休想从我嘴里得到任何东西！"

那个军官气急败坏用皮鞭狠狠地打在孙津川身上，边抽边说："看来你是想尝尝我们刑具的滋味了，我们的刑具可从来就不是吃素的！"

"我既投了红旗，决不投白旗！"

军警们残忍地搬出各种刑具，老虎凳、钢丝鞭、烧红的烙铁，轮换使用……

孙津川全身已被殷红的鲜血染红，双腿也在老虎凳下折断，无法站立。

"要杀就杀,要枪毙就枪毙,我什么也不会告诉你们……"孙津川挣扎着叫骂敌人。

狂妄的鞭打声、凄惨的叫骂声传到隔壁的监室,许多同志忍不住流下眼泪。

几天时间,孙津川就被折磨得遍体鳞伤,面色如土。

面对国民党军警的严刑拷问,孙津川坚强不屈,始终表现了一个无产阶级先锋战士的铮铮铁骨和英雄气概。

由于关押孙津川等人的珠宝廊警察局附近不断出现"中国共产党万岁!""打倒国民党反动派!"标语,使国民党警察感到十分紧张,他们以为关押孙津川的行踪被地下党发现,担心哪一天工人们会来劫狱,急急忙忙地向上报告。

接到南京市警察局的报告,国民党当局立即采取措施,连夜将孙津川等人转移押到长乐路江苏省特别法庭看守所,后又转移到戒备森严的瞻园路首都卫戍司令部看守所。

## 78

瞻园路位于南京城南夫子庙,熙熙攘攘的瞻园边上。

瞻园路126号,国民政府首都宪兵司令部,这是一幢风格与众不同的建筑,高大的黄色围墙,黑色的屋顶,朱红色的大门,显得威严而又神秘,今为航天部南京航天管理干部学院。

国民党宪兵部队成立于1924年,拥有独立的指挥、人事及后勤补给系统,其地位类似于古代的禁卫军。所谓宪兵,是指军队中的一个特殊部队或军种,主要职能是维系军纪,约束其他军人的行为举止,处理军队中的各种刑事案件,特别是军人的违反军纪事件。南京国民政府成立后,首都宪兵司令部由卫戍司令部与陆海空军总司令部宪警处合并组成,用于进行城镇战斗与维持军纪、社会秩序,抓捕异见人士。蒋介石十分重视宪兵的建设,成立初期,便委派了心狠手辣的国民党中将谷正伦担任首都宪兵司令部司令。其组织机构庞杂，除了宪兵司令、副司令、参谋长外，下设若干处、所。看守所还设立了囚禁重要政治犯的"优待室"，军法课是警务处的一个直属课，专门逮捕和审讯政治犯。

当年，瞻园路126号是南京人谈之色变的"魔窟"，许多中共要人就是在这里度过了生命中最后的时光。孙津川、罗登贤、邓中夏、黄励、郭纲林、顾衡等烈士，陶铸、陈赓、丁玲和田汉等人都在这里被囚禁过。

《南京人报》副总编游公也曾被关押在宪兵司令部，他在回忆录里这么描述："宪兵司令部的牢房为全封闭式，不见天日，从不放风；电网高墙，不在话下；层层铁门，道道警戒；屋顶之上，岗哨密闭……江洋大盗飞檐走壁之徒，也插翅难飞，真可算是当时的现代化监狱了。"

囚禁孙津川的牢房是一架雀笼式的木栅，在这个不大的牢房里，每间竟关着四十多人。牢房里既阴暗又潮湿，地下的木板已经腐烂。晚上睡觉时，难友们都要侧着身子。时值盛夏，牢房里不时散发出一阵阵令人作呕的臭气，而蚊子、臭虫、跳蚤更是成群结队，爬跳飞舞，难友们很难安宁睡觉。与孙津川同时被捕，后经营救出狱的窦止敬后来回忆说："我们关在一间木栅式的牢房里，牢房不足三十平方米，关了四十多人，地板霉烂，跳蚤乱蹦，臭虫到处游行，生活条件极差。我们睡在地上，几乎都要斜斜地压着半个身子，挤在一起。如果优先倚着墙的一面，就感到登上天堂了。当时我身体不好，吐血，他（孙津川）对我十分关心。因为我长得象（像）他表弟，他更爱护我。他母亲送点菜给他，他总是分点给我吃，有时是难友大家分食。"

在瞻园路看守所，国民党狱警们知道孙津川硬的不吃，决定恩惠利诱，试试新的手段来收买。

一天，他们摆了一桌酒菜，找来一名叛变投降的特务，由专办政治案件的军法处长贺伟峰亲自陪同，请孙津川吃饭。孙津川看穿了国民党特务假惺惺的心思，坐下来端起酒杯就自己干了一杯，大口吃起菜来，抬了下受伤的胳膊说："你们不吃我先吃了。"

瘦瘦的贺伟峰见孙津川说："好，好。这就对了，孙大书记，共产党国民党原本是一家，都是要吃饭的。"

"谁和你一家，国共合作是共产党帮助国民党革命的，现在国民党叛变了，就是敌人！"

"哪里，哪里，不是有许多共产党员重新回到国民党中来了吗？只要你配合我们，不仅可以放你出去，还可以依然做官，官可能比你现在还要高。否则……"

孙津川斩钉截铁地答道："我是孙津川，我再重复一遍，不是王汇伯。"

"你不要再执迷不悟了，共产主义只是一个遥不可及的空想，还是面对现实比较好。蒋总司令……"

听到那个叛徒提起蒋介石，孙津川怒不可遏说："蒋介石是靠共产党发家的，他的双手沾满了共产党人的鲜血，人民决不会放过他！"他摇摇晃晃地站起来，一把掀翻了丰盛的酒席。

军法处长贺伟峰狼狈不堪地说："好，好。我们好心相劝，没有任何恶意，你一时想不通，容你再想想。"

见软的不行，狱警们又继续施行酷刑：灌辣椒水，上老虎凳，用钢丝鞭抽打……

但国民党特务仍然是一无所得。

## 79

孙津川被捕的当天，周长福因到龙头房上班恰巧不在场，幸免一劫。得到孙津川出事的消息，他急忙赶到北祖师庵通知杨晨华。

走到距北祖师庵不远的驴子巷，他小心地观察了近十分钟，发现没有异常后，悄悄来到北祖师庵49号。

杨晨华和毛毛正在家中焦急地等待着孙津川的归来。

"孙大哥被捕了！ 快把家里东西简单收拾一下，跟我走！"

说着周长福走到他家的墙角处，麻利地撬起一块活动的砖，取出一支油布包裹的手枪，插在腰间。

好在孙津川平常警惕性高，家里一般不保留机密文件，值钱的东西也不多，带着几件旧衣服，杨晨华带着毛毛和周长福深一脚浅一脚地连夜离开北祖师庵，来到狮子山下周长福的住处。

为防不测，第二天，按照周长福的安排，杨晨华带着毛毛一早去了武定门孙津川的母亲家暂居，自己乘车去上海躲避一段时间，留下已怀孕的妻子杨阿会，观察动静。

其时，孙华氏已从上海刚搬到南京，住在离金陵兵工厂不远的武定门护城河边。 由于上海武装起义中产生的知名度，"四一二"后，弟弟孙晴川受到当局的特别关注，在吴淞机厂也站不住脚了，化名孙冠华到杭州铁路工厂暂避，坚持从事党的地下工作。 上海的亲人都相继离开后，为方便相互照应，孙华氏也离开了上海赵家宅，回到南京，但平常很少与孙津川联系。

第二天，杨晨华带着毛毛到武定门找到了孙华氏，安定下来。

事过不久，国民党侦缉队一帮特务顺藤摸瓜，果然找到周长福的家。

侦缉队扑了空，没抓到周长福，恼羞成怒，竟然把怀孕四五个月的杨阿会抓进监狱，作为孙津川等人的同案犯关在一道。

在狱中，杨阿会受尽折磨，不说吃的是猪狗都不如的牢饭，怀着孩子每天睡在冰凉地上，被子也没有。 入狱才二十多天，身体就一天不如一天，显得极为虚弱。 一次放风时，孙津川见她头部浮肿，并向双脚开始蔓延，便委托打入看守所监狱中的一位警卫人员，为杨阿会搞床被子，每天晚上给她送去，早上再去收回，并设法让来探视的人送来一些可口的食物。

在孙津川的关心下，杨阿会的身体逐步好转。

一个月后的一天,狱方突然通知杨阿会赶快找一个保人,办理交保释放手续。 大家都以为,国民党当局没有抓到杨阿会的什么把柄,又担心她在狱中生产添麻烦而将她释放。 谁料,这竟是国民党当局将杨阿会当成诱饵"钓鱼"而设下的计谋。

一向胆大心细的周长福这次也大意了。 为探望妻子,从上海偷偷赶回了南京。 刚进门,就被埋伏在周围的军警抓进了监狱。

在狱中,周长福受尽酷刑,他坚决不承认自己是共产党员。

国民党军警把孙津川带来对证,指着周长福问孙津川:"认识他吗?"

孙津川早已将自己的生死度外,但是想尽一切可能掩护同志的念头一直没有放弃。 他故意带着轻蔑地口吻说:"认识,他是那摩温(工头)的儿子,是'小开',不识字,没有资格当一个共产党员。"

孙津川坚决、干脆的回答,使周长福免遭敌人进一步迫害。

在一份发黄的档案中,我们看到这样的记录:

在审讯中因我(周长福)不供认,叫我与他(孙津川)对质,审判官问他是否认识我,他是否参加共产党,他说,他不配做共产党员,因他是工头的儿子,很有钱。用这个办法掩护了我。……孙津川还在监中鼓励他们(指余晨华、王崇典)说,他们的死是光荣的,我们共产党是杀不完的……

后来,周长福被关进孙津川同一牢房,孙津川诚挚地鼓励他说:"你这次吃苦了,在敌人面前千万不能多讲,讲了变化就快了。" 又说,"我可能是凶多吉少,敌人是不会放过我的,以后你们好好干。"

周长福的确没有辜负孙津川的期望,后被营救出狱,改名周福禄继续坚持斗争。 1983 年 2 月 6 日在接受采访时,他回忆说:"敌人抓住我爱喝酒的毛病,一天派两名美女,并劝酒想软化我,让我说出龙头房(铁路机务段)参加斗争有关人员,并要我说出名单,给我一千元。 我始终记住我入党时孙津川和我说的一段话,'老周,你就是被捕了,敌人把你的手指一个个砍掉,也不能说出来。'当时,我曾向孙表示：'放心，我是无产阶级，一人做事一人当，杀头也不怕。'因此尽管敌人软硬兼施，我什么也不说。"

铁路工人杨天寿冒着被捕的危险去狱中探望孙津川时，孙津川一语双关地对他说："回去照顾好老朋友，过好自己的日子。叫他们放心，我和周长福这次虽然吃了一点苦，但也没有什么了不起的。"

## 80

8月中旬，南京正是酷暑季节。

梧桐树早得落下黄叶，知了也不停地叫着"热……热……"

站岗的国民党宪兵禁不住一手持枪，一手拿着芭蕉扇扇个不停。

挤满囚徒的瞻园路看守所狱内，不住地散发出阵阵恶臭。连续数日四十度的高温，三十多平米的房间四十多人挤坐在一起，一个个大汗淋漓，前心贴后心，能靠墙躺着已成为一种特殊的待遇。一天两顿饭，吃的尽是霉米稀饭、烂萝卜，渴了只能喝上一口发黑的井水，种种酷刑的折磨，使难友们的身体受到极大的摧残。短短一个多月时间，孙津川头发全掉光了。

"这么热的天，怎么能不让冲澡！"

"猪狗都要打个汪，整个不把我们当人看！"

这天晚上，大家都不吃饭了，在孙津川的带领下，进行了绝食斗争。

狱门外，狱卒送来饭菜很快落满了苍蝇和蚊虫，不到半天就发出难闻的酸气，变质发酵。

一天，两天，到了第三天，没有一个人动下放在地下的饭菜。

狱方终于屈服了，拎来一大桶水，放在狱门外的小天井处。

恶劣的环境下，孙津川总是怀着乐观主义精神，让几名年轻的大学生给大家传授文化知识，刻苦地学习。有时，还带领大家高唱《国际歌》《少先队队歌》，鼓舞大家的革命斗志。

难友窦昌熙身体不好，经常咯血，孙津川如同兄弟一样给他喂水、喂饭，千方百计地照顾他。逢难友家属探监，带来他最爱吃的辣椒牛肉丝等好一些的菜，他总要与大家分享。

有一次，他见看守持鞭抽打一个患病而动作迟缓的难友，孙津川愤怒地纵步上前夺下鞭子，高喊："不许打人！"

难友们齐声响应，个个摩拳擦掌，终于制止了狱卒的暴行。

秋分过后，离中秋节不远了。

一名中央大学的难友被捕前正在谈恋爱，中秋节前的一天是他的二十岁生日，也是与恋友定下秦晋之好的纪念日，每每想到恋人就独自暗暗流泪。

秋之洁爽，夜之思意，目睹洗尽繁华的冷月，他更是寂寥怀春。

孙津川得知后，特地与他挤坐在一起，和颜悦色地劝慰他要坚强起来。

"露从今夜白，月是故乡明，每个人都有自己的情感和故乡。古诗曰，月上柳梢头，人约黄昏后，这种意境是我们共产党人的追求。我们的斗争正是为了实现普天下的人民的美满、幸福。狱中，也是我们与国民党反动派作斗争的一种方式。只有革命成功了，我们才能获得幸福。为人民的利益，为了追求劳苦大众的幸福，个人吃些苦，流点血算不了什么，是会被人们永远记住的。"接着，孙津川又与他谈起自己的故乡和爱人。

孙津川的话也引起了同监的姚佐唐、周长福等人的共鸣，纷纷加入交谈。

满月撩人，窄小的狱房也明亮了起来。

在孙津川和同志们的开导下，这位年轻难友深受教育，思想很快又开朗起来。

就这样，他以深厚的阶级感情，时刻关怀着难友们的思想和生活，鼓励难友们一起同监狱当局开展斗争。

孙津川被捕后，狱外的战友们都很着急，他们定出一份法场营救计划，准备劫他出狱。 看守所的那位自己人，悄悄走到孙津川的监前，把外面同志准备劫法场计划偷偷告诉了孙津川。

　　孙津川见周围没有外人，连连摆手轻声说："不行，千万不可鲁莽从事，这样会给革命带来更大的损失，请你转告同志们，我坚决反对这种蛮干！"

　　蝼蚁尚且偷生，何况一个年富力强的革命者。

　　在得到劫法场消息后，他夜不能眠。

　　劫法场的消息使孙津川知道，虽然他们被捕了，但没有被捕的同志们仍然在继续战斗。 他何尝不希望能重新回到战友们的身边，在一个战壕里与同志们同甘共苦，共同奋斗。 但是，他想得更多的是，敌人掌握着强大的国家机器和特务组织，在戒备森严的宪兵司令部，敌强我弱的态势下，贸然行动，只会造成更大的牺牲，给党的组织带来更大的损失。 他坚信，共产主义必将在全世界实现，中国红色苏维埃政权一定能建立，基于当前的形势，需要无数革命者继续努力，继续斗争，而不是无谓的牺牲。

　　月是旖旎的、纯洁的，带着款款的深情，洒落一地的清辉。 柔柔的，温润的，不带有任何的纷纭，不带有任何的芜杂，暗涌着一种惆怅和思念。

　　孙津川也思念起他家乡的山，思念起淮河的水，思念毛毛梦中的呓语，更思念起朝夕相伴的战友们，期盼着革命的队伍能不断地由小到大，由弱到强，一个胜利连着一个胜利。 但是，现在要紧的是，坚决阻止同志们的冒险行动。

　　明月，带给监狱一缕清辉，带来一份宁谧。 能在这样的夜里，寻找到一个如此的境界，他的心已经满足了，觉得好像很长时间没有这样地愉快了，心底生出一种别样的情绪来。

# 第二十二章
# 制止劫狱,看守所母子"分梨"

时间在火中即将断裂
灵魂显露出锋芒
用什么能够换取燃烧
又有谁在真正地倾听着,火
呵……

——张国凡《理性之外》

## 81

国民党宪兵司令部将破获孙津川等称作"重大 CP 案件"。因而,当局一直秘而不宣,家属更无法探望。

自杨晨华和毛毛来到武定门后,孙华氏几乎天天都要到国民党关押共产党人的监狱和看守所打探孙津川的消息。

后来，孙华氏隐隐约约地听说孙津川可能被关押在卫戍司令部。于是，孙华氏和杨晨华时不时地站在瞻园路卫戍司令部对面的清真面馆前，满脸忧戚地朝着卫戍司令部的方向久久凝望。这一举止，引起了面馆小伙计许忠林的注意。在得知实情后，善良机智的小伙计利用送面点到监牢的机会，终于打听出孙津川的监号，并让孙母冒名混进牢里，孙氏母子得以相见。

在敌人的严刑拷打、遍施酷刑面前，孙津川坚强不屈，表现了一个无产阶级先锋战士的铮铮铁骨和英雄气概。从未掉泪的硬汉，见到步履蹒跚、日渐衰老的母亲，泪水夺眶而出。

母亲也泪流不止，半响她忍住泪问："津川，他们会让你出去吗？"

"妈，古人云，忠孝历来是不能两全的，自从参加革命，我就向组织发过誓，忠于革命忠于党，我不能背叛自己的誓言。我就是死了，弟弟还在你跟前，你老人家是能理解我的……"

母亲抚摸着遍体麟伤的儿子，心痛地轻轻说："不要说了，妈妈什么都知道……"

孙津川母子见面的消息，很快被看守人员发现，马上被驱逐出门，报告了狱方。军法处长贺伟峰一直为找不到缺口而犯难，得到这个消息，他喜出望外，连忙向看守所长报告，企图以母子之情来"感化"孙津川，瓦解孙津川坚定的革命意志。

第二天，当孙华氏特地买了孙津川爱吃的鸭心肝和梨子，赶到瞻园路。当她正在为怎么样混进监狱犯愁时，一位军官模样的看守走了过来，说："给孙津川送东西来啦？"

"对，对，请长官行个方便吧。"孙华氏央求道。

"看在你这个老太婆大老远赶来，就破例再让你送一次，但是要好好劝劝你这个儿子，不要一条道走到黑！"

孙津川见母亲又来了，高兴地说："怎么他们又让您老进来了？"

孙华氏说:"他们想让我来劝劝你。"

"自从参加革命,我早就抱定了死的决心。"孙津川注意到有人在偷听他们的谈话,又说,"从小您老就教育我们,说话做事,要一是一、二是二,认准的就别回头。既然我投了红旗,就决不会再投白旗!"

母亲哽咽着,从怀里掏出孙津川平时最爱吃的鸭心肝和梨子,递给儿子。孙津川接过还带有母亲体温的梨子,咬了几口,吃了一半,另一半他拿在手中琢磨半天,不停地用指甲比画着。

"这一半,给您带回去吧。"

母亲难过地接过那半只梨,仔细一看,原来儿子用指甲在梨子上刻出了一个清晰的五角星。母子难过地将这半个梨紧紧贴在心口,久久地注视着儿子那张沉静、坚定的面孔。

五角星把母子两颗心永远联结在一起。

母亲是一个非常通达的老人,她知道,儿子已下定了慷慨赴难的决心,抓住孙津川的手说:"家里的事和孩子,你不用再挂在心上,我和晨华会照顾好的……"

躲藏一旁的贺伟峰走了出来,对孙津川说:"作为军人,我十分佩服你的勇气。但是,你怎么连一点对母亲、夫人的感情都没有呢?"

听到这个军官谈感情,孙津川立马气愤地站起来说:"没想到你这个刽子手也知道感情二字,你配么?!想想看,'四一〇''四一二',数不尽的一桩桩血案,你们杀死了多少我们的同志,多少家庭被你们害得家破人亡,妻离子散,多少热血青年躺倒在你们的屠刀之下!"他指着监狱里的囚犯,又说:"他们哪一个没有父母,没有妻儿,有的刚刚谈婚论嫁,只是因为要求生活得好一些,争取一点自己应有的权利,就被你们关押起来!"

贺伟峰见再谈下去也捞不到任何好处,气势汹汹地走到孙津川母子面前:"快滚吧,老婆子!不识好歹东西!"

孙华氏收拾起那半个梨慢慢地起身,走出监狱。

自从孙华氏这次探监以后,当局就坚决不让孙津川的家属前来探望了。

妻子杨晨华不甘心,多次带着孙津川唯一的女儿想和他见一面,但仍被赶了回去。一次她想和杨阿会一起混进监狱,但警惕的狱警仔细打量后说:"只能一人。"任杨晨华苦苦哀求,就是不答应。

孙津川知道敌人肯定要对他下毒手的,在杨阿会探监出去时,孙津川对她说:"请同嫂嫂讲,告诉她带好孩子,如果我出事,叫她尽快重新嫁人,但是一定要嫁给自己人。"他又宽慰地告诉杨阿会:"我估计长福不要紧的,放心好了,不要着急。"

孙母当年住武定门,不方便送牢饭,知道津川在狱中生活极差,便再次央求在监狱附近开面馆的许忠林,隔三岔五送碗面条,或想办法买些孙津川喜欢吃的食物送进监里。

有一次,又有同志告诉孙津川,外面的同志依然准备冒最大的风险也要劫狱。

孙津川急了,利用许忠林进牢房送面条的机会,将写好的纸条放在碗下带出狱外,让母亲告诉他的同事不要鲁莽行事,信中还说:"死我一个不要紧,后面还有许许多多比我还好的共产党员和成千上万的革命英雄,为人民牺牲是光荣的。"他深情地期望战友们、亲人们,跟着共产党,坚持走革命的道路。

得知孙津川的态度和在狱中宁死不屈的表现,党组织通过各种关系设法开展营救,但均未获成功。他的侄儿孙以华回忆说:叔父被捕后,组织上曾设法营救,"辗转托了国民党安徽省主席陈调元。陈与南京卫戍司令部谷正伦说要某日上午八时释放叔父出狱,但谷正伦感到叔父是共产党要犯,不敢造次……"

## 82

敌人料想不能从他的口中得到任何东西,决定对他下毒手了。

1928年10月6日，天刚蒙蒙亮，南京中华路上落满了梧桐树叶。秋风瑟瑟，让早起的行人不禁打起寒战。

凌晨四时许，一队刽子手耀武扬威地来到瞻园路首都卫戍司令部看守所，在号子的木栅前停下。

雀笼式的牢房，不时散发出阵阵霉味。四十多名被关押的政治犯，或躺在几件破褥子垫就的地铺上，或蹲依在发黑的砖墙下。

一名军官模样的胖汉捧着花名册喊道："犯人孙津川！"

听到监内一阵骚乱，他拉上声音又叫道："提审、换监，还有姚佐唐、贺瑞麟，快出来！"

孙津川平静地站起来，对身旁的难友周长福说："长福，我去了。"

走到门前，他禁不住停下戴着镣铐的双脚，微笑着向难友们挥手告别。

贺瑞麟也站了起来，腾出一只手，挽了躺在地上的姚佐唐一把。

三个人都知道，最后的时间到了，相互搀扶着跨出牢房。

难友们都醒了，不约而同地唱起悲壮的《国际歌》，为战友送行。

按照旧时习俗，杀人前要喝断头酒。

刽子手在看守所大门前给他们准备了一桌比平常多了两个菜的"酒席"和白酒，假惺惺地说："请用餐吧。"

孙津川尚未走近，便大声骂道："要杀便杀，不要假装慈悲！老子从来不会装熊，更不怕死！"说着愤怒地上前把酒席掀翻，不住地高声大骂。

附近的老百姓知道国民党警察又要杀人了，纷纷围了上来。

被激怒的刽子手一拥向前，将三人一齐五花大绑，推上黄包车，押往雨花台。

孙津川一路不住地高呼："爷爷奶奶们不要难过，革命者是杀不完的！枪毙我一个，还有十个！枪毙十个！还有一百个！千千万万个革命者，你们是杀不完的！"

刽子手连忙找来事先准备好的棉花团堵住孙津川的嘴……

"苏维埃政府万岁!"

"打倒国民党反动政府!"

姚佐唐、贺瑞麟继续高喊。

刽子手们七手八脚,用同样的方法残忍堵住姚佐唐、贺瑞麟的嘴……

在雨花台东侧的一片洼地前,也就是今天雨花台烈士陵园群雕像的东侧,胆战心惊的刽子手,停了下来。

残暴的行刑官知道孙津川是为首的市委领导,故意安排先对姚佐唐和年仅十九岁的东南大学附中学生、中共党员贺瑞麟下手,随着砰砰杂乱的枪声,贺瑞麟、姚佐唐倒在血泊之中……

"交不交代,你还有最后一次机会!"

愤怒之极的孙津川,费尽全力吐出沾满鲜血的棉花,放声高喊:"打倒反革命政府!""打倒国民党!""共产党万岁!"

刽子手的枪声又响了起来……

为了拯救伟大的祖国,为了解放遭受苦难的中国人民,孙津川烈士殷红的鲜血,洒落在雨花台下,牺牲时,年仅三十三岁……

孙津川牺牲的那天早晨,起早生炉子的许忠林见到孙津川等被敌人拉出去要行刑了,便一路小跑,赶到武定门给孙华氏报信。孙母得到信息,连忙与杨晨华一起,带着毛毛赶往雨花台,想见孙津川最后一面。

等孙母迈着小脚艰难地赶到雨花台时,孙津川的遗体已被刽子手们抬进了由四块薄板拼凑的所谓棺材里。

一名刽子手还假惺惺地说,这是对共产党党部书记的"优待"。

孙母悲愤欲绝地走上前去,踹开了"四块板"盖,抱起儿子,小心翼翼地用衣袖揩拭着儿子脸上的血迹,仔细地拉平被揉皱、沾满鲜血的衬衣。见儿子还怒睁着双眼,她忍不住流着泪抚摸着儿子的眼说:

"放心去吧，我的儿！杀害你的人都不会有好下场的……"

妻子杨晨华见状，当场昏了过去，毛毛不顾众人的劝阻挤上前去，一口一声地叫着："我要爸爸，我要爸爸……"

在场群众无不动容，你一元，他五角，自发捐款，从中华门新民坊棺材铺买回一口大棺材。

孙母为儿子换上干净衣服，在大伙的协助下将儿子平躺在大伙置办的棺材里，喃喃地说："安息吧，一路走好。你看这么多人为你送行……"

入殓后，大家帮忙将孙津川灵柩抬到雨花台东侧的宝灵庵暂厝，待他日择地安葬。

三年后，孙家将孙津川安葬于宝灵庵的后山。

母亲孙华氏仍居留在南京武定门外。老房子在抗日战争中被战火击毁了，孙母栖身于门西凤游寺一带的破庙里，艰难地靠帮人缝补洗衣度日。后来，又回到南宝塔根一带，艰难度日。

## 83

孙津川遇难后，上海总工会曾在《上海工人》上发表悼文，同时还专门召开会议，以志缅怀。

时任中央候补委员，长期担任全国铁路总工会领导的罗章龙曾作诗一首高度赞扬孙津川的高风亮节和无比勇敢的斗争精神，诗中说：

苏浙铁路双战士，重振败军为劲旅。

佘立亚与孙津川，与敌阵阵作周旋。

立亚雄才怀远略，步步为营向敌攻。

津川沉鸷意向专，敌方胆战心煞煎……

诗文中提到的佘立亚，与孙津川一样在"四一二"不久也牺牲在国民党的屠刀下。

这年的九、十月间，南京先后有三十七名党员干部在雨花台英勇就义，其中市委委员就有七人。

正如孙津川牺牲时讲的那样,千千万万个革命者,是杀不完的!

"没有前赴后继的革命战士,筑不起伟大的革命的胜利之途!"

踏着烈士的血迹,中国共产党人继续前行!

1928年9月,中共江苏省委派黄瑞生(黄子仁)来南京恢复组织,后派游无魂任南京市委书记。根据中共六大精神,新市委深入发动群众,努力恢复和发展党的组织。1929年5月,市委军委委员王昭平被捕叛变,军委系统三十二人被捕,其中四人被杀害。黄瑞生被捕后亦被杀害,这是中共南京党组织第四次被破坏。6月,省委派王培槐为南京市委书记,但不久即调离。8月,又派夏采曦来重建南京市委……

自1927年4月至1934年12月,南京中共组织先后遭到八次大的破坏。

但是,南京人民在中国共产党的领导下,"更痛彻更坚决地继续着死难烈士的遗志,踏着死难烈士的血迹,一直向前努力,一直向前斗争"。

## 尾声

1949年春,太阳初照在江南大地,成片的油菜花绽放出金色的迷人风采。

已七十多岁的孙华氏坐在家门的小院,欣慰地细细听着孙女孙以智读着报刊上中国人民解放军胜利向长江以南进军的消息。

4月23日,中国人民解放军在孙津川的战友——南京地下党的里应外合下,几乎没费一枪一弹就占领了南京。

解放了,天亮了! 解放区的天,是蓝蓝天!

那段日子,无数的南京人民群

众都在为庆祝革命的胜利而欢欣鼓舞。孙母兴高采烈地带着孙女孙以智,每天像迎接亲人一样,驻足在中华门城堡和中华路旁,看着来来往往的解放军。

她仔细地打量着像洪流一样匆匆向前行进的每一个战士,她多么盼望能在队伍中看到彭干臣、王警东和那些她熟悉的身影啊。

她想,他们一定在这个队伍中。二十多年了,还认识不?

她突然想起了,1927年与她们全家朝夕相处的周恩来。从儿女的嘴中,她知道周恩来已经是人民解放军和国家的领导人了,中央领导人都到了北京,到北京一定能找到。

孙华氏满怀着激动的心情让孙女起草了一封给周恩来的信:

"窃子津川,前在民国十四年时,即追随左右,活动于沪宁一带……"

信中,抒发了一位饱经风霜的老人,对故人的无尽思念,对革命胜利的无限感慨,在祝贺革命胜利之余,盼望周恩来能来南京与她一会。

周恩来细细阅读了这封辗转传来、深情而又非常特别的信函,动情地与身旁的工作人员说:"华东有位孙妈妈,他们全家都革命。"并立即交代:"请通知中央组织部,让他们迅速慰问孙津川烈士的家属,照应好烈士后代。"

人们一定关心孙津川的女儿、亲属们的下落。

孙津川的妻子杨晨华在孙津川牺牲后,伤痛欲绝,久久不能平复。为了生活,她将毛毛孙以诚托付给孙华氏,回到上海与父母同居,四五年后嫁给一名于姓工人,抗日战争爆发后中音信全无,也可能殒命于日本占领军在上海制造的血案中。孙津川的女儿孙以诚,在孙母的抚养下长大,积极参加革命活动,初中结业读了医校,在南京红十字医院实习过。抗日战争爆发时她刚结婚,新郎黄亦霖也是地下党员,曾任黄埔军校学生连负责人。后来,她在四川卢江县后方医院工作,因日机滥炸,在救护伤员时不幸被弹片击中,光荣牺牲,牺牲时年仅十七岁。

妹妹孙方素，随孙津川去武汉后，秘密从事党的机要交通工作，一直没有再回南京，1938年在上海因病去世。弟弟孙晴川在"四一二"后，被列入国民党要犯。但他依然无怨无悔地追随着胞哥孙津川，坚持党的地下工作。后在杭州铁路工厂工作，不到一年被当局发觉逃回南京，由于种种原因，失去与组织的联系。抗战中，辗转汉口、长沙、云南、贵州等地，艰苦度日。

6月27日，中共南京市委组织部接到中组部关于慰问先烈孙津川家属的指示信后，翌日即会同市军管会同志到宝塔山22号慰问了孙华氏，并转达了周恩来的亲切问候。根据孙华氏家的实际情况，南京军管会除送上抚恤金外，还对孙氏家庭失业的亲属做了妥善安置。此后，市政府有关部门定期给孙华氏送去生活必需的大米和木炭等，每逢过年过节，南京市委、市政府和南京军区的官兵们都要上门探望和慰问。

为便于照顾母亲，南京市政府通过组织安排，将孙晴川调到中国人民解放军第二野战军后勤部修理总厂（今南京汽车集团前身）锻焠工厂工作。但不幸的是，由于战争时期终日逃难，孙晴川身患多种疾病，1952年因病去世。

在党和人民政府的关心下，孙华氏安享晚年。1956年，恰逢孙华氏八十大寿。在孙华氏八十岁生日前，南京人民政府特意将孙津川家的老宅三间草房翻建为三间瓦房。生日当天，市委市政府领导还亲自赶到孙宅以表祝寿。

其间，周恩来同志在一次来南京视察时，还特意抽空探视慰问了孙华氏，仔细询问了老人家的生活及亲属，请她保重身体，安享晚年。党和国家领导人刘少奇、董必武、李立三等人到南京后也曾分别探望过孙华氏。

1960年8月18日，八十四岁高龄的孙华氏无疾而终，含笑离世。南京市委及各有关部门敬献了花圈，各界人民群众怀着沉痛的心情，追悼这位令人敬仰的伟大母亲，送殡的队伍绵延数公里。

雨花台，岗峦起伏，郁郁葱葱。

三国时称之为聚宝山、石子岗、玛瑙岗，盛产一种斑斓绚丽的彩石。传说，公元6世纪初，梁代高僧云光在此说法，感动上天，降下"天花如雨"，后来人们称此地为雨花台，那美丽的石子也就被称为雨花石了。

六朝以后，雨花台寺院林立，香烟缭绕。南宋诗人陆游题写的"江南第二泉"、南宋"杨忠襄公剖心处"、明朝武将李杰墓及侍讲大学士方孝孺墓、清朝乾隆御碑、辛亥革命雨花台之役人马合冢等著名古迹，深藏在古树密林的深处。

1956年，江苏省人民政府公布雨花台烈士陵园为省级文物保护单位。同年，雨花台开辟了烈士史料陈列室，陈列了包括孙津川在内的众多烈士的事迹、照片、珍贵文物，供人们瞻仰学习。从1979年起，南京市政府对雨花台烈士陵园进行了一次又一次扩建改造。1980年清明节前，大型石雕烈士群像落成，矗立在雨花台北烈士殉难地点，正对着陵园正门。大小179块花岗岩组拼而成的群雕，高10.3米，宽14.2米，厚5.5米，重1374吨，栩栩如生地塑造了共产党人和革命志士英勇就义前庄严不屈的形象，展现出烈士们视死如归的浩然正气。

1982年，孙津川烈士墓迁入雨花台"知名烈士"墓区。这里掩埋了1926年至1949年牺牲在雨花台及南京地区的已知姓名的十七位烈士。烈士墓区为传统左右对称式，十七座墓冢呈三排，全部由花岗岩砌造。"孙津川烈士之墓"位于墓区的第一排靠中的位置，墓身呈长方形，由花岗岩建成，朴素大方，庄严肃穆。墓区后面是成片的参天大树，西边栽着苍翠欲滴的茂密竹林。每逢清明时节，祭扫、凭吊的人群络绎不绝，墓前花圈上一朵朵素洁的白花，凝结着人们对烈士们的无限崇敬和深切的怀念之情。

1982年，孙津川烈士墓迁入雨花台"知名烈士"墓区后，雨花台实验小学成立了以烈士孙津川命名的"孙津川中队"，孙津川的侄女孙以智，成了这个中队的校外辅导员。

　　写到这里，不能不多说几句。

　　雨花台是革命先烈献身、安息的革命圣地，这里有极丰富的历史文化和精神财富，是教育少先队员的最好的教材。自1982年起，三十多年过去了，作为南京市雨花台区人民法院退休干部、关心下一代工作委员会副主任的孙以智无论工作多忙，也无论身体如何，都一直没有离开校外辅导员的这个岗位。每年都要组织"孙津川中队"的少先队员们参观烈士史料纪念馆，祭扫革命烈士墓，寻找烈士革命的足迹。每逢清明节，都要带领队员凭吊烈士墓，为烈士墓描红碑文，在烈士墓前的松枝上系满了一朵朵小白花，启发孩子们从小要有理想，热爱祖国热爱党。她先后辅导了十一届"孙津川中队"，给无数的孩子讲述孙津川和其他革命烈士的故事，把理想和信仰的种子播撒在一代又一代的孩子心田，教育孩子们树立爱国主义情怀和正确的社会价值观。

　　结合时代特点，孙以智不断丰富和深化革命传统教育的内容，先后组织队员在雨花台开辟"红领巾路""红领巾苗圃""红领巾管理区"，倡议全省少先队员每人捐献一分钱，把对烈士的崇敬，把理想和信仰融入自己的一言一行中。教育青少年们珍惜来之不易的幸福生活，牢记自己是祖国的未来、民族的希望，以烈士为榜样，锻炼知难勇进的坚强性格，养成良好的道德品质。在烈士精神的鼓舞下，雨花台实验小学"孙津川中队""卢志英中队""何宝珍中队""雷锋中队"先后被省委宣传部、团省委、省少工委命名为"英雄中队"，"孙津川中队"还被全国少工委评为"全国百佳中队"。2007年，在团中央、教育部、全国少工委联合开展的"全国少先队三十佳"评选活动中，孙以智荣获第七届"全国十佳少先队志愿辅导员"称号。2008年，又荣获"南京好市民"称号，荣登中央文明办和文明网的"中国好人榜"。

2009 年，获江苏"全省未成年人思想道德建设工作先进个人"。2011 年，获江苏"全省关心下一代工作五老标兵"称号。2012 年，再获南京市文明办授予的"感动南京人物"光荣称号。

"夕阳返照桃花渡，柳絮飞来片片红。"

以习近平总书记为核心的党中央，多次提出要重视革命传统教育，从中华优秀传统文化中汲取营养，传承革命文化的红色基因，建设具有时代特点和共产党人鲜明特色的政治文化，为全面建成小康社会，实现"两个一百年"，开启了全面从严治党的新征程。我们完全有理由相信，孙津川和烈士们留下的宝贵精神财富，一定会随着国家的富强，不断发扬光大，永远激励着人们奋发图强，振兴中华，实现中国梦。

2017 年 2 月初稿于安徽固镇南屯村老宅
2017 年 4 月修改于南京鼓楼区龙门居小区

## 参考文献与资料

1. 《中国共产党上海史（1920—1940）》，中共上海党史研究室著，上海人民出版社，1997年7月版。
2. 《中共江苏地方史》，中共江苏省委党史办公室著，江苏人民出版社，1996年10月版。
3. 《南京人民革命斗争史》，中共南京市委党史办公室编，南京出版社，2005年5月。
4. 《上海铁路工人运动史》，中共上海市委党史研究室、上海总工会编，中共党史出版社，1991年6月。
5. 《中国铁路工人运动史大事记（1881—1949）》，中华全国铁路总工会工运史研究所等编，1986年8月内部出版。
6. 《周恩来传》，中共中央文献研究室编，中央文献出版社，2008年3月版。
7. 《周恩来年谱1898—1949》（修订本），中共中央文献研究室编，中央文献出版社，1998年2月版。
8. 《戚墅堰机车车辆厂志》（1905—1988），戚墅堰机车车辆厂厂志编纂委员会编，上海三联书店，1994年9月版。
9. 《戚厂工人革命斗争史》，铁道部戚墅堰车辆工厂编，1990年6月内部出版。

10. 《南京英烈》，中共南京市委党史资料征集编研委员会办公室、南京雨花台烈士陵园管理处编，南京工学院出版社，1987年2月版。
11. 《寿县孙氏家谱》，孙珆编，乾隆二年（1737年）刻版。
12. 《寿县志》，黄山出版社，1987年版。
13. 《理性之外》，张国凡著，人民日报出版社，2005年2月版。
14. 南京雨花台烈士陵园纪念馆有关资料。

# 雨花忠魂·雨花英烈系列纪实文学

《流火：邓中夏烈士传》　　　　　　　　龚　正 著
《落英祭：恽代英烈士传》　　　徐良文 于扬子 著
《去留肝胆：朱克靖烈士传》　　　　　　王成章 著
《夜行者：毛福轩烈士传》　　　　　　　周荣池 著
《残酷的美丽：冷少农烈士传》　　　　　薛友津 著
《爱莲说：何宝珍烈士传》　　　　　　　张文宝 著
《飙风铁骨：顾衡烈士传》　　　　　　　邹　雷 著
《碧血雨花飞：郭纲琳烈士传》　　　　　张晓惠 著
《"民抗"司令：任天石烈士传》　　　　刘仁前 著
《青春永铸：晓庄十烈士传》　　　　　　蒋　琏 著

《文心涅槃：谢文锦烈士传》　　　　　　周新天 著
《丹心如虹：谭寿林烈士传》　　　　　　刘仁前 著
《云间有颗启明星：侯绍裘烈士传》　　　唐金波 著
《风向与信仰：金佛庄烈士传》　　　　　李新勇 著
《栽种一棵碧桃：施滉烈士传》　　　　　蒋亚林 著
《雄关漫道：陈原道烈士传》　　　　　　杨洪军 著
《忠贞：吕惠生烈士传》　　　　　　　　辛　易 著
《红骨：黄励烈士传》　　　　　　　　　雪　静 著

《热血荐轩辕：李耘生烈士传》　　　张晓惠　著
《世纪守望：徐楚光烈士传》　　　李洁冰　著

《以身殉志：邓演达烈士传》　　　王成章　著
《逐潮竞川：孙津川烈士传》　　　肖振才　著
《生命的荣光：朱务平烈士传》　　吴万群　著
《信仰无价：许包野烈士传》　　　裔兆宏　著
《金子：杨峻德烈士传》　　　　　蒋亚林　著
《血花红染胜男儿：张应春烈士传》　李建军　著
《青春祭：邓振询烈士传》　　　　吴光辉　著
《任凭风吹雨打：罗登贤烈士传》　龚　正　著
《红灯永远照亮中国：吴振鹏烈士传》　曹峰峻　著
《青春的瑰丽：陈理真烈士传》　　薛友津　著
《长淮火种：赵连轩烈士传》　　　王清平　著
《青春绝唱：贺瑞麟烈士传》　　　刘剑波　著
《逐梦者：刘亚生烈士传》　　　　李洁冰　著
《抱璞泣血：石璞烈士传》　　　　杨洪军　著
《新生：成贻宾烈士传》　　　　　周荣池　著